KB049546

미야모토 무사시 5

불패의 검성劍聖
미야모토 무사시 5
빛光의 장

초판 1쇄 발행	2015년 1월 20일
초판 5쇄 발행	2019년 4월 30일
지은이	요시카와 에이지
옮긴이	강성욱
펴낸이	한승수
펴낸곳	문예춘추사
편　집	신주식 고은정
마케팅	심지훈
디자인	오성민
등록번호	제300-1994-16
등록일자	1994년 1월 24일
주　소	서울특별시 마포구 연남동 565-15 지남빌딩 309호
전　화	02 338 0084
팩　스	02 338 0087
블로그	moonchusa.blog.me
E-mail	moonchusa@naver.com
ISBN	978-89-7604-214-9　04830
	978-89-7604-209-5　04830(전 10권)

*책값은 뒤표지에 있습니다.
*잘못된 책은 구입처에서 교환해 드립니다.

不敗의 劍聖

미야모토 무사시

5 光

빛의 장

요시카와 에이지吉川英治 지음
강성욱 옮김

문예춘추사

차례

光
빛의장

상사

분주히 왔다 가 버린 봄눈이었다. 그제 내린 눈의 흔적은 이제 자취를 찾아볼 수도 없었다. 솜옷을 모두 벗어 던지고 싶게 만드는 햇살이 강하게 내리쬐는 날씨였다. 훈훈한 바람을 타고 봄이 한 발 성큼 다가온 것처럼 천지의 새싹이 파릇파릇 돋아나고 있었다.

"이리 오너라!"

등까지 흙탕물이 튄 젊은 선승禪僧이었다. 가라스마루가의 현관에 서서 아까부터 큰 소리로 사람을 불렀지만 나오는 사람이 없자 담을 끼고 돌아가더니 까치발을 하고 창문 안을 들여다보았다.

"스님, 무슨 일입니까?"

뒤에서 한 소년이 물었다. 선승이 뒤를 돌아보더니 오히려 너야말로 누구냐, 하고 묻는 눈빛으로 소년을 바라보았다. 가라스마루 미쓰히로 공의 저택에 어떻게 이런 아이가 있는 것인지, 그 부조화에 잠시 놀란 듯했다. 선승은 기묘한 표정을 지은 채 힐끔힐끔 조타로의 모습을 바라볼 뿐 아무 말도 하지 않았다. 변함없이 긴 목검을 허리에 차고 무엇을 넣고 있는지 불룩하게 솟은 품을 손으로 누른 채 조타로가 물었다.

"스님, 시주를 받으려면 부엌 쪽으로 가야죠. 뒷문이 어디 있는지 몰라요?"

"시주를 얻으러 온 게 아니다."

젊은 선승은 자신의 가슴에 있는 편지함을 눈짓으로 가리켰다.

"나는 센슈에 있는 남종사南宗寺라는 절의 사람인데 이 댁에 계시는 슈호 다쿠안 님께 급한 서신을 전해 드리기 위해 온 것이다. 너는 부엌일을 하는 아이냐?"

"나는 다쿠안 스님과 똑같이 여기에 묵고 있는 손님이에요."

"그러냐? 그럼 다쿠안 스님께 전해 주지 않겠느냐? 고향인 다지마에서 급한 편지가 절로 왔는데, 화급한 서신인 듯해서 남종사에서 사람이 가지고 왔다고 말이다."

"그럼 기다리세요. 다쿠안 스님을 불러올 테니까."

조타로는 현관 마루에 시커먼 발자국을 여기저기 남기며 현관으로 뛰어 올라갔다. 그런데 현관의 칸막이에 그만 발이 걸려 허우적대다가 손으로 감싸고 있던 품속에서 작은 밀감 몇 개가 떨어졌다. 조타로는 허겁지겁 떨어진 밀감을 주워 들고는 다시 날듯이 안으로 뛰어갔다. 잠시 후에 돌아온 조타로는 기다리던 남종사의 사자에게 말했다.

"계신 줄 알았는데 오늘 아침부터 대덕사에 가셨대요."

"언제 돌아오시는지 모르느냐?"

"이제 돌아오시겠죠."

"그럼 기다리게 해다오. 어디 폐가 안 되는 방은 없느냐?"

"있어요."

조타로는 이 저택에 대해서는 속속들이 알고 있다는 듯 밖으로 나오더니 의기양양한 표정으로 앞서 걸었다.

"스님, 이 안에서 기다리면 될 거예요. 여기는 괜찮으니까요."

안내한 곳은 외양간이었다. 짚이며 수레바퀴, 소똥 따위가 너저분하게 흩어져 있었다. 선승이 놀란 표정을 짓는 사이에 조타로는 벌써 저편으로 뛰어가 버렸다. 그는 넓은 저택 안의 정원을 따라 뛰어가더니 서쪽 깊숙한 곳에 있는 햇볕이 잘 드는 방을 들여다보며 소리쳤다.

"오츠 님, 귤을 사 왔어요."

오츠는 약도 먹고 있고 병구완도 잘 받고 있는데도 어쩐 일인지 이번 열병은 차도가 없었고 그래서인지 식욕도 없었다. 그녀는 얼굴을 만져 볼 때마다 깜짝깜짝 놀라곤 했다.

'아아, 이렇게 말랐구나.'

스스로도 병은 아니라고 믿고 있었고, 진료를 한 가라스마루 댁 의원도 걱정할 것까지는 없다고 장담했는데 어쩐 일인지 계속 야위어만 갔다. 거기에다 신경질적인 고민과 열병까지 겹쳤다. 입술도 자꾸만 말랐다.

"귤이 먹고 싶어."

며칠 동안 아무것도 먹지 못하던 오츠의 용태를 몹시 걱정하던 조타로는 오츠가 뇌까리는 소리를 듣고 물었다.

"귤요?"

조타로는 그렇게 말하고는 서둘러 방을 나왔었다. 부엌 사람에게 물어 보았지만 집에는 귤이 없다고 했다. 그래서 밖으로 나가 과일 가게와 음식점을 돌아다녔지만 어디에도 귤은 없었다. 장이 선 교고쿠京極의 들에 가서 귤을 찾아다녔지만 비단실이나 무명, 기름, 가죽 등을 파는 가게만 있지 귤을 파는 데는 한 곳도 없었다.

조타로는 무슨 수를 써서라도 오츠가 먹고 싶어 하는 귤을 구하고 싶었다. 우연히 어떤 집 담장 위에 달린 것을 보고 다가가 보면 그것은 등자橙子이거나 모과였다.

교토의 거리를 반나절이나 찾아 헤매다 어느 사당에서 귤을 발견했다. 감자와 인삼과 함께 세발 달린 쟁반 위에 담겨져 불상 앞에 놓여 있었다. 조타로는 귤만 훔쳐 품속에 넣고 도망쳐 왔다. 등 뒤에서 불상이 도둑놈이라고 소리치며 쫓아오는 것만 같았다. 조타로는 무서워서 빌었다.

'제가 먹을 게 아니니 제발 벌을 내리지 마세요.'

가라스마루가 대문까지 도망쳐 오면서 마음속으로 빌고 또 빌었다. 그래도 오츠에게는 그런 말을 할 수 없었다. 머리맡에 앉아 품속의 귤을 꺼내 하나씩 늘어놓고는 하나를 집어 곧장 오츠에게 권했다.

"오츠 님, 맛있어 보이죠? 먹어 봐요."

껍질을 벗겨 그녀의 손에 쥐여 주자 오츠는 감정이 복받쳤는지 얼굴을 옆으로 돌리고 귤을 먹으려고 하지 않았다. 조타로는 그녀의 얼굴을 들여다보며 물었다.

"왜 그래요?"

오츠는 얼굴을 베개 깊숙이 묻으며 말했다.

"아무것도 아니야, 아무것도."

조타로는 혀를 차며 말했다.

"또 울음보가 터졌군. 좋아할 줄 알고 귤을 사 왔는데 울기만 하고 사온 보람이 없군."

"미안해, 조타로."

"안 먹을 거예요?"

"으응, 나중에."

"껍질 벗긴 것만 먹어 봐요. 분명 맛있을 거예요."

"맛있을 거야, 조타로의 마음만으로도. 하지만 먹을 것을 보면 도무지 입에 넣고 싶은 기분이 들지 않아. 아깝지만."

"우니까 그렇죠. 뭐가 그렇게 슬퍼요?"

"조타로가 너무 친절하게 대해 주니까 기뻐서……."

"울면 안 돼요. 나도 울고 싶어지니까."

"이젠 안 울어……. 이제 안 울게, 용서해 줘."

"그럼 이거 먹어요. 아무것도 안 먹으면 죽어요."
"나는 나중에 먹을 테니 먼저 먹어."
"나는 안 먹어요."
불상이 보고 있을까 봐 무서운지 조타로는 그렇게 말하면서도 침을 꼴깍 삼켰다.
"조타로는 원래 귤을 좋아했잖아?"
"좋아하지만."
"그럼 오늘은 왜 안 먹어?"
"아무래도……."
"내가 안 먹으니까?"
"으응, 예……."
"그럼 나도 먹을 테니 조타로도 어서 먹어."
오츠가 얼굴을 들고 가는 손가락으로 귤껍질을 까자 조타로는 난처한 표정으로 말했다.
"실은 나는 아까 오다가 많이 먹었어요."
"그래?"
오츠는 메마른 입에 귤 하나를 넣고는 몽롱한 표정으로 물었다.
"다쿠안 스님은?"
"오늘 대덕사에 가셨대요."
"그저께 스님이 어떤 집에서 무사시 님을 만났다고 하던데."
"으응, 들었어요."

"그때 스님은 우리가 여기 있는 걸 무사시 님께 얘기했을까?"

"말했겠죠. 틀림없이."

"다쿠안 스님은 무사시 님을 곧 여기로 부르겠다고 나한테 말씀하셨는데 조타로에게는 아무 말씀 없으셨어?"

"나한테는 말을 안 했어요."

"잊고 계신 걸까?"

"돌아오시면 물어볼까요?"

"그래."

그녀는 모처럼 생긋 웃으며 말했다.

"그렇지만 내가 없는 데서 물어봐야 해."

"오츠 님 앞에서 물어보면 안 돼요?"

"좀 창피해서……."

"뭐가 창피해요?"

"다쿠안 스님은 내 병이 무사시 님 때문에 생긴 거라고 하셔서."

"아니, 어느새 다 먹었네?"

"뭐, 귤?"

"하나 더 먹어요."

"이젠 됐어. 맛있었어."

"이젠 틀림없이 아무거나 먹을 수 있을 거예요. 이런 때 스승님이 오면 분명 벌떡 일어날 텐데."

"조타로까지 그런 말을."

오츠는 조타로와 이렇게 이야기를 하고 있을 동안에는 열병도 몸이 아픈 것도 잊어버렸다. 그때 가라스마루 댁의 어린 무사가 마루 밖에서 말했다.

"조타로 님, 계십니까?"

"예, 있습니다."

"다쿠안 스님께서 부르십니다. 빨리 오십시오."

어린 무사가 그렇게 말하고 돌아가자 조타로가 말했다.

"아, 다쿠안 스님께서 돌아오셨나 보다."

"어서 가 봐."

"심심할 텐데?"

"아니, 괜찮아."

"그럼 일이 끝나면 금방 다시 올게요."

조타로가 머리맡에서 일어서자 오츠가 말했다.

"조타로, 아까 한 말 잊지 말고 물어봐."

"어떤 말?"

"벌써 잊었구나?"

"아, 스승님이 언제 여기 올 건지, 그걸 재촉하라는 말이죠?"

오츠의 야윈 뺨이 빨갛게 물들었다. 그녀는 얼굴을 옷깃으로 살짝 가리며 신신당부했다.

"잊지 말고 꼭 물어봐. 꼭 물어봐야 해."

다쿠안은 미쓰히로의 방에서 그와 얘기를 나누고 있었는데 문을 열고 조타로가 들어왔다.

"다쿠안 스님, 무슨 일입니까?"

조타로는 다쿠안의 뒤에서 그렇게 물었다.

"우선 거기 앉거라."

다쿠안이 말하자 미쓰히로는 조타로의 무례를 너그러운 얼굴로 바라보며 웃어 주었다. 자리에 앉은 조타로는 다쿠안에게 말했다.

"아까 센슈의 남종사에서 다쿠안 스님과 같은 스님이 급한 용무가 있다고 하며 기다리고 있는데, 불러다 드릴까요?"

"아니다. 그 일은 방금 들었다."

"벌써 만났어요?"

"못된 꼬마라고 그 사람이 불평하더구나."

"왜요?"

"먼 데서 온 사람을 외양간으로 안내해서는 그곳에서 기다리라고 하며 그냥 가 버렸다고 하더구나."

"그 사람이 어디 폐가 되지 않는 곳에서 기다리게 해 달라고 해서."

미쓰히로는 몸을 뜰썩이며 웃었다.

"하하하하, 그래서 외양간에 넣어 둔 게로구나. 그건 좀 심했구나."

그러고는 이내 진지한 표정으로 다쿠안에게 물었다.

"그럼 스님께선 센슈로 돌아가지 않고 여기서 곧장 다지마로 떠날 생각입니까?"

다쿠안은 끄덕이며 왠지 서신의 내용이 마음에 걸리기 때문에 꼭 그렇게 하고 싶다고 대답하고는 준비할 것도 없는 몸이라 내일까지 기다릴 것 없이 지금 곧 떠나겠다고 말했다. 조타로는 두 사람의 말을 듣다 이상하다는 듯 물었다.

"다쿠안 스님, 떠나시려고요?"

"급히 고향에 가야 할 일이 생겼다."

"무슨 일인데요?"

"고향에 계시는 어머님이 위독하시다는 전갈이 왔구나."

"다쿠안 스님도 어머님이 계셨나요?"

"나라고 어디 다리 아래에서 주워 온 사람인 줄 아느냐?"

"그럼, 언제 돌아오실 예정인데요?"

"어머님의 용태에 따라서."

"곤란한데, 스님이 가시면……."

조타로는 오츠의 심정을 헤아리며 앞으로 그녀와 자신은 어디로 가야 하는지 등을 생각하자 마음이 불안해졌는지 다시 물었다.

"이젠 스님과는 만날 수 없나요?"

"그럴 리가 있느냐. 또다시 만날 게다. 너희 두 사람 일은 가라스마루 님께 잘 부탁해 놓았으니 오츠가 빨리 회복되도록 너도 용기를 북돋아 주어라. 그 병은 약을 먹어서 나을 병이 아니라 마음의 힘이 필요하다."

"그건 제 힘으로는 안 돼요. 스승님이 오지 않으면 낫지 않을 거예요."

"곤란한 환자로구나. 너는 참으로 황당한 사람과 길동무가 되었구나."

"그저께 밤에 스님은 어딘가에서 스승님과 만났지요?"

"으음."

다쿠안은 미쓰히로와 얼굴을 마주 보며 쓴웃음을 지었다. 어디서 만났느냐고 물으면 곤란하다는 표정이었다. 하지만 조타로는 그런 것에는 관심이 없다는 듯 다시 물었다.

"스승님은 언제 여기로 오나요? 스님이 스승님을 여기로 부르겠다고 해서 오츠 님은 매일 그날만 기다리고 있잖아요. 다쿠안 스님, 스승님은 도대체 지금 어디에 있나요?"

조타로는 무사시가 어디에 있는지 알기만 하면 지금 당장이라도 데리러 갈 것 같았다.

"흐음, 무사시 말이구나."

다쿠안은 애매하게 이렇게 말했지만, 그도 무사시와 오츠를 만나게 해 주려는 생각을 잊은 것은 아니었다. 오늘도 그것이 마음에 쓰여 대덕사에서 돌아오는 길에 고에쓰의 집에 들러 무사시가 있는 곳을 물어보았다. 그러자 고에쓰는 곤란한 표정을 지으며 어쩐 일인지 그저께 밤 이후 아직 오기야에서 돌아오지 않았다고 했다. 자신의 어머니도 걱정이 되어 요시노에게 빨리 돌아오도록 해 달라는 편지를 방금 보냈다고 했다.

"허, 그럼 무사시라는 그날 밤의 사내는 그 이후에 요시노에게서 돌아오지 않았다는 게로군."

미쓰히로는 눈을 크게 뜨고는 가벼운 질투심과 놀람이 반씩 섞인 말투로 말했다. 다쿠안도 조타로 앞이라 별말은 하지 않았다.

"그자 역시 평범하고 하찮은 인간인 듯하군. 하여간 소싯적에 천재인 듯한 사람일수록 앞날을 알 수 없는 법."

"그렇지만 요시노도 별나군. 그런 추레한 무사의 어디가 좋아서……."

"요시노나 오츠를 보더라도 도무지 여자의 마음을 이해할 수가 없군. 내 눈에는 모두 다 병자로밖에 보이지 않는데, 무사시에게도 슬슬 인생의 봄이 찾아온 모양일세. 이제부터가 진짜 수행이거늘. 위험한 것은 검보다 여자의 손일진데, 다른 사람이 말릴 수도 없는 일이니 그냥 내버려 둘 수밖에."

다쿠안은 독백처럼 그렇게 중얼거리다가 불현듯 길을 떠날 생각에 마음이 급해졌는지 미쓰히로에게 다시 작별 인사를 하며 당분간 병중인 오츠와 조타로를 부탁했다. 그러고는 가라스마루가의 대문을 나와서 훌쩍 떠났다. 보통 사람들은 먼 길은 아침에 떠나지만 다쿠안에게는 아침이든 저녁이든 별 문제가 되지 않는 듯했다. 지금도 이미 해가 서쪽으로 뉘엿뉘엿 지고 있어서 사람들과 느리게 지나가는 수레에 저녁 안개가 아련하게 스며들고 있었다.

"다쿠안 스님! 다쿠안 스님!"

뒤에서 그를 부르며 쫓아오는 사람이 있었다. 다쿠안은 조타로일 것이라 짐작하고 곤란한 표정으로 뒤를 돌아보았다. 조타로는 숨을 헐떡이며 그의 소매를 붙잡더니 애원했다.

"다쿠안 스님, 제발 다시 돌아가셔서 오츠 님에게 무슨 말씀이라도 해 주세요. 오츠 님이 또 울기 시작하는데 저는 어떻게 해야 좋을지 모르겠어요."

"네가 말했느냐? 무사시 일을?"

"묻는 걸 어떡해요."

"그랬더니 오츠가 울기 시작했단 말이냐?"

"저대로 뒀다간 오츠 님은 죽어 버릴지도 몰라요."

"어째서?"

"죽고 싶어 하는 얼굴을 하고 있어요. 이런 말도 했어요. '꼭 다시 만나 보고 죽고 싶어. 다시 한 번만이라도' 라고요."

"허면 죽을 마음은 없구나. 그냥 내버려 두거라."

"다쿠안 스님, 요시노라는 사람은 어디에 있어요?"

"그걸 알아서 어쩌려고 하느냐?"

"스승님이 거기 있다면서요? 아까 미쓰히로 님과 스님께서 그렇게 얘길 했잖아요."

"너는 그런 것까지 오츠에게 말했느냐?"

"예."

"그러니 그 울보가 죽을 시늉을 하며 우는 게 아니냐. 내가 돌아간다 한들 갑자기 오츠의 병을 낫게 할 뾰족한 방법이 있는 것도 아니다. 그러니 내가 이렇게 말하더라고 전하거라."

"어떻게요?"

"밥 먹으라고."

"쳇, 난 또. 그런 말이라면 제가 하루에 골백번도 더 하는데요."

"그러냐? 그래도 네 말이 오츠에게 가장 요긴한 명언이거늘 그조차 듣지 않는 병자라면 방도가 없구나. 모두 사실대로 말해 줄 수밖에."

"어떻게요?"

"무사시는 요시노라는 기생에게 홀딱 정신이 팔려 오늘까지 사흘 동안 오기야에서 돌아오지 않고 있다고. 그걸 보면 무사시가 오츠를 조금도 생각하지 않고 있다는 걸 알 수 있을 것이다. 그러니 그런 남자를 사모해서 어쩔 셈이냐고 바보 같은 울보 오츠에게 그대로 말해 주거라."

그 말을 들은 조타로는 강하게 머리를 내저었다.

"그럴 리가 없어요! 내 스승님은 그런 무사가 아니에요. 그런 말을 했다간 오츠 님은 진짜 죽어 버릴 거예요. 엉터리 땡추 같으니라고."

"하하하! 내가 혼이 났구나. 화났느냐?"

"제 스승님을 험담하니까 그렇죠. 오츠 님을 바보라고 하고."

"귀여운 녀석."

다쿠안이 머리를 쓰다듬어 주자 조타로는 머리를 흔들며 손을 뿌리쳤다.

"이젠 됐어요. 스님 같은 사람에겐 아무 부탁도 하지 않을 거예요. 나 혼자 스승님을 찾아서 오츠 님과 만나게 해 줄 거예요."

"알고 있느냐?"

"뭘요?"

"무사시가 있는 곳을?"

"몰라도 찾아보면 알게 되겠죠. 쓸데없는 걱정 마세요."

"그렇게 말해도 네가 요시노의 집은 찾기 어려울 게다. 내가 가르쳐 줄까?"

"필요 없어요. 필요 없어."

"그렇게 화만 내지 말거라. 난 오츠의 원수도 아니고 무사시를 미워할 이유도 없다. 이래 봬도 나는 그 두 사람이 잘 살기를 남몰래 빌고 있는 사람이란다."

"그런데 왜 심술을 부려요?"

"네 눈에 심술을 부리는 것처럼 보이나 보구나. 그럴지도 모르겠다. 하지만 지금의 무사시와 오츠는 모두 병자와 같단다. 몸의 병을 고치는 사람이 의원이고 마음의 병을 낫게 하는 것이 중의 일이지만, 오츠의 마음의 병은 심각한 상태란다. 무사시는 내버려 두면 어떻게든 되겠지만, 오츠는 지금으로서는 나도 어찌할 수가 없다. 그래서 나도 단념한 것이다. 무사시 같은 남자를 짝사랑해서 어떻게 하겠느냐. 깨끗이 마음을 접고 밥 많이 먹고 나으라고, 그렇게 말하는 수밖에 없지 않느냐."

"그러니까 됐다고요. 스님 같은 사람에게 아무것도 부탁하지 않는다고요."

"내 말이 거짓말 같으면 로쿠조 야나기마치의 오기야에 가 보거라.

거기서 무사시가 무엇을 하고 있는지 잘 보고 오너라. 그리고 본 그대로 오츠에게 말해 주어라. 처음엔 오츠도 울며 슬퍼하겠지만 그로 인해 정신을 차린다면 그걸로 된 것이다."

조타로는 손가락으로 귀를 틀어막으며 외쳤다.

"시끄러, 시끄러. 까까머리 땡추!"

"고얀, 내 뒤를 좇아와서 하는 말이라곤……."

"스님, 스님. 시주할 게 없어요. 시주를 받고 싶으면 노래를 불러 보세요."

조타로는 다쿠안의 등 뒤에서 귀를 막고 노래를 부르며 멀어져 가는 그의 뒷모습을 지켜보았다. 그러나 다쿠안의 모습이 네거리 옆쪽으로 사라지자 조타로의 눈에 눈물이 차올랐다. 그는 눈물을 뚝뚝 흘리며 멍하니 그 자리에 서 있었다.

한동안 멍하니 서 있던 조타로는 황급히 팔을 굽혀 눈물이 번진 얼굴을 문지르더니 뭔가 불현듯 생각났는지 거리를 둘러보다 지나가던 여자에게 달려갔다.

"아주머니! 로쿠조 야나기마치가 어디예요?"

여자는 깜짝 놀란 듯 말했다.

"유곽이잖니."

"유곽이 뭔데요?"

"어머."

"뭐 하는 곳이에요?"

"못된 녀석!"

여자는 흘겨보며 그냥 가 버렸다. 조타로는 왜 그러는지 이유를 몰랐지만 머뭇거릴 시간이 없었다. 그는 포기하지 않고 로쿠조 야나기 마치로 가는 길과 오기야라는 집을 물어보고 다녔다.

침향

초저녁 무렵, 누각에는 등이 환하게 켜졌지만 아직 야나기마치에 손님들의 모습은 보이지 않았다.

오기야의 젊은 사내는 무심코 입구 쪽을 보다가 화들짝 놀랐다. 두 개의 까만 눈동자가 큰 주렴珠簾 사이로 집 안을 두리번거리고 있었던 것이다. 주렴 아래로 더러운 짚신과 목검 끝이 보였다. 순간, 잘못 본 건 아닌가 싶어 황망히 다른 사람들을 부르려는데 조타로가 들어와서 난데없이 물었다.

"아저씨, 이 누각에 미야모토 무사시 님이 와 있죠? 무사시 님은 제 스승인데 조타로가 왔다고 말씀드리면 아실 테니 전해 주세요. 아니면 여기로 좀 불러 주세요."

사내는 어린애라는 것을 알고 안심한 듯했다. 하지만 놀란 것에 화가 났는지 얼굴을 일그러뜨리며 말했다.

“넌 누구냐? 거지냐? 무사시란 사람은 여기 없다. 초저녁부터 웬 꾀죄죄한 녀석이 들어와서는. 썩 나가라, 어서.”

사내가 목덜미를 움켜잡고 밖으로 끌어내려 하자 조타로는 발끈하며 화를 냈다.

“뭐하는 거야! 나는 스승님을 만나러 온 거라고.”

“이놈이! 네 스승이 누군지 모르겠지만 그 무사시라는 자 때문에 그저께부터 손해가 이만저만 아니다. 오늘 아침에도, 방금 전에도, 요시오카 도장 사람이 왔을 때에도 말했지만 그런 사람 없다.”

“그럼 어른답게 없다고 하면 되지 왜 내 목덜미를 잡고 그래요?”

“목을 들이밀고 기분 나쁜 눈으로 안을 둘러봐서 난 또 요시오카 도장 사람이 왔나 하고 가슴이 내려앉는 줄 알았단 말이다. 이 께름칙한 놈아!”

“자기 멋대로 놀라고선. 무사시 님이 언제 어디로 갔는지 가르쳐 줘요.”

“이놈아, 내가 그걸 어찌 알겠느냐?”

“알았으니까 목덜미 놔요.”

“그냥은 못 놓는다. 이렇게 놓아주마.”

사내가 조타로의 귓불을 힘껏 잡고 한 바퀴 돌리고는 문밖으로 내치려고 하자 조타로는 비명을 지르며 주저앉았다.

“아야, 아야!”

조타로는 목검을 빼서 사내의 턱을 불시에 후려쳤다.

"악! 이 새끼가."

사내는 앞니가 부러져 새빨간 피로 흥건한 턱을 부여잡고 조타로를 쫓아 문밖까지 뛰어갔다. 당황한 조타로는 길가 사람들에게 큰 소리로 도움을 청하였다.

"도와주세요! 이 아저씨가 절 죽이려 해요."

조타로는 그렇게 외치면서, 언젠가 고야규 성에서 맹견 타로를 쳐 죽였을 때와 같은 힘으로 뒤로 돌아서더니 들고 있던 목검으로 힘껏 사내의 머리를 내리쳤다. 사내는 가늘게 신음 소리를 내더니 코피를 흘리며 버드나무 아래에서 흐물흐물 쓰러졌다.

맞은편에서 그것을 보고 있던 호객하는 여자가 처마가 길게 늘어선 집 안을 향해 소리쳤다.

"어머, 어머! 저기 목검을 든 꼬마가 오기야의 젊은이를 죽이고 도망친다!"

그러자 사람들이 한밤중처럼 사람의 자취도 없던 길가로 우르르 몰려나와 소리쳤다.

"살인자."

"사람이 죽었다."

사람들의 고함 소리가 초저녁 바람을 타고 어지러이 흩어졌다. 유곽에서 피를 보는 싸움은 연중 흔한 일이어서 비밀리에 신속하게 처리하는 것도 이곳 사람들에게는 익숙한 일이었다.

"어디로 도망쳤지?"

"어떤 녀석이냐?"

얼굴이 험상궂은 사내들이 찾아다니는 것도 잠시뿐이었다. 얼마 후, 불을 찾아 날아드는 날벌레처럼 삿갓을 쓰거나 화려한 옷차림을 한 손님들이 달떠서 유곽으로 몰려들었다. 그들은 반 시각 전에 이곳에서 그런 사건이 벌어졌는지조차 알지 못했다.

미스지 거리는 밤이 깊어갈수록 흥청댔지만 길가 뒤편의 어두운 골목과 밭과 들판은 쥐 죽은 듯이 조용했다. 어디에 숨어 있었는지 조타로는 적당한 때를 엿보다 어두운 골목에서 강아지마냥 기어 나오더니 더 어두운 곳을 향해 줄행랑쳤다. 그런데 어둠 속을 달려가던 조타로는 어느 순간, 한 길도 넘는 울타리와 마주치고 말았다. 그 울타리는 로쿠조 야나기마치를 성곽처럼 견고하게 둘러싸고 있었다. 끝을 뾰족하게 깎은 통나무로 엮어 놓은 울타리를 아무리 따라가도 밖으로 나가는 문이나 틈이 보이지 않았다.

얼마쯤 걸어간 조타로는 유곽 끄트머리 길가의 밝은 곳이 나오자 다시 어두운 쪽으로 되돌아갔다. 그때 그의 행동을 이상하게 여긴 한 여자가 흰 손을 들어 조타로를 불렀다.

"얘! 얘야!"

조타로는 처음에는 어둠 속에서 의심에 찬 눈으로 바라보다 슬금슬금 그녀에게 다가갔다.

"저를 불렀어요?"

여자의 하얀 얼굴에서 자신을 해칠 뜻이 없음을 확인한 조타로는 다시 한 걸음 다가가며 말했다.

"왜요?"

여자가 상냥하게 물었다.

"네가 아까 저녁때, 오기야의 입구에서 무사시 님을 만나게 해 달라고 한 아이지?"

"예, 그래요."

"조타로라고 했지?"

"예."

"무사시 님을 만나게 해 줄 테니 이리 따라오렴."

"어, 어디로?"

조타로가 뒷걸음질을 치자 여자는 조타로가 안심하도록 설명을 해주었다.

"그럼 아주머니는 요시노라는 사람의 심부름을 온 거예요?"

조타로는 지옥에서 부처님이라도 만난 듯한 표정을 지으며 그제야 안심을 하고 그녀의 뒤를 따라갔다. 그녀의 말에 따르면 요시노는 저녁때의 사건을 듣고서 몹시 걱정하며 만약 잡히면 자기가 도와줄 수 있도록 곧 알아보고, 또 어딘가 숨어 있는 걸 발견하면 몰래 뒤편의 문을 통해 그 시골집으로 데리고 가서 무사시를 만나게 해 주라는 말을 듣고 왔다는 것이었다.

"이젠 걱정할 것 없다. 요시노 아가씨의 말이라면 이곳에서 못 갈 곳이 없으니 말이다."

"아주머니, 제 스승님이 정말 여기 계신 거죠?"

"안 계신데 무엇 때문에 너를 찾아서 이런 곳까지 데려왔겠니?"

"도대체 이런 곳에서 뭘 하고 있지?"

"저기 보이는 초가집 안에 계시니 무엇을 하시는지 문틈으로 들여다보렴. 그럼 나는 바빠서 그만 가 봐야 하니까."

시중드는 여자는 정원의 나무숲 안으로 조심조심 모습을 감추었다.

'정말일까? 정말 여기 계시는 걸까?'

조타로는 아무래도 믿기지 않는 듯했다. 그토록 찾아 헤맸던 스승인 무사시가 지금 바로 눈앞의 집에 있다는 사실이 그로서는 믿어지지 않았다.

조타로는 초가집 둘레를 한 바퀴 돌며 안을 들여다볼 수 있는 창을 찾았다. 집 옆으로 창문이 있었지만 키가 닿지 않았다. 조타로는 수풀 사이에서 돌을 굴려서 가져온 후에 그 위에 올라탔다. 간신히 대나무 창살에 코가 닿았다.

"앗! 스승님이다!"

안을 엿보는 자신의 행동 때문인지 조타로는 손으로 입을 가렸다. 손을 뻗으면 닿을 수 있을 듯한 무사시를 실로 오랜만에 본 것이다. 그는 화로 옆에서 팔베개를 한 채 자고 있었다.

'무사태평이군.'

어이가 없다는 듯한 동그란 눈이 대나무 격자창에 붙박인 듯 달려 있었다. 기분 좋게 낮잠을 자고 있는 무사시의 몸은 누가 살짝 덮어

주었는지 모모야마 자수가 수놓인 무거워 보이는 예복이 덮여 있었다. 또 그가 입고 있는 옷도 평소의 거칠고 투박한 옷과는 달리 한량이나 입을 듯한 호사스런 옷이었다. 조금 떨어진 곳에는 붉은 담요 한 장이 깔려 있었고 붓이며 벼루, 종이가 흩어져 있었다. 그 종이 위에는 연습으로 그린 듯 가지나 닭의 상반신 그림 등이 보였다.

'이런 곳에서 그림이나 그리고 있다니. 오츠 님이 병에 걸린 줄도 모르고.'

조타로는 분한 기분이 들었다. 무사시 몸 위에 덮여 있는 여자의 옷이 마음에 들지 않았던 것이다. 또 무사시가 입고 있는 호사스런 옷도 밉게만 보였다. 어린 그에게도 방 안에 떠다니고 있는 요염한 분위기나 냄새가 느껴졌다.

정월에 고조 다리에서 무사시를 봤을 때도 어떤 젊은 여자가 무사시에게 매달린 채 울고 있었다. 그런데 지금도 저런 모양이었다.

'요즘 스승님은 대체 어떻게 된 게 아닐까?'

어린 조타로의 얼굴에 흡사 어른이 탄식하는 듯한 씁쓸한 표정이 피어올랐다. 슬그머니 그의 장난기가 발동했다.

'옳지, 겁 좀 줘야겠다.'

그러고는 돌 위에서 발을 살짝 내리려고 하는데 무사시의 목소리가 들렸다.

"조타로, 누구와 왔느냐?"

"어라?"

다시 들여다보니 자고 있는 줄 알았던 무사시가 눈을 가늘게 뜨고 웃고 있었다.

"……."

조타로는 대답은 하지도 않고 먼저 앞쪽의 문으로 달려가더니 문을 열고 안으로 뛰어 들어가서 무사시의 어깨를 붙잡고 매달렸다.

"스승님!"

"오, 그래. 왔느냐!"

무사시는 팔을 쭉 펴고 먼지가 수북이 쌓인 조타로의 머리를 가슴으로 끌어당겨서 안았다.

"어떻게 알았느냐? 다쿠안 스님께 물어서 왔느냐? 오랜만이구나."

무사시는 조타로의 머리를 안은 채 천천히 몸을 일으켰다. 조타로는 오랫동안 잊고 있었던 따뜻한 정에 강아지가 재롱을 부리듯 머리를 무사시의 무릎에서 뗄 줄 몰랐다.

"지금 오츠 님이 병들어 누워 있어요. 오츠 님이 얼마나 스승님을 만나고 싶어 하는지 몰라요. 불쌍해요! 오츠 님은 스승님을 만나고 싶대요. 그것뿐이래요. 정월 초하루에 고조 다리에서 잠깐 보기는 했지만 스승님이 이상한 여자와 다정히 이야기를 하고 있는 걸 보고 오츠 님은 화가 나서 제가 아무리 손을 잡아끌어도 달팽이처럼 웅크린 채 나오지 않았었어요. 저라도 그때 왠지 속이 부글부글 끓고 울화통이 치밀었는걸요. 그렇지만 이젠 다 괜찮으니 지금 당장 가라스마루 님 댁으로 가요. 그래서 오츠 님에게 왔다고 말해 주세요. 그렇게만 해도 오츠 님의 병은 분명 깨끗이 나을 거예요."

조타로는 어눌한 말투로 무사시에게 열심히 하소연했다.

"응, 응."

무사시는 몇 번이고 고개를 끄덕였다.

"그랬구나."

하지만 무사시는 정작 중요한 오츠를 만나러 가겠다는 말은 웬일인지 하지 않았다. 아무리 부탁하고 호소해도 무사시가 바위처럼 자신의 말을 들어주지 않자 조타로는 더 이상 할 말이 없어졌다. 어딘지 무사시라는 사람이, 그렇게 좋아했던 스승님이 갑자기 미워졌다.

'한 대 후려칠까 보다.'

조타로가 마음속으로 그렇게 생각할 정도였다. 하지만 차마 무사시에게 욕을 할 수는 없었는지 조타로는 뾰로통하게 심통이 난 표정을 짓고 있었다.

조타로가 입을 닫고 가만히 있자 무사시는 그림책을 보면서 붓을 들고 그리다 만 그림을 마저 그리기 시작했다. 조타로는 무사시가 그리고 있는 가지 그림을 노려보면서 속으로 내뱉었다.

'엉터리 같으니라고!'

무사시는 그림을 그리는 것도 싫증이 났는지 붓을 씻기 시작했다. 조타로가 다시 한 번 부탁하려고 입에 침을 묻히며 말을 하려는 순간, 돌을 밟고 걸어오는 나막신 소리가 들렸다.

"손님, 옷이 다 말라서 가져왔습니다."

조타로를 안내한 여자가 차곡차곡 갠 옷가지를 들고 오더니 무사시의 앞에 두었다.

"고맙습니다."

무사시는 옷을 유심히 살펴보고는 말했다.

"깨끗해졌군요."

"사람의 피는 아무리 빨아도 잘 지워지지 않더군요."

"이 정도면 충분합니다. 한데 요시노 님은?"

"오늘 저녁도 손님들이 많아서 조금도 틈이 나지 않는 듯합니다."

"뜻하지 않게 신세를 지게 되었습니다. 이렇게 계속 있으면 요시노 님께 폐를 끼칠 뿐만 아니라 오기야의 사람들에게도 폐가 될 뿐이니, 밤이 깊어지면 은밀히 이곳을 떠날 것이라고 전해 주십시오. 모쪼록 감사하다는 인사와 함께."

조타로는 얼굴을 펴고 역시 스승님은 좋은 사람이라고 생각했다. 벌써 오츠 님을 만나러 가야겠다고 마음먹은 것이 틀림없다고 생각한 것이었다.

조타로가 그렇게 혼자 짐작하고 싱글벙글 웃고 있는데 무사시는 여자가 가자마자 옷가지를 그의 앞에 내밀며 말했다.

"오늘 마침 잘 왔구나. 이 옷은 얼마 전 이곳에 올 때 혼아미 고에쓰 님의 어머님께서 내게 빌려 주신 옷이다. 이것을 고에쓰 님의 댁에 돌려드리고 내 옷을 가지고 오지 않겠느냐? 조타로는 착하니까 한달음에 갔다 오너라."

"예, 알겠습니다."

조타로는 신이 나서 말했다. 이 심부름만 끝내면 무사시가 여기를 나가서 오츠가 있는 곳으로 갈 것이라 생각하고 기쁘게 대답했다.

"그럼, 다녀오겠습니다."

돌려보낼 옷가지를 보자기에 싸고, 무사시가 따로 고에쓰에게 보내는 서신도 한 통도 끼워 넣고 등에 짊어졌다. 그때 조금 전 시중들던 여자가 저녁을 가져와서는 그 모습을 보고 놀랐다.

"아니, 어디를 가려고?"

여자는 무사시에게 그 이유를 듣고 단호하게 말렸다.

"어머, 당치도 않습니다."

여자가 무사시에게 조타로가 저녁때 오기야의 입구에서 가게의 젊은 남자를 목검으로 때려 눕혔는데 어디를 잘못 맞았는지 남자는 자리에 누워 일어나지도 못하고 앓고 있다고 했다. 또 유곽에서 일어난 소란이기 때문에 그 정도로 끝이 났고, 또 요시노 아가씨께서 가게 사람들에게 입단속을 하게 했지만, 조타로가 자신이 미야모토 무사시의 제자라고 떠들어 댔기 때문에 사람들 사이에 무사시가 아직 오기야에 숨어 있다는 소문이 퍼졌고, 유곽 밖에서 진을 치고 있는 요시오카 사람들의 귀에도 들어간 듯하다는 것이었다.

"하하하!"

무사시는 그런 일이 있었냐는 듯 조타로를 돌아보았다. 조타로는 숨기고 있던 일을 무사시가 알게 되자 면목이 없는 듯, 머리를 긁적이며 구석으로 뒷걸음질 치더니 쪼그리고 앉았다.

"그러니 지금 보자기를 짊어지고 대문으로 나가면 어떻게 되겠어요?"

여자는 또 바깥의 동정을 무사시에게 알려 주었다.

"그저께부터 오늘까지 사흘 동안 요시오카 사람들이 혈안이 되어 당신을 찾고 있어서 요시노 아가씨와 가게 사람들 모두 걱정하고 있습니다. 고에쓰 님도 그저께 밤에 돌아가실 때 신신당부를 하셨고, 저희로서도 위험한 처지에 있는 분을 쫓아낼 수 없습니다. 특히 요시노 아가씨께서 무척 걱정을 하시고 계십니다. 그런데 더 곤란한 것은 요시오카 사람들이 집요하게 이 유곽에 드나드는 사람을 지켜보고 있다는 겁니다. 어제도 몇 번이나 가게 안까지 들어와서 무사시를 숨기고 있지 않느냐고 캐물어서 쫓아냈습니다. 하지만 아무래도 의심을 거두지 않고 오기야에서 나올 때만 노리고 있는 것 같습니다. 잘은 모르겠으나 당신 한 사람을 치기 위해 그들은 마치 전쟁을 벌이는 것처럼 몇 겹으로 에워싸고 이번에는 죽이겠다고 벼르고 있다고 합니다. 그러니 며칠 더 여기에 계시는 게 좋다며 요시노 아가씨나 가게 사람들이 걱정하고 있습니다. 머지않아 요시오카 패들도 지쳐 포위를 풀고 돌아갈 테니 말입니다."

여자는 무사시와 조타로에게 음식을 나눠 주면서 친절하게 이런저런 얘기를 해 주었다.

"제게 생각하는 바가 있으니……."

무사시는 호의에 감사하며 오늘 밤 이곳을 떠날 생각을 바꾸지 않았다. 그리고 여자의 충고를 받아들여서 고에쓰 집에 보낼 심부름은 오기야의 사람을 보내기로 했다.

얼마 후, 심부름을 갔던 사람이 고에쓰의 답신을 가지고 돌아왔다.

> 때가 되면 다시 만나게 되겠지요. 길고도 짧은 인생길, 부디 몸조심하시길 멀리서나마 빕니다.

짧은 글이었지만 고에쓰의 마음을 잘 헤아릴 수 있었다. 또 고에쓰는 평온하게 지내는 두 모자에게 누를 끼치고 싶지 않아서 일부러 그의 집에 들르지 않는 무사시의 마음도 충분히 헤아리고 있는 듯했다.

"그리고 이것은 얼마 전 무사님께서 고에쓰 님 댁에 벗어 놓았던 옷가지입니다."

심부름을 갔던 남자는 여기서 가져갔던 옷가지와 바꿔 온 무사시의 낡은 옷가지를 내놓았다.

"혼아미 댁의 노모께서도 모쪼록 안부를 전해 달라고 하셨습니다."

말을 마친 남자는 오기야의 안채 쪽으로 물러갔다.

무사시는 보자기를 풀어 예전에 자신이 입던 낡은 옷가지를 보았다. 다정했던 묘슈가 입혀 주었던 깨끗한 옷이나, 오기야에서 빌려 입고 있었던 화려한 옷보다 비바람에 색이 바랜 한 벌의 무명옷이 자신에게 더 잘 어울린다고 생각했다. 이 옷이야말로 수련에 어울리는 행장이라고, 그 이상 필요한 것은 아무것도 없다고 느꼈기 때문이었다.

해지고 비와 땀에 절어 쾌쾌한 냄새도 배어 있었지만 소매에 팔을 넣어 옷을 입어 보니 의외로 주름이 잘 잡혀져 있었다. 누더기와 같았던 낡은 옷이 마치 새로 지은 것처럼 말쑴하게 손질되어 있었다.

"어머니란 역시 고마운 존재구나. 내게도 어머니가 계셨더라면……."

무사시는 우수에 젖어 앞으로의 삶을 마음속에서 아련히 그려 보았다. 부모님은 모두 돌아가셨고 자신을 맞아 주지 않는 고향에는 누이만 있을 뿐이었다. 무사시는 잠시 침통한 얼굴로 등불 아래 고개를 숙이고 있었다. 이곳도 단지 사흘간의 임시 거처에 지나지 않았다.

"그만 가자꾸나."

무사시는 손에 익은 칼을 끌어당겨 단단하게 조인 허리끈과 늑골 사이에 끼워 넣고 잠깐의 외로움을 의식 저편으로 밀어냈다. 그 칼이 바로 자신의 부모이자 아내이며 형제라고 마음속에 다짐했던 예전으로 돌아가 있었다.

"스승님, 가시려고요?"

조타로는 먼저 나가 즐거운 마음으로 밤하늘의 별을 바라보고 있었다.

'가라스마루 님의 댁으로 가면 시간이 많이 늦겠지만, 아무리 밤이 깊어도 오츠 님은 분명 자지 않고 기다리고 있을 거야. 얼마나 깜짝 놀랄까? 분명 너무 기뻐서 또 울음을 터뜨릴지도 몰라.'

눈이 내린 그날 밤 이후로 이곳의 밤하늘은 실로 아름다웠다. 조타로는 무사시를 데리고 가서 오츠를 기쁘게 해 줄 생각에 여념이 없었다. 하늘을 올려다보자 반짝이는 별까지도 기뻐하고 있는 듯했다.

"조타로, 너는 뒤쪽 문으로 들어왔느냐?"

"뒤쪽인지 앞쪽인지 모르지만 아까 그 여자와 함께 저쪽 문으로 왔어요."

"그러면 너는 먼저 나가서 기다리고 있거라."

"스승님은요?"

"잠시 요시노 님에게 인사드리고 곧 가마."

"그럼 밖에서 기다릴게요."

잠시라도 무사시의 곁을 떠나는 게 조금 불안했지만 조타로는 무사시가 무슨 말을 하더라도 순순히 따랐다.

무사시는 자신이 생각해도 사흘 동안 이 집에서 잘 쉬었다고 생각했다. 이때까지 자신의 몸과 마음은 얼어붙은 얼음과 같았다고 생각했다. 달을 보고도 마음을 열지 못하고, 꽃이 피어 있어도 외면하고, 태양을 보면서도 가슴을 활짝 펴지 못한 채 얼음처럼 차갑게 얼어붙어 있던 자신을 돌이켜 보았다. 오로지 수련에 정진하는 자신의 모습에 신념을 가지고 있었지만 한편으론 옹졸하고 편협한 고집덩어리에 지나지 않았던 게 아닐까 하는 두려움도 일었다.

오래 전에 다쿠안에게 이런 말을 들었었다.

"너의 강함은 짐승의 강함과 다름이 없다."

또 니칸은 이런 말을 했다.

"더 약해져라."

그들의 충고를 떠올리면서 무사시는 사흘간 느긋한 시간을 보낸 것이 스스로에게 소중한 것이었다고 생각했다. 아무런 보람도 없이 시간을 허비했다는 생각은 전혀 들지 않았다. 오히려 느긋하고 여유롭게 술도 마시고 선잠도 자며 책을 읽거나 그림도 그리며 마음껏 보낸 날들이 다시없을 귀중한 시간이었다고 감사했다.

'그에 대한 감사 인사를 요시노 님께 한 마디라도 전하고 싶은데.'

무사시는 오기야의 정원에서 서성거리며 맞은편의 화사한 등불을 바라보고 있었다. 그렇지만 안쪽 깊숙한 방에서는 변함없이 손님들의 시끌벅적한 노랫소리와 악기 소리가 가득해서 요시노를 만날 방법이 없었다.

'할 수 없이 여기서…….'

무사시는 마음속으로 사흘 동안 그녀가 베푼 호의에 대해 감사하며 뒷문을 지나 밖으로 나갔다. 그리고 기다리고 있던 조타로에게 손을 들었다.

"자, 가자꾸나."

그런데 조타로 뒤에서 종종걸음으로 뒤쫓아 온 사람이 있었다. 링야였다.

"이거 아가씨께서……."

링야는 무사시의 손에 무언가 건네고는 다시 문 안으로 뛰어갔다. 조그맣게 접은 종이쪽지였다. 색종이처럼 보이는 종이를 펴자 희미하게 그윽한 침향枕香의 향기가 풍겼다.

열매를 맺지 못하고 찢겨져 떨어지는 수많은 밤의 꽃들보다, 나뭇가지 사이로 흘러가는 달빛이 더 잊기 어렵네.

절절히 속삭일 새도 없는 구름 사이의 달과 같은 이별, 술잔으로 달래며 사람들 몰래 그저 붓을 들어 전하네.

요시노

"스승님, 그거 누가 보낸 편지예요?"

"아무것도 아니다."

"여자?"

"모른다."

"뭐라고 쓰여 있어요?"

"그건 알아서 무엇하려느냐?"

무사시가 무심하게 말하자 조타로는 까치발을 하고 들여다보며 말했다.

"좋은 냄새가 나는데요. 침향 같아요."

조타로도 침향의 향기를 맡았던 모양이었다.

세 번째 결투장

조타로와 무사시는 오기야를 빠져나왔으나 아직 유곽 안이었다. 어떻게 하면 이 울타리를 넘어서 무사히 밖으로 나갈 수 있을까, 고민하던 조타로가 무사시에게 말했다.

"스승님, 그리로 가면 대문 쪽이에요. 대문 밖에는 요시오카 사람들이 지키고 있어서 위험하다고 오기야 사람들도 말했어요."

"음, 그래."

"그러니 다른 쪽으로 나가요."

"밤에는 대문 외엔 모두 닫아 두질 않느냐."

"담을 넘어 도망치면요?"

"도망친다는 건 내겐 모욕이다. 부끄러움을 잃고 도망치려 했다면 여기서 나가는 것은 식은 죽 먹기지만 나로서는 그렇게 할 수 없어서 조용히 때를 기다리고 있던 것이다. 대문으로 떳떳하게 나가자."

"정말요?"

조타로는 불안한 표정을 지었지만 수치를 중히 여기지 않는 자는 비록 살아 있다고 해도 무가치한 인간으로 취급하는 무사 세계의 철칙을 잘 알고 있었기 때문에 반대할 수 없었다.

"하지만 조타로……."

"예, 뭔데요?"

"너는 어린애니까 굳이 나와 똑같이 행동할 필요는 없다. 나는 대문으로 나갈 테니 너는 먼저 유곽 밖으로 나가 어디 숨어서 나를 기다리는 게 좋겠다."

"스승님이 대문으로 보란 듯이 나가는데 저 혼자 어디로 나갈 수 있겠어요?"

"저기 울타리를 넘는 거다."

"저만요?"

"그래."

"싫어요."

"왜?"

"왜라뇨? 방금 스승님이 말하고선. 비겁자라고 남들이 놀릴 텐데."

"네게는 아무도 그런 말을 하지 않을 게다. 요시오카 사람들은 나를 기다리는 거지 너는 안중에도 없을 게야."

"그럼 어디에서 기다릴까요?"

"버드나무 마장 근처에서."

"꼭 오실 거죠?"

"응, 꼭 가마."

"또 몰래 어디론가 가 버리는 건 아니죠?"

무사시는 고개를 옆으로 저었다.

"너한테 거짓말은 하지 않는다. 자, 사람들이 없을 때 빨리 넘어가거라."

조타로는 주위를 둘러보고는 어두운 울타리 밑으로 달려갔다. 그렇지만 통나무 울타리는 그의 키보다 세 배나 높았다.

'나한테는 무리다. 너무 높아서 넘을 수 없을 것 같아.'

조타로는 자신 없는 눈길로 울타리를 올려다보았다. 그러자 무사시가 어디선가 숯 가마니를 하나 들고 와서 울타리 밑에 놓았다. 조타로는 그걸 밟고 서도 어림없다는 눈빛으로 무사시의 행동을 가만히 보고만 있었다.

무사시는 울타리 사이로 밖을 살피다가 잠시 무언가를 생각하고 있었다.

"……."

"스승님, 울타리 밖에 누가 있나요?"

"이 울타리 너머 주변 일대는 갈대밭이라 물웅덩이가 있을지도 모른다. 조심해서 뛰어내려야 한다."

"그건 괜찮지만 높아서 손이 저 위까지 닿지 않아요."

"대문뿐 아니라 울타리 밖, 요소요소에 요시오카 사람들이 망을 보고 있을 것이다. 어두우니 조심해서 뛰어내리지 않으면 갑자기 누가 어둠 속에서 칼을 빼 들고 덤벼들지도 모른다. 그러니 내 어깨를 타고 올라간 다음에 울타리 위에서 아래를 잘 살펴본 후에 뛰어내려야 한다."

"예."

"내가 밑에서 숯 가마니를 바깥으로 던져 놓을 테니 그걸 잘 보고 있다가 아무 이상 없으면 뛰어내리거라."

무사시는 조타로를 목말 태우고 일어섰다.

"조타로, 닿았느냐?"

"아직, 아직요."

"그럼, 내 양쪽 어깨에 발을 딛고 서 보거라."

"신발을 신었는데요?"

"괜찮다."

목마를 탄 조타로는 무사시의 말대로 그의 어깨 위에 양발을 디디고 섰다.

"이젠 닿았느냐?"

"아직요."

"성가신 놈이구나. 울타리 횡목까지 뛸 수 있겠느냐?"

"못해요."

"어쩔 수 없군. 그럼, 내 양손에 발을 올리거라."

"괜찮으시겠어요?"

"몇 명이라도 괜찮다. 자, 준비됐느냐?"

무사시는 조타로의 발바닥을 양손으로 쥐고 솥을 들어 올리듯 조타로의 몸을 자신의 머리 위로 높이 들어 올렸다.

"아, 닿았다. 닿았어요."

조타로는 울타리 위에 매달렸다. 무사시는 숯 가마니를 한 손으로 들어서 울타리 너머 어둠 속으로 내던졌다. 숯 가마니는 둔탁한 소리를 내며 갈대밭 속으로 떨어졌다. 별 이상이 없다는 것을 확인한 조타로가 이내 뛰어내렸다.

"뭐야, 물웅덩이고 뭐고 아무것도 없잖아. 스승님, 여긴 그냥 풀밭이에요."

"조심해서 가거라."

"그럼 버드나무 마장에서 기다릴게요."

조타로의 발소리가 어둠 속으로 멀리 사라졌다. 무사시는 그의 발소리가 들리지 않을 때까지 울타리 틈새에 얼굴을 대고 계속 지켜보다가 그제야 홀가분해진 듯 발걸음을 재촉했다.

무사시는 어두침침한 유곽 뒷길에서 벗어나 가장 번화한 대문 쪽으로 걸어 나왔다. 무사시의 모습은 대문 쪽 거리를 어슬렁거리며 오가는 사람들과 똑같아 보였다. 그러나 삿갓도 쓰지 않고 그대로 대문을 나서자 그곳에 숨어 있던 수많은 눈이 의외라는 듯 일제히 무사시를 향해 쏠렸다.

"앗, 무사시!"

대문의 양쪽에는 거적을 둘러친 가마들이 몰려 있었는데 그곳에도 두세 명의 무사가 다리를 쫙 벌린 채 모닥불을 쬐면서 대문을 드나드는 사람들을 노려보고 있었다. 그 외에도 삿갓 가게의 걸상이나 맞은편 음식점 등에도 한 무리씩 망을 보던 자들이 있었다. 그중에서 네댓 명씩 교대로 대문 옆에 서서 유곽에서 나오는 두건이나 삿갓을 쓴 사람들의 얼굴을 거리낌 없이 일일이 들춰 보았다. 또 속을 가린 가마가 오면 가마를 멈춰 세우고 그 안을 들춰 보고 있었다.

벌써 사흘째였다. 요시오카 무리들은 눈 내리던 날 이후로 무사시가 유곽 밖으로 나오지 않았다고 확신하고 있었다. 오기야와 흥정도 해보고 떠보기도 했지만 그쪽에서는 그런 손님이 없다는 말만 되풀이하며 상대도 하지 않았다.

요시노가 무사시를 숨겨 주고 있다는 것을 짐작하지 못하는 바가 아니었다. 그러나 유곽뿐만 아니라 귀족에서 평민에 이르기까지 사랑을 받고 있는 요시노에게 무사가 떼를 지어 함부로 싸움을 걸 수는 없었다. 그래서 멀리서 에워싼 채 지구전을 꾀하며 무사시가 유곽에서 나오기를 기다리며 감시하고 있었다. 그리고 무사시가 나온다면 반드시 모습을 바꾸고 나오든가, 가마에 몸을 숨기고 도망을 치든가, 그렇지 않으면 울타리를 넘어 다른 쪽에서 탈출할 것이 분명하다고 생각해서 그에 대한 대비도 세워 놓고 있었다.

그런데 무사시가 제등 아래 본연의 모습으로 태연히 대문을 걸어서 나오자 오히려 요시오카 무리들이 깜짝 놀라서 앞을 가로막는 것도 잊어버린 듯했다.

앞을 가로막는 사람이 없는 이상, 무사시도 걸음을 멈출 이유가 없었다. 그가 큰 걸음으로 삿갓 가게 앞을 지나 백 걸음이나 걸어갈 때쯤에서야 요시오카 무리 중 한 명이 외쳤다.

"아니, 저놈이!"

그러자 다른 무리들도 똑같이 외치며 무사시를 앞질러 여덟아홉 명이 정면에서 그를 제지했다.

"무사시, 멈춰라!"

그러자 무사시는 상대방이 자신들의 귀를 의심하게 할 정도로 큰 소리로 외쳤다.

"뭐냐?"

그와 동시에 무사시는 옆으로 물러서더니 길옆 조그마한 집을 등지고 섰다. 그 집 옆에는 커다란 목재가 옆으로 놓여 있었고 주변에 톱밥 등이 쌓여 있는 걸로 볼 때 목수의 집 같았다. 사람 소리에 집 안에서 문을 열던 목수가 바깥 광경을 보고는 당황한 나머지 다시 문을 닫고 쥐 죽은 듯이 아무 소리도 내지 않았다.

요시오카 무리들이 손가락으로 휘파람을 불거나 큰 소리로 외치자 순식간에 많은 무사들이 몰려들었다. 대충 세어 봐도 족히 서른 명은 넘을 듯했다. 그들은 새까맣게 무사시를 에워쌌다. 아니, 무사시가 목수집을 등에 지고 있었기 때문에 그 집을 둘러싼 형세였다.

"……."

무사시는 삼면을 둘러싼 적의 머릿수를 찬찬히 헤아리면서 저들이 어떻게 달려들 것인지 가만히 지켜보고 있었다.

서른 명의 사람이 모이면 그것은 서른 명의 심리가 아닌 하나의 심리라고 할 수 있다. 그런 심리의 미묘한 변화를 포착해서 기선을 제압하는 것은 그리 어려운 일이 아니었다. 예상대로 무사시를 향해 단독으로 공격을 하려는 자는 없었다. 다수가 하나의 심리로 단결될 때까지 그저 웅성거리며 멀리서 무사시에게 욕을 하거나 개중에는 저잣거리의 불량배처럼 소리치는 자도 있었다.

"이놈!"

"애송이."

그들은 그렇게 소리치면서 개개인의 약점을 드러내 보이는 것에 불과한 허세를 부리며 무사시를 에워싸고 있었다. 처음부터 하나의 생각과 행동을 취하고 있는 무사시는 그 잠깐 사이에도 그들보다는 훨씬 여유로웠다. 무리들 중에 누가 강하고 누가 약한지 살피면서 마음의 준비를 할 여유조차 있었다.

"내가 무사시인데 나보고 멈추라고 한 것은 누구냐?"

무사시가 무리를 둘러보며 말했다.

"우리다. 여기 있는 우리들이 불러 세웠다."

"요시오카 문하생들인가?"

"잘 알고 있구나."

"무슨 일이냐?"

"그것도 새삼 말할 필요도 없다. 무사시, 준비는 되었느냐?"

"준비?"

자신을 겹겹이 둘러싸고 있는 살기를 향해 무사시는 하얀 이를 내보이며 냉소를 흘리더니 이내 큰 소리로 말했다.

"무사는 잠을 잘 때에도 준비가 되어 있는 법, 언제든지 덤벼라. 예의도 이유도 없이 걸어오는 싸움에 무사의 예로 대할 수는 없는 법. 하지만 한 가지 물어보고 싶은 것이 있다. 그대들은 나를 암살하려는 것인가, 정정당당히 죽이고 싶은 것인가?"

"……."

"단순히 행패를 부리기 위해 왔는가, 시합을 하러 왔는가?"

"……."

무사시가 말하는 순간에 허점을 발견했다면 주위의 칼들이 그 허점을 향해 달려들었겠지만 그런 자는 없었다. 침묵에 휩싸여 있던 무리들 중에서 무사시의 말에 큰 소리로 대답하는 자가 있었다.

"말을 하지 않아도 알지 않느냐!"

무사시는 힐끗 그자에게 눈길을 돌렸다. 나이나 태도로 보아 무리들 중에서 우두머리 격인 듯했다. 그는 수제자 중 한 명인 미이케 주로자에몬이었다. 주로자에몬은 무리들 중 자신이 선두에 서서 공격을 가하려는 듯 자세를 취하며 앞으로 나섰다.

"스승인 세이주로 님이 패하고 뒤이어 사제인 덴시치로 님마저 돌아가신 지금, 우리 요시오카 제자들이 어찌 너를 살려 둘 수 있겠느냐! 불행히도 너로 인해 요시오카 가문의 명예가 땅에 떨어졌으니 맹세코 원수를 갚아 스승의 원통함을 풀 것이다. 단순히 원한을 갚기 위한 행패가 아닌 스승의 원한을 갚기 위한 제자들의 싸움이다. 무사시, 안됐지만 네 목을 내놓아야겠다."

"흠, 무사다운 대답을 들었다. 그런 뜻이라면 이 한목숨 주지 못할 이유는 없다. 그러나 사제의 도의를 말하며 무도의 원한을 설욕하려는 생각이라면 왜 덴시치로나 세이주로처럼 정정당당하게 절차를 밟아 시합을 청하지 않는가?"

"닥쳐라! 너야말로 오늘까지 거처를 숨기고 우리의 눈을 피해 다른 곳으로 도망치려 하지 않았더냐?"

"비겁한 자는 다른 사람까지 비겁하다고 생각하는 법. 나는 도망치거나 숨지 않았다."

"하지만 이렇게 발각되지 않았느냐?"

"무슨 소리. 자취를 감추려고 했다면 벌써 사라졌을 것이다."

"그렇다고 하더라도 우리가 너를 그대로 내버려 둘 줄 알았느냐?"

"언젠가 너희들이 찾아올 줄은 예상하고 있었다. 그러나 이런 번화가에서 사람들을 놀라게 하고 불량배처럼 행패를 부린다면 무사들의 명예를 더럽히는 일임은 물론이고 너희들이 말하는 사제의 명분도 세상의 웃음거리가 될 것이다. 또한 스승을 부끄럽게 하는 일이 아니겠는가. 만일 그렇다면 요시오카 가문과 도장은 풍비박산이 날 것이다. 무사로서의 본분마저 저버릴 마음이라면 내 육신이 쓰러질 때까지, 내 칼이 부러지지 않는 한 너희들을 모조리 베어 주겠다."

"뭣이?"

주로자에몬이 아니었다. 그의 옆에서 한 명이 칼을 빼려는 순간, 누군가 외쳤다.

"이타구라板倉가 온다!"

이타구라라고 하면 무서운 관리의 대명사처럼 여겨지고 있었다.

대로에 말을 타고 가는 건
누가 타는 말인가.
이가伊賀의 시로자四郎左를 보고
모두 도망가네.

이가 님은 본래
천수관음인가 군자인가.
감찰 대장으로
부하가 몇 명이던가.

아이들까지 이런 동요를 지어 부를 만큼 이타구라 이가노가미 가쓰시게板倉伊賀守勝重[1]는 유명했다. 당시 교토는 정치적으로나 전략적으로

---

1 모모야마 시대부터 에도시대 전기까지 장군에 직속된 무사이자 다이묘. 뛰어난 수완과 유연한 판단으로 많은 사건과 소송을 맡아서 해결한 명판관으로 유명하다.

국가의 패권을 잡고서 중요한 기능을 담당했기 때문에 호경기를 맞이해서 번창하고 있었다. 그래서 전국에서 교토가 문화적으로 가장 진보하였지만 사상적으로 보면 그만큼 시정을 펴기에 가장 까다로운 곳이기도 했다.

무로마치 시대 초기부터 토착민들 대부분이 무가武家의 허울을 벗어던지고 상인이 되었으므로 유독 보수적이었다. 지금은 도쿠가와나 도요토미의 색채를 띤 무사들이 호시탐탐 다음 패권을 노리고 있었다. 더욱이 출신도 모르고 또 무엇으로 생계를 유지하는지도 모를 무사들이 도당을 짓거나 일문을 세워 그 세력을 넓혀 가고 있었다.

게다가 당장이라도 도쿠가와와 도요토미의 양대 세력이 충돌할지 몰랐기 때문에 한바탕 출세를 하려는 헛된 기대감을 가지고 몰려든 낭인들이 개미 떼처럼 우글거렸다. 그런 낭인들과 공모해 도박, 공갈, 협박, 유괴 등을 직업 삼아 한밑천 잡으려고 설치는 불량배도 날이 갈수록 늘어났고, 몸을 파는 여자들도 많았다. 어느 시대든 넘쳐 나기 마련인 탐욕주의자나 기회주의자들이 오다 노부나가가 읊은 '인간 오십 년, 하늘에 비하면 한바탕 꿈처럼 덧없구나'라는 말이 유일한 진리인 듯, 술과 여자와 찰나의 향락에 탐닉하다 죽는 것을 마다하지 않았다.

그것뿐이라면 괜찮겠지만, 그런 허무한 인간도 번드르르하게 정치관이나 사회관을 지껄이며 도쿠가와 쪽인지 도요토미 쪽인지 구분을 할 수 없이 위장하고 그때그때 상황에 따라 진영을 넘나들며 좋은 연줄을 붙잡기 위해 애쓰고 있었기 때문에 교토의 시정은 어지간한 관리가 아니면 감독을 할 수가 없었다.

그래서 도쿠가와 이에야스가 교토의 경비와 정무를 맡은 쇼시다이所司代로 임명한 것이 이타구라 가쓰시게였다. 게이초慶長 육년에 삼십 명의 기마대와 백 명의 부하를 이끌고 교토로 부임할 때였다. 도쿠가와의 명을 받았을 때, 가쓰시게는 바로 명을 받들지 않고 이렇게 말했다.

"집에 돌아가서 일단 아내와 상의하고 말씀드리겠습니다."

가쓰시게는 집에 돌아와 아내를 불러 놓고 임관 사실을 알리며 말했다.

"옛날부터 관직에 발탁되는 영위로 인해 도리어 가문이 망하고 해를 당한 사람들이 한둘이 아니오. 그 연유를 생각하니 모두 문벌門閥과 내실內室의 화로 인해 일어난 일이오. 따라서 누구보다도 먼저 그대와 상의하는 것인데, 그대는 내가 쇼시다이가 된 후에라도 내가 하는 일에 일절 간섭하지 않겠다고 맹세한다면 그 명을 받들고자 하오."

아내는 공손하게 맹세했다.

"어찌 부녀자가 그러한 일에 간섭하겠습니까."

다음 날, 가쓰시게가 성에 들어가기 위해 의복을 입는데 옷의 아랫자락이 접혀 있었다. 그것을 본 아내가 바로잡아 주려 하자 그는 아내를 꾸짖었다.

"그대는 벌써 약속을 잊었단 말이오!"

그러고는 재차 아내에게 굳게 맹세하게 한 후에야 도쿠가와의 명을 받들었다고 한다. 그런 각오로 부임한 가쓰시게는 실로 공명정대하고 준엄하였다. 무서운 관리를 상관으로 둔다는 것은 꺼려지는 일인 듯 하지만 오히려 교토의 백성들은 그를 아버지처럼 높이 받들면서 집 안에 가장이 생긴 것처럼 안심했다.

그런데 방금 이타구라가 온다, 하고 뒤쪽에서 외친 자는 누구일까? 당연히 요시오카 무리들은 모두 무사시와 마주하고 있었기 때문에 그렇게 말을 할 수가 없었을 것이다. 이타구라가 온다는 말은 곧 그의 부하들이 온다는 의미로 받아들여졌다. 지금 그들의 눈에 띄는 건 좋지 않았다. 번화가를 정기적으로 순찰하고 있던 그들이 무슨 일이 생겼다는 말을 듣고 달려온 건지도 몰랐다.

그런데 방금 소리친 자는 누구일까? 자신들 편이 아니라면 지나가는 사람인가? 주로자에몬을 비롯한 요시오카 제자들의 눈이 소리가 난 쪽으로 쏠렸다.

"잠깐, 잠깐."

무사시와 요시오카 무리들 사이로 나서며 만류하는 젊은 무사가 있었다.

"아니!"

"너는?"

뜻밖이라는 표정으로 자신을 바라보는 요시오카 제자들과 무사시 눈앞에 오만한 태도로 서 있는 것은 사사키 고지로였다. 그는 양쪽 다 자신을 기억하고 있겠지, 하는 표정이었다.

"방금 대문 앞에서 가마를 내리니 싸움이 벌어질 거라며 떠들썩하더군. 일찍이 내가 이런 일이 벌어질 것이라고 걱정하지 않았나. 나는 요시오카 편도 아니고 그렇다고 무사시 편도 아니네. 그러나 나도 무사이자 검객인 이상, 무문을 위해서나 무사 전체를 위해서 감히 말할 자격이 있다."

어딘지 앞머리를 한 모습과는 어울리지 않는 웅변이었다. 게다가 말하는 투나 사람을 무시하는 듯한 눈까지 한마디로 교만함 그 자체였다.

"양쪽에 묻겠는데, 만약 이타구라 님의 수하들이라도 와서 거리를 소란스럽게 하는 불량배들이라고 끌고 간다면 양쪽 모두에게 부끄러운 일일 것이다. 관리들이 끼어들게 되면 지금의 상황은 단순히 소란을 피운 것으로 간주될 것이다. 장소는 물론이고 시기도 나쁘다. 무사인 그대들이 세상의 질서를 어지럽히는 행동을 한다면 무사 전체의 수치가 될 것이다. 나는 무사를 대표해서 양쪽에게 말한다. 여기서는 그만두게! 검으로 해결해야 할 일이 있다면 검의 법도에 따라 따로 장소와 시간을 잡아서 해야 하지 않겠는가?"

그의 연설에 압도된 요시오카 사람들은 모두 잠자코 있었다. 미이케 주로자에몬은 고지로가 말을 마치자 바로 강하게 나갔다.

"좋다, 그것이 도리임에 분명하다. 그러나 고지로, 그때까지 무사시가 도망가지 않는다는 것을 귀공이 보장하겠는가?"

"할 수도 있지만."

"그런 애매모호한 말은 받아들일 수 없다."

"허나 무사시도 살아 있는 몸이라서."

"도망치게 할 속셈이군."

"허튼소리!"

고지로가 소리쳤다.

"만약 그렇게 된다면 그대들의 원한이 나에게 돌아올 게 아닌가? 그렇게까지 해서 이자를 두둔할 이유가 내겐 없네. 그리고 이렇게 된 이상 무사시도 도망칠 수 없네. 만약 교토에서 종적을 감춘다면 교토 한복판에 방을 써 붙여 천하의 웃음거리로 만들면 되지 않겠는가."

"아니, 그것만으로는 충분치 않다. 반드시 다른 날까지 그대가 무사시를 맡겠다고 보증한다면 일단 오늘 밤은 무사시를 돌려보내지."

"잠깐, 무사시의 의향을 물어보도록 하자."

고지로는 휙 뒤돌아섰다. 아까부터 자신의 등을 노려보고 있던 무사시의 눈길을 정면에서 맞받으면서 그에게 바싹 다가갔다.

"……."

"……."

두 사람의 눈빛이 침묵 속에서 날카롭게 부딪혔다. 맹수가 맹수를 발견했을 때와 같은 침묵이 흐르고 있었다. 미야모토 무사시와 사사키 고지로는 선천적으로 어울리지 않는 성격의 소유자였다. 서로 인정하고 있는 만큼 서로 두려워했다. 패기만만한 두 사람의 자존심은 스치기만 해도 불꽃을 일으킬 듯했다. 고조 다리에서와 마찬가지로 지금 두 사람 사이에는 팽팽한 긴장감이 흐르고 있었다. 말을 나누기에 앞서 눈빛과 눈빛이, 고지로의 감정과 무사시의 감정이, 모든 것을 말하고 있었으며 서로의 의지가 치열하게 맞부딪치고 있었다.

마침내 고지로가 먼저 입을 열었다.

"무사시, 어떤가?"

"어떤가라니?"

"지금 요시오카 쪽과 내가 타협한 조건 말이다."

"알았다."

"되었나?"

"단, 그대의 조건에 이의가 있다."

"이 고지로에게 몸을 맡기는 것이 불만인가?"

"세이주로 님과 덴시치로 님과의 두 번의 시합에서 나는 조금도 비겁한 짓을 하지 않았다. 그런데 어찌 남아 있는 제자들에게 비겁하게 등을 보이고 도망을 치겠는가?"

"흐음, 그 말을 꼭 기억해 두겠다. 그렇다면 무사시, 원하는 날짜는?"

"날짜도 장소도 상대에게 맡기겠다."

"그것이 낫겠군. 그럼 오늘부터 자네는 어디에 있을 것인가?"

"정해진 거처는 없다."

"거처를 모르면 결투장을 전해 줄 수가 없다."

"지금 정하면 약속을 어기지 않고 나가겠다."

"흐음."

고지로는 고개를 끄덕이며 물러섰다. 그러고는 미이케 주로자에몬과 문하생들과 잠시 이야기를 한 후에 다시 혼자 무사시에게 왔다.

"상대가 내일 모레, 인시寅時 하각下刻으로 정하고자 한다."

"알겠다."

"장소는 에이叡 산의 일승사一乘寺 산기슭, 야부노고藪之郷의 '사가리 소나무下がり松'[2] 아래에서 만나기로 한다."

"일승사 촌의 사가리 소나무. 잘 알았다."

"요시오카 쪽의 명목상 상대는 세이주로와 덴시치로의 숙부인 미부의 겐자에몬의 아들, 겐지로源次郎이다. 겐지로는 요시오카 가문의 상속자이기에 그의 이름을 대표로 내세우는 것이지만 아직 나이가 어린 소년이므로 제자 몇 명과 함께 시합에 임할 것임을 미리 말해 두겠다."

고지로는 그렇게 서로 약속을 정한 뒤에 목수집 문을 두드리고는 안에 들어갔다. 그는 떨고 있는 두 명의 목수에게 말했다.

"여기 필요 없는 판자가 있을 것이오. 팻말을 세우려 하니 그에 맞게 잘라서 여섯 자 정도 말뚝으로 만들어 주시오."

목수가 판자를 잘라서 내밀자 고지로는 요시오카 제자 한 명을 보내 붓과 먹을 가져오게 한 후, 결투의 취지를 적었다. 서로 글을 주고받는 것 대신에 팻말을 길가에 세워 두는 것은 세상에 그 약속을 지킬 것을 공표하는 것과 같았다.

요시오카 측 제자가 그 현판을 사람들의 눈에 가장 잘 띄는 곳에 세

---

2 가지가 아래로 늘어진 소나무라는 뜻이지만, 보통은 교토 시 사교 구左京区의 일승사에 있었던 소나무를 가리키는 말로 쓰인다.

우는 것을 지켜본 무사시는 버드나무 마장 쪽으로 걸음을 재촉하며 사라졌다.

버드나무 마장에서 우두커니 무사시가 오기를 기다리던 조타로는 몇 번이나 한숨을 쉬며 드넓은 어둠 속을 둘러보고 있었다.

"왜 이리 늦을까?"

가마의 등불이 지나가고 취객의 노랫소리가 아련히 들려왔다.

"정말 늦는군."

혹시나 하는 불안이 엄습했다. 조타로는 돌연 야나기마치 쪽으로 뛰기 시작했다. 그러자 맞은편에서 누군가 그를 부르는 소리가 들렸다.

"조타로, 어디를 가느냐?"

"아, 스승님. 너무 늦으셔서 찾아보려고요."

"자칫하면 엇갈릴 뻔했구나."

"대문 밖에 요시오카 놈들이 많았죠?"

"있었다."

"아무 짓도 안 했어요?"

"아무 짓도 안 했다."

"스승님을 잡으려고 하지 않던가요?"

"응, 하지 않았다."

"정말요?"

조타로는 무사시의 얼굴을 올려다보며 다시 물었다.

"그럼 아무 일도 없었다는 거죠?"

"그래."

"스승님, 그쪽이 아니에요. 가라스마루 님 댁으로 가는 길은 이쪽에서 꺾어져서 가야 해요."

"그러냐?"

"스승님도 빨리 오츠 님을 만나고 싶죠?"

"만나고 싶구나."

"오츠 님도 틀림없이 놀랄 거예요."

"조타로."

"예?"

"우리가 처음 만난 곳이 싸구려 여인숙이었지. 그곳이 어디였지?"

"기타노北野 말인가요?"

"그래, 그래. 기타노의 뒷골목이었지."

"가라스마루 님의 집은 아주 좋아요. 그런 싸구려 여인숙 같지 않아요."

"하하하하, 어디 여인숙과 비교할 수 있겠느냐."

"대문은 이미 닫혀 있겠지만 하인들이 드나드는 뒷문을 두드리면 열어 줄 거예요. 스승님을 모시고 왔다고 하면 미쓰히로 님도 나오실지 몰라요. 그런데 스승님, 다쿠안 스님은 정말 못됐어요. 내가 얼마나 화가 났는지 아세요? 스승님 같은 자는 그냥 내버려 두라고 했어요. 그리고 스승님이 계신 곳을 알고 있으면서 가르쳐 주지도 않았어요."

무사시가 말이 없다는 것을 잘 알고 있는 조타로는 그가 한마디도 하지 않고 잠자코 있어도 저 혼자 계속 쉬지도 않고 지껄여 댔다.

이윽고 가라스마루의 저택 뒷문이 눈앞에 보였다.

"스승님, 저기예요."

조타로는 우뚝 발걸음을 멈춘 무사시에게 가르쳐 주듯 말했다.

"저 담 위에 불이 비치는 곳 있죠? 오츠 님이 자고 있는 방이 저 근처예요. 저 불은 오츠 님이 일어나서 기다리고 있는 불일지도 몰라요."

"……."

"스승님, 빨리 들어가요. 제가 문을 두드려 문지기를 깨울게요."

조타로가 문을 향해 달려가려 하자 무사시는 조타로의 손목을 꽉 잡았다.

"아직 이르다."

"왜 그래요?"

"나는 이 집에 들어가지 않을 거란다. 오츠 님에게는 네가 말을 잘 전해다오."

"예? 뭐라고요? 그럼, 스승님은 왜 여기까지 왔어요?"

"너를 데려다 주려고 온 게다."

만일의 경우를 생각하며 내심 두려워하던 현실이, 그 예감이 불현듯 눈앞의 현실로 다가왔다. 순간, 조타로는 절규하듯 소리를 질렀다.

"안 돼요, 안 돼! 스승님, 꼭 가야만 해요!"

조타로는 온 힘을 다해 무사시의 팔을 잡아당겼다. 바로 문 안쪽에 있는 오츠의 머리맡까지 어떻게 해서든 데리고 가려고 했다.

"조용히 하거라."

무사시는 어둠 속에 깊이 잠겨 있는 가라스마루의 저택을 쳐다보며 속삭였다.

"조타로, 내가 하는 말을 잘 들어라."

"싫어요, 듣지 않을래요. 스승님은 아까 나와 같이 가겠다고 말했잖아요."

"그래서 여기까지 너와 함께 온 게 아니냐?"

"문 앞까지라고 하지 않았잖아요. 나는 오츠 님과 만나는 걸 말한 거라고요. 스승이 제자에게 거짓말을 하는 게 어디 있어요."

"조타로, 그렇게 소리치지 말고 내가 하는 말을 잘 듣거라. 나는 가까운 시일 안에 또 생사의 갈림길에 서야 한다."

"무사는 아침에 태어나 저녁에 죽을 각오로 수련하고 있다고 스승님이 입버릇처럼 말했잖아요. 그러니 그런 건 어제오늘의 일이 아니잖아요."

"맞다. 내가 항상 하던 말을 이렇게 너에게 들으니 도리어 내가 배우는 기분이 드는구나. 하지만 이번만은 나도 어떻게 될지 알 수가 없구나. 그러니 더욱 오츠 님을 만나지 않는 편이 좋단다."

"왜요? 왜요?"

"그건 네게 말해 줘도 이해하지 못할 것이다. 너도 크면 알 수 있을 게야."

"정말로, 정말로 스승님은 머지않아 죽을 수도 있어요?"

"오츠 님에게는 말하지 말거라. 아프다고 하니 몸을 굳건히 해서 더 나은 삶을 살라고, 내가 그렇게 말하더라고. 알겠지, 조타로? 그리고 조금 전에 내가 한 말은 하지 말도록 하거라."

"싫어요, 싫어! 난 말할 거예요. 그런 일을 어떻게 오츠 님에게 말하지 않을 수 있어요. 어쨌든 일단 들어가요."

"내 말을 알아듣지 못하느냐!"

무사시가 팔을 뿌리치자 조타로는 울음을 터뜨리고 말았다.

"그러면 오츠 님이 너무나 불쌍해요. 오츠 님에게 오늘 일을 이야기하면 병이 더욱 나빠질 거예요."

"그러니까 이렇게 말해다오. 어차피 무사 수행 중에는 만난다 하더라도 서로에게 아무런 도움이 되지 않는다. 수많은 어려움을 이겨 내고 인고를 견디며 스스로를 고행의 밑바닥에 내던지지 않으면 수행의 결실을 얻을 수 없는 것이다. 알겠지, 조타로? 너도 언젠가 그런 길을 걷지 않으면 훌륭한 무사가 될 수 없단다."

"……."

무사시는 울고 있는 조타로의 모습을 보자 다시 가여운 생각이 들어 그의 머리를 가슴으로 끌어당기며 말했다.

"언제 죽을지 모르는 것이 무사의 운명이란다. 내가 죽은 후에는 너도 좋은 스승을 찾도록 해라. 오츠 님도 만나지 않는 편이 그 사람의 앞날을 위해서 좋을 것이고, 훗날 내 마음도 이해할 수 있을 거다. 으음, 저기 담 안쪽에 비치는 밝은 불빛이 오츠 님이 있는 방이냐? 오츠 님도 적적할 게다. 자, 너도 빨리 돌아가서 잠을 자도록 해라."

억지를 부리고 있었지만 조타로도 무사시의 고충을 어느 정도는 이해할 수 있을 듯싶었다. 흐느껴 울면서도 등을 돌리고 있는 것은 아까보다 조금이나마 현재의 상황을 이해하고 있다는 증거이기도 했다. 오츠도 불쌍하지만 더 이상 무사에게 억지를 부릴 수도 없는 듯, 이러지도 저러지도 못하는 어린 마음에 그저 흐느껴 울고만 있었다.

"그럼, 스승님!"

조타로는 갑자기 눈물로 범벅이 된 얼굴을 무사시에게 돌리더니 마지막 한 가닥 희망이라도 잡으려는 듯 말했다.

"수행이 끝나면 그때는 오츠 님을 반드시 만날 거죠? 스승님의 수행이 이 정도면 됐다고 할 때가 오면 말이에요."

"그래, 그때가 오면……."

"그때가 언제예요?"

"언제라고 말할 수 있는 게 아니란다."

"이 년?"

"……."

"삼 년?"

"수행은 끝이 없다."

"그럼, 평생 오츠 님을 만나지 않을 생각이세요?"

"나에게 천부적인 자질이 있다면 길에 이르는 날이 있겠지만, 소질이 없다면 평생이 걸려도 이런 상태로 머물지도 모르겠다. 무엇보다 눈앞에 죽음과 직면해야 하는 일을 앞두고 있다. 죽으러 가는 사람이 어찌 앞날이 창창한 젊은 여인과 앞날을 약속할 수 있겠느냐?"

무사시가 무심코 그렇게 말을 하자, 조타로는 그 말의 의미를 아직 잘 이해하기 어려운지 조금 의아한 듯 말했다.

"그러면 스승님, 그런 약속은 하지 않기로 하고 그냥 오츠 님을 만나면 되지 않나요?"

무사시는 말을 할수록 스스로의 말이 모순처럼 느껴지면서 혼란스럽고 괴로워졌다.

"그럴 수는 없다. 오츠 님은 젊은 여인이고 나도 젊다. 그리고 네게 말하기 부끄럽지만 그녀를 만나면 나는 그녀의 눈물에 지고 말 것이다. 분명 그녀의 눈물에 방금 한 굳은 결심이 무너질 것이다."

야규 계곡에서 오츠의 모습을 보고 도망쳤던 때와 오늘 밤의 무사시의 심정은 같았지만 그 성질은 크게 다르다는 것을 깨닫고 있었다. 하나다 다리에서도, 야규 계곡에서도, 예전에는 단지 청운에 불타는 야심과 패기 그리고 결벽증과도 같은 마음이 물을 만난 불처럼 여인의 마음을 거부한 것에 지나지 않았다.

하지만 지금의 무사시는 본래 가지고 있던 야성이 서서히 다듬어져 감에 따라 자신의 나약한 일면을 깨달아 가고 있었다. 두 번 다시 태어날 수 없는 세상에 태어난 생명의 고귀함을 알게 되자 두려움 역시 알게 되었다. 검을 선택해서 살아가는 사람 이외에도 수많은 다른 삶을 살아가는 사람들이 있다는 사실을 알게 되자 독선적인 자존심도 조금씩 온순해지고 있었다.

'여자'에 대해서도 무사시는 그 존재의 매력을 요시노에게서 보았고, 자신의 내면에 잠재된 '여자'에 대한 인간으로서의 욕정도 깨닫고 있었다. 그래서 지금 무사시는 그런 대상을 무서워하기보다는 자신의 마음을 두려워하고 있는 것이었다. 특히 그 대상이 오츠라면 그로서는 이길 수가 없었고, 또 그녀의 일생을 생각하지 않고서 그녀를 생각할 수도 없었다.

무사시는 훌쩍훌쩍 울고 있는 조타로에게 조그맣게 말하고는 떠났다.

"알았느냐……."

무사시의 말이 귓가에 들려왔다. 팔로 얼굴의 눈물을 닦으며 훌쩍이고 있던 조타로가 고개를 들었다. 눈물 젖은 몽롱한 안개만이 어둠 속에 자욱했다.

"앗, 스승님!"

발을 동동 구르던 조타로는 긴 담벼락 모퉁이까지 달려갔다. 큰 소리로 무사시를 불러도 소용없다는 것을 알고 있는 조타로는 눈물을 쏟으며 담벼락에 얼굴을 묻었다.

"……."

울다 지친 조타로가 어깨를 들썩이며 흐느끼고 있었다. 그러자 저택의 하녀인지, 뒷문 밖에서 서성이는 그림자가 있었다. 문득 밤중에 우는 소리를 듣고 나왔는지 장옷을 걸치고 주저주저 다가왔다.

"조타로?"

그녀는 다시 확인하듯 불렀다.

"조타로 아니니?"

두 번째 부르는 소리에 조타로는 깜짝 놀란 듯 얼굴을 들었다.

"아, 오츠 님?"

"아니, 그런 데서 왜 울고 있어?"

"오츠 님이야말로 아프면서 왜 밖에 나왔어요?"

"왜라니? 너처럼 사람을 걱정시키는 사람도 없구나. 아무 말도 하지 않고 대체 지금까지 어디를 갔었니? 저녁이 되어도 돌아오지 않고 문을 닫을 때가 지나도 오지 않고, 얼마나 걱정했는지 몰라."

"나를 찾으러 나온 거예요?"

"혹시 무슨 일이라도 생긴 건 아닌지 잠도 오지 않았어."

"바보! 또 열이 나면 어쩌려고요. 자, 빨리 방으로 들어가요."

"근데 너는 왜 울고 있었니?"

"나중에 말할게요."

"아니야. 심상치 않으니 무슨 일인지 어서 얘기해 봐."

"자고 나서 말할게요. 오츠 님이나 빨리 자요. 내일 또 끙끙 앓는 소리를 해도 나는 몰라요."

"그럼, 방에 들어가서 잘 테니 조금만 얘기해 줘. 다쿠안 스님의 뒤를 따라갔었지?"

"으응……."

"다쿠안 스님께 무사시 님이 계신 곳을 들었니?"

"그런 인정머리 없는 중은 정말 싫어요."

"무사시 님의 거처는 결국 알아내지 못했구나."

"으응."

"알았어."

"그만 가서 자요. 나중에 얘기할 테니!"

"왜 나한테 숨기려고 하니? 그렇게 심술을 부리면 난 자지 않고 그냥 여기에 있을 테니 혼자 가서 자."

"쳇!"

조타로는 또 눈물이 나올 듯하자 눈썹을 찡그리며 오츠의 팔을 잡아당겼다.

"이 병자나 내 스승님이나 정말 속을 썩이는군. 오츠 님의 머리에 차가운 물수건을 올려놓지 않고서는 얘기할 수 없는 일이에요. 자, 들어가요. 들어가지 않으면 내가 들어서 방에다 내던질 거야."

조타로는 한 손으로 오츠의 손을 잡고 한 손으로는 문을 쿵쿵 두드리며 소리를 질렀다.

"문지기 아저씨, 아저씨! 병자가 침상에서 밖으로 도망쳤잖아요. 열어 줘요. 빨리 열지 않으면 병자가 꽁꽁 얼어붙을 거예요!"

도둑

술을 조금 마신 탓도 있는 듯 이마에 땀이 송골송골 맺힌 마타하치는 한눈팔지 않고 고조에서 산넨 고개로 곧장 뛰어왔다.

전의 그 여인숙이었다. 돌멩이가 많은 고개 중간부터 줄지어 늘어선 지저분한 문들을 내달려 밭 안쪽에 있는 외딴집까지 온 그는 오스기를 불렀다.

"어머니!"

마타하치는 혀를 끌끌 찼다.

"뭐야, 또 낮잠을 자는군."

우물가에서 한숨을 돌리고 손발을 씻고 방에 들어왔는데도 오스기는 아직 일어나지 않았다. 어디가 코인지 입인지 모를 정도로 베개에 얼굴을 파묻고 코까지 골며 자고 있었다.

"쳇, 꼭 도둑고양이처럼 틈만 나면 잠을 자는군."

깊이 잠들었다고 생각했던 오스기가 그 소리에 눈을 가늘게 뜨더니 벌떡 일어났다.

"뭐라고?"

"들었나 보군."

"어미한테 그게 무슨 말버릇이냐? 이렇게 자 두는 것이 내 보양책이다."

"몸보신은 좋지만, 내가 잠시라도 방 안에 들러붙어 있으면 젊은 놈이 활기가 없다느니 그럴 시간이 있으면 나가서 알아보라는 등 달달 볶으면서 자기는 낮잠만 자고 있으니 아무리 어머니라고 해도 너무하잖아요."

"그래, 미안하구나. 마음은 그렇지 않은데 몸은 나이를 못 속이는구나. 게다가 그날 밤에 너와 둘이서 오츠를 죽이려다 실패해서 크게 낙담한데다가 다쿠안에게 붙잡혔던 팔목도 여태 쑤시는구나."

"제가 건강해지면 어머니가 앓는 소리를 하고, 어머니가 건강해지면 내가 기력이 없어지고 이래서는 아무것도 안 되겠어요."

"오늘은 쉬려고 하루 종일 자고 있지만 너한테 약한 소리를 할 만큼 늙지는 않았다. 그래, 밖에서 오츠의 행방이나 무사시의 소문에 대해 듣지 못했느냐?"

"듣지 않으려 해도 떠들썩하게 소문이 났어요. 모르는 사람은 낮잠만 자는 어머니뿐일걸요."

"떠들썩한 소문이라니?"

오스기는 무릎을 세우며 물었다.

"뭔데 그러느냐, 마타하치?"

"무사시가 요시오카 가문과 세 번째 시합을 한대요."

"아니, 언제? 어디서?"

"유곽의 대문에 그 팻말이 걸려 있었는데, 장소는 일승사 촌이라고만 적혀 있고 자세한 것은 없었어요. 날짜는 내일 새벽 무렵이고요."

"마타하치!"

"왜요?"

"너는 그 팻말을 유곽의 대문 옆에서 보았느냐?"

"예, 사람들이 엄청 모여 있었어요."

"그럼 대낮부터 그런 곳에서 뻰뻰하게 놀고 있었단 말이냐?"

"무, 무슨 말도 안 되는."

마타하치는 황급히 손을 저었다.

"가끔 술은 조금 마시지만 나는 그 이후로 무사시와 오츠의 소식을 알아내기 위해 돌아다니고 있는데, 그런 말을 하다니."

오스기도 그런 마타하치가 측은하게 여겨졌다.

"얘야, 기분 나빠 하지 마라. 어미가 농담을 한 것이다. 네가 마음을 굳게 먹고 예전같이 그런 짓을 하지 않는다는 것은 이 어미도 잘 알고 있다. 그런데 무사시와 요시오카 쪽 결투가 내일 새벽이라니 일이 급하게 됐구나."

“인시 하각이라고 하니 날이 아직 어두울 때예요.”

“너 요시오카 사람들 중에 아는 사람이 있다고 했지?”

“없는 건 아니지만, 그렇다고 해서 그다지 좋은 일로 알게 된 것도 아니에요. 무슨 일이라도?”

“지금 당장 요시오카의 시조 도장으로 가자. 너도 준비하거라.”

오스기는 한가하게 낮잠을 자던 일은 까맣게 잊고 도리어 마타하치의 행동이 굼뜬 것을 못마땅하다는 듯 얼굴을 찡그리며 다그쳤다.

“마타하치, 빨리 서둘러라!”

마타하치는 아무 준비도 하지 않으면서 태평하게 말했다.

“어디 처마에 불이라도 붙은 것처럼 왜 그리 성화예요? 도대체 요시오카 도장에 가서 뭘 어쩌려는 생각이세요?”

“뻔하지 않느냐? 모자가 같이 가서 부탁을 하려는 게다.”

“뭘요?”

“내일 새벽, 요시오카 제자들이 무사시와 싸운다고 하니 그 결투에 우리도 참여시켜 달라고 해서 힘을 합쳐 무사시 놈을 치는 것이다.”

“하하하, 하하하. 농담이죠?”

“뭐가 우스우냐?”

“말도 되지 않는 말을 하고 있잖아요.”

“내가 말이냐?”

“거리에 나가 세상 돌아가는 얘길 좀 들어보세요. 요시오카 도장은 세이주로가 패하고 덴시치로는 죽고 말았어요. 이번은 최후의 일전으로, 이미 망한 것이나 다름없는 요시오카 가문이 시조 도장의 제자들을 모두 끌어모아 무슨 수를 써서라도 무사시를 죽이려고 하고 있어요. 스승의 원수를 제자가 갚는데 굳이 정상적인 방법이나 수단에 얽매일 필요가 없다고 공언하며 이번에는 모두가 달려들어서라도 무사시를 베겠다고 확실하게 밝히고 있어요."

"흐음, 그러냐?"

오스기는 듣는 것만도 즐거운지 눈을 가늘게 뜨며 좋아했다.

"그럼, 제아무리 무사시라 해도 이번만은 살아남지 못하겠구나."

"아뇨, 어떻게 될지 알 수 없어요. 요시오카 쪽에서 그렇게 나온다면 분명 무사시도 도와줄 사람들을 끌어모아 대적할 것이고, 그렇게 되면 전쟁이 벌어지는 것과 같은 싸움이 될 것이라고 교토는 지금 그 소문 일색이에요. 그런 싸움에 힘도 없는 어머니가 참가하겠다고 하면 누가 상대나 해 주겠어요?"

"음, 그건 그렇구나. 그러면 우리 모자는 무사시가 다른 사람 손에 죽는 걸 잠자코 보고 있어야 한다는 것이냐?"

"그래서 제 생각에는 내일 새벽녘에 일승사 촌에 가 있으면, 싸우는 장소와 상황도 분명 알 수 있을 거예요. 만약 무사시가 요시오카 사람들에게 죽으면 우리가 나가서 무사시와 우리 사이의 원한을 상세히 이야기하고 무사시의 시체에 칼을 꽂아 한을 푸는 거죠. 그러고 나서 무사시의 머리털이나 한쪽 소매를 받아 고향으로 가서 이렇게 무사시를 죽였다고 사람들에게 이야기하면 우리의 체면도 설 거예요."

"그렇군. 내 생각도 괜찮지만 네 말대로 하는 수밖에 없겠구나."

오스기는 자세를 고쳐 앉으며 고개를 끄덕였다.

"그렇군. 그렇게 하면 고향에 돌아가도 면목은 서겠구나. 그 후에는 오츠만 남게 되고, 무사시만 죽으면 그년은 나무에서 떨어진 원숭이와 마찬가지다. 발견하는 즉시 해치우는 건 손쉬운 일이다."

오스기는 그제야 안달을 하던 모습이 사라지고 차분해진 듯했다. 마타하치는 다시 술 생각이 나는 듯했다.

"그럼, 그렇게 하기로 하고 오늘 밤 두 시 정도까지 느긋하게 쉬세요. 어머니, 좀 이르지만 저녁을 먹으면서 반주도 한잔하고 싶은데요."

"술? 음, 여인숙 사람에게 말하고 와야겠군. 미리 축하하는 의미로 나도 좀 마실 정도로만……."

오스기는 내키지 않는 듯 손으로 무릎을 짚고 일어서려는데 마타하치는 무엇을 보았는지 눈을 동그랗게 뜨고 옆에 있는 작은 창가를 바라보았다.

얼핏 하얀 얼굴이 창밖으로 보였다. 마타하치가 놀란 것은 단지 그것이 젊은 여자이기 때문만은 아니었다.

"아니, 아케미잖아!"

그는 창가로 달려갔다. 아케미는 도망치지 못한 새끼 고양이처럼 나무 그늘에 무르춤하게 서 있었다.

"마타하치 님이었군요."

그녀도 놀란 것처럼 눈을 동그랗게 떴다. 이부키 산에서처럼 지금도 여전히 그녀의 허리춤인가 소매에 달려 있는 방울이 그녀가 움직일 때마다 몸을 떨듯 울었다.

"대체 어떻게 된 게냐? 이런 곳에 불쑥 나타나다니."

"저는 여기 여인숙에 오래전부터 묵고 있는걸요."

"흐음, 그런 줄 전혀 몰랐구나. 그럼, 오코와 같이 있니?"

"아뇨."

"혼자?"

"예."

"이젠 오코와는 같이 있지 않는 거니?"

"기엔 도지 아시죠?"

"응."

"그 사람과 둘이서 작년 말에 집을 정리해서 다른 나라로 달아났어요. 저는 그 전부터 양어머니와 헤어졌고……."

방울 소리가 미세하게 떨렸다. 아케미는 소매로 얼굴을 가리고 어느새 울고 있었다. 나무 그늘에 비치는 파란 햇살 탓인지 아케미의 목덜미와 가는 손마디는 마타하치가 기억하는 그녀의 모습과는 사뭇 달라 보였다. 이부키 산의 집과 요모기에서 매일 보던 소녀의 청순함은 어디에서도 찾아볼 수가 없었다.

"마타하치, 누구냐?"

뒤에서 오스기가 묻자 마타하치는 돌아보며 대답했다.

"어머니한테도 언젠가 얘기한 적이 있죠? 오코의 딸."

“그 아이가 왜 우리 이야기를 창밖에서 듣고 있었느냐?”

“그리 나쁘게 생각하실 것은 없어요. 이 여인숙에 묵고 있는데 우연히 근처에 서 있었던 거예요. 그렇지, 아케미?”

“예, 그래요. 설마 여기에 마타하치 님이 있으리라고는 꿈에도 생각하지 못했어요. 그런데 언젠가 이곳에 길을 잘못 들어왔을 때 오츠라는 여자가 있었는데.”

“오츠는 이제 없어. 너, 오츠와 무슨 얘기라도 했니?”

“별 얘기는 안 했지만 나중에 생각났어요. 그 여자가 마타하치 님을 고향에서 기다리던 약혼녀지요?”

“으응. 예전엔 그랬었지만.”

“마타하치 님도 제 양어머니 때문에…….”

“너는 그 후로 혼자 지내니? 모습이 많이 달라졌구나.”

“저는 양어머니 때문에 무척 괴로웠어요. 그래도 길러 준 은혜 때문에 꾹 참아 왔지만, 작년 연말엔 더 이상 참을 수 없는 일이 있어서 스미요시에 놀러 갔을 때, 혼자서 도망쳤어요.”

“오코가 우리를 완전히 망쳐 놓고 말았구나. 빌어먹을 인간! 어디 얼마나 호강하며 살지 두고 볼 테다.”

“근데 이제 전 앞으로 어떻게 하면 좋을까요?”

“나 역시 앞길이 막막하구나. 그놈에게 어떻게든지 앙갚음을 하고 싶지만 생각뿐이고…….”

아까부터 행장을 꾸리고 있던 오스기는 두 사람이 창 너머에서 자신들의 신세를 한탄하는 소리를 듣고는 혀를 찼다.

"마타하치, 볼일도 없는 사람과 무슨 얘기를 그리하느냐? 오늘 밤 안으로 이 여인숙을 떠나야 하지 않느냐? 준비를 해 두게 나를 좀 도와라."

아케미는 아직 무언가 얘기하고 싶은 게 있는 듯 오스기의 눈치를 살폈다.

"마타하치 님, 나중에 또……."

아케미는 풀이 죽어 돌아갔다.

얼마 후, 여관 별채에 등불이 켜졌다. 저녁상에는 주문한 술이 같이 올라왔고, 모자가 서로 술잔을 주고받는 사이에 계산서가 쟁반에 올라와 있었다. 여인숙의 일꾼과 주인이 작별 인사를 하러 왔다.

"오늘 밤 떠나신다는 얘기를 들었습니다. 오래 머무르셨는데 대접도 변변치 못했습니다. 아무쪼록 너그러이 용서하시고 교토에 다시 오실 때는 꼭 들러 주십시오."

"그럼요. 또 신세를 지게 될지도 모르겠소이다. 연말부터 초봄까지 석 달이 넘었구려."

"왠지 섭섭합니다."

"이별주니 한 잔 받으시지요."

"감사히 받겠습니다. 그런데 할머님께선 이제 고향으로 돌아가시는 겁니까?"

"아니오. 언제 고향으로 돌아갈지는……."

"한밤중에 떠나신다고 들었는데, 어째서 그런 시각에?"

"급히 중요한 일이 생겨서. 그런데 혹시 이 댁에 일승사 촌의 지도가 있는지요?"

"일승사 촌이라면 시라가와白河의 맨 끄트머리이고 에이 산과 가까운 한적한 산골 마을입니다만, 그런 곳에 새벽 전에 가시다니……."

마타하치가 주인이 하는 말허리를 끊고 말했다.

"무엇이든 좋으니 그 일승사 촌으로 가는 약도를 종이에 그려 주시지요."

"알겠습니다. 마침 일승사에서 와 있는 사람이 있으니까 그 사람한테 물어서 알기 쉽게 그려 오겠습니다. 그런데 일승사 촌은 상당히 넓은 곳인데."

조금 취해 있던 마타하치는 짐짓 점잔을 떠는 주인의 말이 성가시다는 듯 말했다.

"그런 걱정까지 하지 않아도 괜찮소. 길만 가르쳐 주면 되오."

"죄송합니다. 그럼 천천히 준비하십시오."

주인이 손을 비비며 툇마루로 내려서는데 본채에서 별채 주위로 일꾼 서넛이 우르르 뛰어오더니 주인의 모습을 발견하고는 한 명이 다급하게 말했다.

"주인님, 이쪽으로 도망 오지 않았습니까?"

"뭐가? 무슨 일이냐?"

"얼마 전부터 혼자 안쪽에서 묵고 있던 여자 말입니다."

"아니, 도망을 쳤느냐?"

"저녁 무렵까지는 분명히 모습을 보았는데, 왠지 방 안에 인기척이 없기에."

"없더냐?"

"예."

"바보 같은 놈들!"

주인의 안색이 변했다. 손님 앞에서 손을 비비며 공손할 때와는 완전히 다른 사람이 된 듯 험악하게 소리쳤다.

"도망친 뒤에 소란을 떨어 봤자 무슨 소용이 있느냐. 겉모습만 봐도 처음부터 사연이 있는 여자라는 건 알 수 있었다. 그런데도 칠팔 일이나 묵은 후에야 너희들은 한 푼도 없다는 걸 알았더란 말이냐? 그런 식으로 여인숙 장사를 어찌하겠느냐?"

"죄송합니다. 정말 순진한 처녀라 생각했는데…… 완전히 속아 넘어갔습니다."

"밥값이나 여관비는 어쩔 수 없다고 하더라도 다른 손님이 물건이라도 잃어버리지 않았는지 먼저 알아보고 오너라. 에이, 괘씸한 년."

주인은 혀를 차며 문밖의 어둠 속을 날카롭게 쏘아봤다.

모자는 밤이 깊어지길 기다리며 몇 번이나 술병을 비웠다. 마침내 오스기는 밥그릇을 들며 말했다.

"마타하치, 너도 술은 그만 마시거라."

"이것만요."

마타하치는 들고 있던 잔을 비우고 말했다.

"밥은 됐어요."

"물이라도 말아서 먹어 두지 않으면 몸에 좋지 않다."

일꾼들이 든 등불이 앞쪽에 있는 밭과 길 어귀를 분주히 드나들었다.

"아직 못 잡은 모양이군."

그것을 본 오스기가 이렇게 중얼거리더니 다시 말했다.

"괜히 아는 체했다가 곤란해질 것 같아 주인이 있는 데서는 가만히 있었다만, 숙박비를 내지 않고 도망쳤다는 여자가 아까 낮에 너와 창가에서 이야기를 하던 아케미가 아니냐?"

"그럴지도 모르죠."

"오코의 밑에서 자란 아이라 제대로 된 아이는 아닐 테니, 다음엔 만나더라도 아는 체하지 말거라."

"생각해 보면 그 아이도 불쌍한 아이예요."

"다른 사람에게 폐를 끼친 건 그렇더라도 숙박비를 내지 않고 도망친 건 심했다. 여길 떠날 때까지 모르는 척하는 게 좋다."

"……."

마타하치는 딴생각을 하고 있는지 머리카락을 쥐어 잡더니 누워 버렸다.

"몹쓸 년. 지금도 그 얼굴이 떠오르는군. 내 인생을 망쳐 놓은 원수는 무사시나 오츠가 아닌 바로 오코다!"

오스기가 듣고 있다가 그를 나무랐다.

"무슨 소리냐! 오코 따위는 죽여 봤자 고향 사람들은 알아주지도 않을뿐더러 가문의 체면도 서지 않는다."

"아아, 모두 다 귀찮아."

그때 여관 주인이 툇마루 끝에서 등불을 들고 얼굴을 내밀었다.

"할머님, 축시입니다."

"흐음, 이제 일어나야겠군."

"벌써 가려고요?"

마타하치는 기지개를 켜며 물었다.

"아까 도망친 여자는 잡았소?"

"아니, 아직 못 잡았습니다. 얼굴이 반반해서 숙박비나 선금을 받지 않아도 안심하고 있었는데 당하고 말았습니다."

마타하치는 툇마루로 나가 신발 끈을 묶으며 뒤를 돌아보았다.

"어머니, 뭐하세요! 나보고 서두르라고 재촉하고선 자기가 꾸물거리고 있네."

"잠깐 기다려라. 마타하치, 그걸 네게 맡겼을 텐데."

"뭘요?"

"이 보따리 옆에 둔 내 돈주머니 말이다. 숙박비는 몸에 차고 있던 돈으로 치르고 앞으로 쓸 돈은 그 속에 넣어 두었는데."

"전 몰라요."

"앗! 마타하치, 이리 오너라. 이 보따리에 마타하치 님이라고 적힌

쪽지가 묶여져 있구나. 이런, 뻔뻔하게도 옛정을 생각해서 돈을 빌려 가는 것을 용서해 달라고 적혀 있구나."

"흐음, 아케미가 가져간 거로군."

"돈을 훔치고는 용서해 달라니. 주인 양반, 손님이 도난을 당하면 그 책임은 주인이 져야 하는 법. 어쩔 거요?"

"아니, 그럼 할머님은 그 여자를 전부터 알고 계셨단 말입니까? 그렇다면 저희들이 떼인 숙박비 등을 먼저 해결해 주셔야겠습니다."

주인이 그렇게 말하자 오스기는 펄쩍 뛰며 얼굴을 옆으로 저었다.

"무슨 말이오? 그런 도둑년을 내가 어찌 알겠소. 마타하치, 우물쭈물 하다가는 닭이 울겠다. 어서 떠나자 어서."

필살의 땅

아직 달이 떠 있었다. 아침이라 하기엔 너무 일렀다. 새카만 그림자가 어스름한 길 위를 걸어가는 모습이 어딘지 신기하게 보였다.

"의외로군."

"음, 모르는 자들이 꽤 많은데. 백오십 명가량은 모인 듯하군."

"저 정도면 절반쯤 되겠는데."

"나중에 미부의 겐자에몬 님과 그 자제분에 친척들까지 합치면 대략 육칠십 명 정도 되겠군."

"요시오카 가문도 망했군. 세이주로와 덴시치로, 두 기둥이 쓰러졌으니 말이야."

한 무리의 사람들이 이런 얘기를 하고 있자 저편 무너진 돌담에 앉아 있던 또 다른 무리 속에서 누군가가 이쪽을 향해 고함치듯 말했다.

"허튼소리 하지 마라. 이 세상에 성쇠란 다반사다."

또 다른 무리도 소리쳤다.

"오지 않은 놈은 내버려 둬. 도장을 닫았으니 각자 살 길을 찾아갔을 테고, 앞으로의 득실을 따지는 놈이 있는 건 당연한 일이다. 그중에서 끝까지 의리를 지키고자 하는 제자들만 자발적으로 이곳에 모인 것이다."

"백 명, 이백 명, 사람 수가 많으면 오히려 방해가 된다. 상대는 단 한 명이다."

"하하하, 또 누가 큰소리를 치는군. 연화왕원에서의 일을 잊었나. 그때 함께 있던 자들은 눈을 빤히 뜨고 무사시가 가는 걸 보고만 있지 않았나."

바로 등 뒤에 있는 에이 산, 일승사 산, 노이가타케如意岳 산들은 모두 구름에 둘러싸인 채 깊이 잠들어 있었다. 이곳은 속칭 야부노고우藪之鄕 사가리 소나무라고 부르는, 일승사 터의 시골길과 산길의 세 갈래 길목이었다. 새벽달 위로 키가 훌쩍 큰 한 그루 소나무가 가지를 드리우고 있었다. 일승사 산기슭의 들판이자 산의 바로 밑에 위치한 곳이어서 길은 매우 경사가 져 있었고 돌도 많아 비라도 내리면 몇 갈래나 물길이 생겨났다. 요시오카 도장의 사람들은 그 소나무를 중심으로 둘러 모여 있었다.

"이곳 길이 세 갈래니 무사시가 어디에서 올 건지 생각해 봐야 한다. 무리를 세 편으로 나눠서 한 무리는 중간에 매복하고, 소나무에는 겐지로 님과 미부의 겐자에몬 님, 그 외에 미이케 주로자에몬, 우에다 료헤이 님 등의 고참들 열 명 정도가 뒤를 받치면 좋을 듯하군."

누군가 지형을 살피며 이렇게 말하자 다른 자가 말했다.

"아니네. 여기는 장소가 협소하기 때문에 한 군데 너무 많은 사람이 몰려 있으면 도리어 불리해. 그보다 조금 거리를 두고 무사시가 오는 길에 숨어 있다가 무사시가 일단 지나가면 앞뒤에서 일시에 협공하는 것이 좋을 거네."

사람이 많아서인지 그들의 사기는 하늘을 찌를 듯했다. 모였다가 흩어지곤 하는 자들은 모두 긴 칼이나 창을 들고 있었는데 그들 중에는 비겁해 보이는 자는 한 명도 없는 듯했다.

"왔다, 왔다."

아직 시간이 많이 남았다는 사실을 알고 있었지만 저편에서 한 사람이 소리를 지르며 달려오자 무리들은 온몸의 털이 곤두서는 듯한 기분이 들어 모두 입을 다물었다.

"겐지로 님이다."

"가마로 오시는군."

"아무래도 아직은 나이가 어리시니."

서너 개의 제등이 사람들의 눈길이 향한 저편에서 보였다. 가마의 제등은 밝은 달빛 아래 에이 산에서 불어오는 바람을 맞으며 깜빡이며 가까워지고 있었다.

"오, 다 모였군."

가마에서 내린 것은 노인이었다. 뒤의 가마에서 열서넛으로 보이는 소년이 내렸다. 소년과 노인은 흰 끈으로 머리를 동여매고 있었고 하카마袴[3]의 좌우 자락을 걷고 있었다. 미부의 겐자에몬 부자였다.

"겐지로."

노인은 아들에게 말했다.

너는 이 소나무 아래에 서 있으면 된다. 소나무 아래에서 움직이면 안 된다."

겐지로는 묵묵히 고개를 끄덕였다. 노인은 아들의 머리를 쓰다듬으며 말했다.

"오늘 결투는 명목상 네가 상대이지만, 실제 싸움은 다른 제자들이 할 것이다. 너는 아직 어리니 그냥 가만히 여기에서 지켜보기만 하면 된다."

겐지로는 고개를 끄덕이고 바로 소나무 아래로 가서 늠름하게 섰다.

"아직 이르니 괜찮다. 새벽까지는 시간이 많이 남아 있다."

겐자에몬은 사람들에게 여유 있는 모습을 보이려는 듯 허리춤을 뒤져 대통이 커다란 담뱃대를 꺼냈다.

"불이 있나?"

"부싯돌은 있지만…… 그 전에 조를 짜 두는 게 어떨지요?"

미이케 주로자에몬이 앞으로 나서며 말했다.

---

3 일본에서 옷의 겉에 입는 주름이 잡힌 하의. 무사들은 싸울 때 옷자락이 걸리지 않도록 걷어서 고정시켰다.

"일리 있는 말이군."

겐자에몬은 혈족이라고는 하지만 어린 아들을 결투에 내세우는 걸 꺼리지 않을 정도로 호방한 노인이었다.

"그럼 서둘러 준비를 하고 적을 기다리도록 하세. 그런데 사람들을 어떻게 나누는 것이 좋겠는가?"

"이 소나무를 중심으로 해서 세 갈래의 길에 각각 이십 간間씩 거리를 두고 길 양쪽에 매복하려고 합니다."

"그럼, 이곳에는?"

"겐지로 님 옆에는 저와 어르신, 그 외에 열 명 정도가 지키는 것이 좋을 것 같습니다. 그리고 만약 세 갈래 길 어느 쪽에선가 무사시가 왔다고 신호를 하면 곧 그곳에 합세해서 일거에 그를 죽여 버릴 생각입니다."

"잠깐 기다려 보게."

그는 노인답게 깊이 생각하다가 말했다.

"사람들을 여러 곳으로 나눈다면, 무사시가 어느 길로 올지 모르니 맨 처음 그와 부딪치게 되는 사람 수는 대략 스무 명 정도밖에 되지 않네."

"그 정도 인원이 일제히 둘러싸고 있는 사이에……."

"아니, 그렇지 않네. 무사시도 몇 명인가 함께 올 것이 분명해. 더욱이 눈이 내리던 밤, 덴시치로와 싸운 뒤 연화왕원에서 도망치는 모습을 보더라도 그자는 칼도 잘 쓰지만 도망치는 것도 능하네. 이른바 삼십육계를 알고 있는 자이지. 그러니 약해 보이는 서너 명에게 달려들어 벤 후에 재빨리 도망치고는 나중에 일승사 터에서 요시오카 제자 칠십여 명을 상대로 혼자 싸워 이겼다고 세상에 떠들어 댈지도 모른다."

"결코 그렇게 두지는 않겠습니다."

"허나 놓치고 나서는 아무 소용이 없네. 무사시가 몇 명의 일행과 함께 오더라도 세상 사람들은 그의 이름만 기억할 것이네. 또 세상 사람들은 분명 많은 수를 상대로 싸운 그보다 우리를 더 증오할 것이네."

"알겠습니다. 그러니까 이번에는 결단코 무사시를 살려 보내서는 안 된다는 말씀이 아닙니까?"

"그렇네."

"더 말씀하실 것도 없이, 만일 또다시 무사시를 놓치는 실수를 범한다면 뒤에 가서 어떤 변명을 해도 저희들의 오명은 씻기 어려울 겁니다. 그러니 오늘은 오직 그자를 죽이는 데 목적을 두고, 그걸 위해서 수단과 방법을 가리지 않을 생각입니다. 죽은 자는 말이 없고 죽이기만 한다면 세상은 우리들의 말을 믿을 수밖에 없을 테니 말입니다."

미이케는 말을 마친 후에 주위에 무리지어 있는 사람들을 둘러보다 네댓 명의 이름을 불렀다. 미이케의 부름에 반궁半弓을 든 자 셋과 철포를 든 자가 앞으로 나섰다.

"부르셨습니까?"

미이케는 고개를 끄덕이고 겐자에몬을 향해 말했다.

"어르신, 이렇게까지 준비했으니 너무 심려하지 마십시오."

"활과 철포까지?"

"어디 높은 곳이나 나무 위에 숨어 있거라."

"비겁한 짓이라고 세간의 평이 나빠지지 않겠는가?"

"세상의 평보다는 무사시를 없애는 것이 우선입니다. 이기기만 하면 세상의 평도 만들 수 있습니다. 하지만 패한다면 진실을 말해도 세상은 변명으로밖에 듣지 않을 것입니다."

"알았네. 그런 뜻이라면 반대하진 않겠다. 아무리 무사시가 대여섯 명을 데려온다고 해도 활이나 철포가 있다면 놓칠 일은 없을 것이다. 이러고 있는 사이에 적이 허점을 노릴 수 있을 테니 지휘는 자네에게 맡기겠네. 어서 준비하게."

겐자에몬이 그렇게 말하자 미이케가 모두에게 고함을 질렀다.

"자, 모두 몸을 숨겨라!"

세 갈래 길 쪽에서는 전방의 부대가 적의 예기를 꺾음과 동시에 앞뒤에서 협공을 하는 전법으로 매복하고 있었고, 소나무 쪽은 본진으로 열 명 정도의 정예가 남아 있었다.

검은 그림자들은 제각각 흩어져서 수풀 사이와 나무 그늘에 숨거나 밭이랑에 배를 붙이고 엎드렸다. 또 반궁을 메고 높은 나무 위로 올라가는 그림자도 있었다. 철포를 든 자는 소나무 위로 기어 올라가서는 달빛에 드러나지 않게 모습을 감추려 애를 쓰고 있었다. 마른 솔잎과 나무껍질이 후드득 떨어졌다. 그 아래에 마치 허수아비처럼 서 있던 겐지로가 어깨를 털며 몸을 부르르 떨자 겐자에몬이 핀잔을 주었다.
"겁쟁이처럼 뭐가 그리 두려워 떠는 게냐?"
"등에 솔잎이 들어가서 그렇지 조금도 무섭지 않습니다."
"그럼 다행이다만, 너에게도 좋은 경험이 될 게다. 곧 결투가 시작될 테니까 잘 봐 두어라."
그때 세 갈래 길의 동쪽에 있는 수학원修學院 길에서 갑자기 큰 소리가 들리더니 주변의 갈대가 스치는 소리가 나기 시작했다. 여기저기 숨어 있던 자들이 움직임이기 시작했다.
"무서워요!"
겐지로는 겐자에몬의 허리에 매달리며 소리쳤다.
"왔다!"
미이케가 즉각 소리가 난 쪽을 향해 달려갔다. 그러나 달려가면서도 뭔가 이상하다는 생각이 들었는데 역시 기다리던 적이 아니었다. 언젠가 로쿠조 야나기마치의 대문 앞에서 중재를 했던 사사키 고지로가 그곳에 서 있었다.
"나를 무사시로 혼동해서 달려들다니 어처구니가 없군. 나는 오늘의 결투를 지켜보기 위해 온 입회자다. 그런 나를 향해 수풀 속에서 창을 찌르는 멍청이가 어디 있단 말이냐."
사사키 고지로는 예의 오만한 얼굴로 주위에 있는 요시오카 문하생들을 힐책하고 있었다. 그러나 그들도 잔뜩 긴장하고 있었기 때문에 고지로의 그런 태도가 불쾌하게 여겨졌다.

'어딘지 수상하다.'

'무사시의 부탁을 받고 미리 동정을 살피러 온 것인지도 모른다.'

요시오카 사람들은 그렇게 속삭이며 일단 칼과 창을 거뒀지만 여전히 고지로를 둘러싸고 있었다. 그때, 미이케가 달려오자 고지로의 질책이 그에게로 향했다.

"입회인으로서 오늘 여기까지 왔는데 요시오카 사람들은 나를 적으로 보고 달려들었다. 이것도 모두 그대가 지시한 것인가? 만일 그렇다면 오랫동안 모노호시자오에 피를 묻히지 못했는데 모처럼 재수가 좋은가 보다. 애초에 무사시를 도울 이유는 없지만 내 체면상 상대를 하지 않을 수 없다. 어서 말해 보아라!"

고지로의 고압적인 태도와 기세등등한 사자후에 사람들은 간담이 서늘해졌다. 그러나 미이케는 그런 수법은 먹히지 않는다는 표정으로 웃으며 말했다.

"하하하, 아주 화가 단단히 나셨나 보오. 그러나 오늘 결투에 누가 귀공에게 입회인으로 와 달라고 부탁했소이까? 우리 요시오카 문하의 사람은 그런 부탁을 한 기억이 없는데, 혹여 무사시의 부탁을 받고 오신 건 아니오?"

"허튼소리! 일전에 로쿠조 거리에서 팻말을 세웠을 때, 분명 내가 양쪽에 말을 전했다.

고지로는 여전히 위엄 있는 태도로 말했다.

"하긴 그때 귀공이 말했소. 하지만 그때, 무사시도 귀공에게 부탁한다고 말하지 않았고 우리도 부탁을 한 적은 없소. 즉, 귀공 혼자 자청한 것이오. 그렇게 쓸데없이 간섭하기 좋아하는 자가 세상에 많기는 하오만."

"뭐라!"

고지로는 이제 허세로 화를 내는 것이 아니었다.

"돌아가시오!"

미이케는 그렇게 말하고는 다시 침을 뱉듯 외쳤다.

"불구경이 아닐 터."

"으음……."

고지로는 분을 참느라 새파래진 얼굴을 끄덕이더니 곧 몸을 돌렸다.

"어디 두고 보자."

그가 왔던 길로 되돌아가려는 순간, 미이케보다 한발 늦게 도착한 겐자에몬이 황급히 고지로를 불러 세웠다.

"젊은이, 아니 고지로 님! 잠깐 기다리시오."

"내게 용무가 없을 터. 방금 한 그 말에 대해 나중에 본때를 보여 줄 테니 두고 보시오."

"자, 그러지 말고 잠깐, 잠깐만!"

겐자에몬은 그렇게 말하며 돌아가려는 고지로의 앞을 가로막으며 말했다.

"나는 세이주로의 숙부가 되는 사람이오. 당신에 대해서는 일찍이 세이주로부터 믿을 만한 분이라 듣고 있었소. 문하생들이 무슨 잘못을 저질렀는지 모르나 이 노인의 얼굴을 봐서 용서하시오."

"그렇게 말씀하시니 오히려 황송합니다. 일전에 세이주로 님과의 친분도 있고 해서 도움은 주지 못하더라도 시조 도장에는 호의를 품고 있었습니다만."

"용서하시오. 그저 지금 일은 잊어버리고 부디 세이주로와 덴시치로를 위해 함께해 주기를 청하오."

겐자에몬은 패기만만하고 교만한 청년의 기분을 맞춰 주면서 달랬다. 이미 충분히 준비를 한 이상 고지로 한 사람 정도의 도움은 큰 의미가 없었다. 그렇지만 겐자에몬은 이 젊은이가 자신들의 비겁한 전법을 떠들어 댈까 봐 그것이 두려웠다.

"그저 잊어버리시오."

노인이 간곡히 사죄하자 고지로는 앞서 화를 내던 모습과는 딴판으로 변했다.

"이거 어르신께서 그렇게 자꾸만 고개를 숙이시니 제가 송구스럽습니다. 자, 고개를 드시지요."

고지로는 기분이 좋아진 듯 다시 요시오카 사람들에게 예의 유창한 언변으로 격려의 말을 하고는 무사시를 비방하기 시작했다.

"나는 본디 세이주로 님과 친분이 두터웠고 아까 말한 것처럼 아무런 인연도 없는 사람이오. 그러니 인정상 알지도 못하는 무사시보다 연이 있는 요시오카 제자들이 이기기를 바라는 게 당연하오. 그런데 어찌 된 일인지 두 번씩이나 패하고 시조 도장은 문을 닫고 요시오카 가문은 와해되었소. 비통해서 차마 볼 수가 없을 지경이오. 원래 승패는 병가지상사라고는 하나 이렇게 비참한 경우는 본 적이 없소. 무로마치 가문의 사범을 역임하던 대가가 이름도 없는 일개 시골 무사에게 이런 비운을 당하게 되다니 말이오."

고지로는 귀가 빨개지도록 열을 올리며 연설을 하고 있었다. 겐자에몬을 비롯한 전원이 그의 열변에 넋이 빠져 있었다. 그리고 저 정도로 호의를 가지고 있는 고지로에게 왜 그런 폭언을 했는지 뉘우치는 듯한 표정이었다. 고지로는 모두를 둘러보고는 그런 분위기를 알아차렸는지 한층 열을 올려 말을 했다.

"나도 장래에 병법으로 일가를 세우려는 자로서, 시합이나 진검승부가 있을 시에는 가서 구경을 하오. 단순한 호기심에서가 아니라 그것이 내게 좋은 공부가 되기 때문이오. 그런데 옆에서 보고 있자니 그대들과 무사시와의 시합만큼 불안한 적은 없었소. 연화왕원이나 연대사 들판에서도 여럿이 있었는데도 어째서 무사시를 놓쳤단 말이오. 스승을 해친 무사시가 거리를 마음대로 돌아다니게 만든 제군들의 마음을 나는 도통 알 수가 없소이다."

고지로는 마른 입술을 축이고는 다시 말을 이었다.

"뜨내기 무사로서 무사시는 확실히 강하고 놀랄 만큼 난폭한 자임에 분명하오. 나는 한두 번 만났을 때 그것을 알았소. 그런데 쓸데없는 참견인지 모르겠지만, 나는 그자의 출생과 고향이 어딘지 그날 이후로 조사해 보았소. 그러던 참에 그자를 열일곱 살 때부터 알고 있는 한 여자를 만났던 것이 실마리가 되었는데…….”

그는 아케미의 이름은 말하지 않았다.

“그 여자에게 묻고 또 여러 방면으로 알아본 결과, 그자는 사쿠슈의 향사의 자식으로 세키가하라 전투에서 고향으로 돌아온 후에 마을에서 행패를 부리다 쫓겨나 각지를 방랑하고 있는 보잘것없는 자이오. 그렇지만 그의 검은 천성이랄까 야수의 강인함이랄까, 자신의 생명을 돌보지 않고 물불을 가리지 않소. 때문에 때로 도리道理가 역리逆理를 당해 내지 못하는 것처럼, 나는 도리어 정법正法의 검이 패하는 것이라고 생각하오. 그래서 말인데, 무사시를 베기 위해서는 평범한 방법으로 상대하다가는 오히려 패하고 말 것이오. 맹수를 함정으로 유도해서 생포하듯 기책을 쓰지 않으면 안 될 것이오. 그 점을 충분히 고려해서 대비를 하고 있소이까?”

겐자에몬은 호의에 감사하며 만반의 준비가 되어 있음을 설명하자 고지로는 고개를 끄덕이고는 다시 말했다.

“그렇게까지 만반의 준비를 했다면 놓칠 일이야 없겠지만, 혹시 모르니 좀 더 철저한 계책이 있어야 할 것입니다.”

“계책?”

겐자에몬은 고지로의 영리해 보이는 얼굴을 바라보며 말했다.

“호의는 감사하지만 이 이상 무슨 묘책이나 준비가 필요하겠소.”

그러자 고지로는 단호하게 말했다.

“어르신, 그렇지 않습니다. 무사시가 정직하게 이리 온다면 그것은 여러분의 손아귀에 들어온 것과 마찬가지겠지만, 만일 이렇게 준비하고 있다는 것을 미리 알고 걸음을 돌리면 그땐 어떻게 하시겠습니까?"

"그렇게 한다면 천하의 웃음거리가 될 것이오. 교토 거리마다 무사시가 도망쳤다고 팻말을 세워 사람들의 웃음거리로 만들어 줄 것이오."

"그러면 여러분의 체면은 반은 세울 수 있을지 모르나 무사시 역시 여러분의 비열함을 세상에 부풀려서 떠들 겁니다. 그렇게 되면 스승의 원한을 설욕했다고 할 수 없을 것입니다. 이곳에서 반드시 무사시를 척살하지 않으면 의미가 없습니다. 그 무사시를 반드시 죽이기 위해서는 무슨 수를 써서라도 이 필살必殺의 땅에 그가 오도록 유인하는 계책이 필요할 것입니다."

"그런 묘책이 있소이까?"

"있습니다."

고지로는 자신 있는 말투로 말했다.

"있습니다! 계책은 얼마든지."

고지로는 교만한 얼굴에는 어울리지 않는 친근한 눈빛으로 겐자에몬의 귀에 입을 바싹 대고는 속삭였다.

"그러니까…… 어떻습니까?"

"흐음, 과연."

겐자에몬은 몇 번이고 고개를 끄덕이다가 미이케의 귀에 얼굴을 가까이 대고 귓속말을 했다.

그저께 한밤중에 오랜만에 기타노北野 여인숙에 와서 주인집 노인을 놀라게 한 무사시는 날이 새자 안마사鞍馬寺에 다녀오겠다고 나간 후에 하루 종일 모습을 보이지 않았다. 노인이 죽을 데워 놓고 기다렸지만 무사시는 그날 밤에도 돌아오지 않았다.

다음 날 저녁 무렵이 다 되어서야 돌아온 무사시가 노인에게 보자기로 싼 참마를 건넸다.

"안마사에 갔다 온 선물입니다."

그러고는 근처 가게에서 사 온 듯한 나라奈良의 무명 한 두루마리를 내놓더니 그것으로 내의와 복대와 아래 속옷을 서둘러 만들어 달라고 부탁했다. 여인숙 노인은 바로 그것을 가지고 근처의 바느질하는 집에 맡기러 갔다가 오는 길에 술을 받아 와서 참마 간 것을 안주 삼아 세상 돌아가는 이야기를 하고 있었다. 그렇게 얼마 후, 맡겨 놓았던 내의와 복대가 도착했고 무사시는 그것을 머리맡에 놓고 잤다.

노인이 문득 한밤중에 눈을 떠 보니 안쪽 우물가에서 누군가가 몸을 씻는 소리가 들렸다. 무심코 살펴보니 무사시가 벌써 자리에서 일어나 달빛 아래에서 목욕을 끝내고 저녁때 지은 하얀 무명 내의를 입고 복대를 졸라맨 다음, 늘 입고 다니던 옷을 입고 있었다. 노인이 아직 달도 서쪽으로 기울지 않았는데 벌써부터 준비하고 어디를 가는지 의아해하며 물었다.

"며칠 전부터 교토의 거리를 구경하였고 어제는 안마사에 올랐더니 이제 교토는 다소 싫증이 난 듯합니다. 지금부터 새벽길을 재촉해서 에이 산에 올라 시가志賀 호수의 일출을 구경한 후에 가시마鹿島를 거쳐 에도로 가려고 합니다. 그렇게 생각하니 잠도 오지 않고 할아버지를 깨우는 것도 미안한 듯해서 숙박비와 술값은 베개 밑에 넣어 두고 떠날 작정이었습니다. 얼마 되지 않지만 받아 두십시오. 또 삼사 년 후에 교토로 오게 되면 여기에 묵으러 오겠습니다."

무사시는 그렇게 대답하고 작별 인사를 했다.

"할아버지, 제가 나가면 문을 닫으세요."

무사시는 그렇게 말하고는 옆에 있는 밭길로 돌아가더니 여기저기 소똥이 흩어져 있는 기타노 거리로 빠져나갔다. 노인이 아쉬운 듯 작은 창으로 지켜보았다. 무사시는 열 걸음 정도 걸음을 옮기다가 천으로 만든 짚신의 끈을 다시 조여 매고 있었다.

활로

아주 잠깐이었지만 숙면을 취한 듯했다. 머릿속은 저 위의 밤하늘처럼 맑아서 그 정신과 몸이 마치 하나인 듯, 한 걸음 옮길 때마다 몸이 그 안으로 걸어 들어가는 것처럼 여겨졌다.

'느긋하게 걷자.'

무사시는 의식적으로 큰 걸음으로 걷는 자신의 습관을 자제했다.

"인간 세상을 바라보는 것도 오늘 밤이 마지막인 듯하구나!"

감탄이나 한숨 같은 비통한 감회는 결코 아니었다. 아무런 허식 없이 마음 깊은 곳에서 문득 솟아 나온 중얼거림이었다. 아직 일승사 터의 소나무까지는 거리가 꽤 남았고, 시간도 갓 자정을 넘긴 터라 죽음이 그다지 절실히 느껴지지 않았다.

오늘 하루, 무사시는 안마사 불당에서 소나무 바람 소리를 들으며 좌선을 하다가 내려왔다. 무념무상의 경지에 도달해 보려고 무진장

애를 썼지만 오히려 죽음에 대한 생각이 머릿속을 떠나지 않았다. 결국 무엇 때문에 좌선 따위를 하러 산에 올라왔는지 한심스런 생각마저 들었다.

하지만 지금 이 순간, 무사시는 '마음이 이렇게 청명한 것은 어쩐 일일까?' 하며 스스로도 의아해했다. 초저녁에 여인숙의 노인과 조금 마셨던 술이 적당히 온몸에 퍼져서 숙면을 취한 후에 눈을 떴다. 그리고 우물의 물로 목욕을 하고 새로 지은 무명옷을 입고 있는 자신의 몸이 아무리 생각해도 잠시 후에 죽을 몸이라고는 여겨지지 않았다.

'그래, 곪은 발을 끌며 이세신궁伊勢神宮의 뒷산에 올랐을 때, 그날 밤의 별도 무척 아름다웠다. 그때가 엄동설한이었는데 지금은 나무에 피었던 얼음꽃이 벚꽃 봉오리로 한껏 부풀어 올라 있구나.'

머릿속에서 그런 생각하지도 않은 일은 떠오르는데, 정작 생각하려고 하는 생사의 문제는 전혀 떠오르지 않았다. 무사시는 이미 죽음에 대한 각오를 충분히 하고 있었다. 그래서 그의 지성이 죽음의 의미와 고통, 그리고 죽은 후의 일들과 같이 아무리 오래 살아도 해답을 얻을 수 없는 문제에 대해 새삼스럽게 초조해하는 것을 막는 것인지도 몰랐다.

한밤중인데 길 어디선가 생황과 피리 소리가 아련하게 들려왔다. 근처 골목 안에 있는 공경公卿의 저택인 듯했다. 곡조에 엄숙함과 애절함이 묻어 있는 것으로 봐서 술자리 같지는 않았다. 장례를 치르고 관을 둘러싸고 앉아서 새벽을 기다리는 사람들과 영전 앞에 피어오르는 뿌연 향의 연기가 문득 무사시의 눈에 떠올랐다.

'나보다 한 발 먼저 죽은 사람이 있구나.'

내일은 저승에서 그 사람과 친구가 될 것만 같은 기분이 들어 무사시는 미소를 지었다. 밤을 새우는 피리 소리는 아까부터 귀로 들려왔을지도 몰랐다. 그 소리에 이세신궁의 무녀들과 곪은 발을 이끌고 올랐던 와시가타케 산의 얼음꽃이 문득 떠올랐다.

'그런데?'

무사시는 자신의 맑고 투명한 정신을 의심하지 않을 수 없었다. 이렇게 상쾌한 마음이 드는 것은 사지를 향해 한 발 한 발 걸음을 옮기고 있는 몸에서 솟아나는, 자신도 의식하지 못하는 극한의 공포로 인한 착각 때문이 아닐까 하는 생각이 들었기 때문이었다. 스스로에게 그렇게 질문을 던지고 발걸음을 우뚝 멈췄을 때, 어느새 상국사相國寺로 가는 큰길 끝에 나와 있었다. 반 정町 정도 앞에는 은빛 물결이 출렁이는 드넓은 강의 수면이 보였다. 물가에 있는 저택의 축대에도 은빛의 밝은 빛이 눈부시게 비치고 있었다. 그런데 그 축대의 모퉁이에 검은 사람의 그림자 하나가 물끄러미 서서 이쪽을 바라보고 있었다.

무사시는 발을 멈췄다. 앞에 보이는 사람의 그림자가 천천히 이쪽으로 다가오고 있었다. 그 그림자를 따라 또 다른 작은 그림자가 달빛이 비치는 길 위를 뛰는 듯 다가오고 있었다. 가까워짐에 따라 그것은 그 사내가 데리고 온 개라는 걸 알 수 있었다.

"……."

손과 발에 잔뜩 힘을 주고 있던 무사시는 긴장감을 풀고 말없이 엇갈려 지나갔다. 개의 주인이 갑자기 뒤를 돌아보며 말을 걸었다.

"무사님, 무사님!"

"나 말이오?"

네댓 간 거리였다.

"그렇습니다."

키가 작은 평민이었다. 직인職人 차림에 관례 때나 쓰는 모자를 쓰고 있었다.

"무슨 일이오?"

"실례지만, 오시는 길에 등을 밝게 켜 놓은 저택이 없었습니까?"

"글쎄, 생각이 나지 않지만…… 없었던 것 같소."

"그럼, 이쪽 길도 아닌가?"

"무엇을 찾고 있소?"

"사람이 죽은 집입니다."

"그 집이라면 있었소."

"보, 보셨습니까?"

"한밤중에 생황과 피리 소리가 들렸소. 그 집인 듯한데 반 정 정도 앞이었소."

"틀림없습니다. 앞서 신관님이 밤샘하러 가셨으니까요."

"장례를 치르러 가는 게요?"

"저는 도리베 산에서 관을 만드는 사람입니다. 뭣 모르고 요시다 산의 마쓰오 님이라고 착각해서 그곳을 찾아갔지만 벌써 두 달 전에 이사를 갔다고 해서……. 이거 벌써 밤이 깊어 물어볼 집도 없고, 이 근방은 잘 알지 못해서 말입니다."

"요시다 산의 마쓰오? 요시다 산에서 이 근처로 옮겨 온 집이라고?"

"그걸 몰라서 한참 헛걸음을 했습니다. 정말, 고맙습니다."

"잠깐, 잠깐만!"

무사시는 두세 발짝 다가가서 물었다.

"고노에 가문에서 일하던 마쓰오 가나메의 집에 가는 거요?"

"그 마쓰오 님이 열흘 정도 앓다가 돌아가셨습니다."

"남편이?"

"예."

"……."

그랬군, 하고 중얼거리며 무사시는 다시 돌아서서 걸어갔다. 사내가 반대쪽으로 걸어가자 개도 급히 주인의 뒤를 쫓아갔다.

"돌아가셨군."

무사시는 그렇게 중얼거렸다. 하지만 그 이상 어떤 감상도 일지 않았다. 단지 죽었다고 생각할 뿐이었다. 자신의 죽음에도 별다른 감흥이 일지 않는 터에 하물며 타인의 죽음이었다. 평생 아등바등 푼돈을 모으다 삶을 마감한 박정한 숙모의 남편이었다.

무사시는 오히려 굶주림과 추위에 몸을 떨던 설날 아침, 가모 강의 얼어붙은 강가에서 구워 먹었던 떡의 맛이 떠올랐다.

'맛있었지.'

무사시는 남편과 헤어져 홀로 살아갈 숙모를 생각했다.

얼마 후, 무사시는 가미가모上加茂의 기슭에 서 있었다. 강을 사이에 두고 가득 펼쳐져 있는 삼십육봉三十六峰[4]이 하늘 위로 검게 솟아 있었다. 그 봉우리 하나하나가 모두 무사시에게 적의를 품고 있는 듯 보였다. 한동안 그곳에 서 있던 무사시는 혼자 고개를 끄덕였다.

"흐음."

무사시는 제방 위에서 천변 쪽으로 내려갔다. 그곳에는 쇠사슬처럼 작은 배들을 연결한 배다리舟橋가 놓여 있었다. 가미교上京 방면에서 에이 산과 시가 산 너머로 건너기 위해서는 반드시 이 길을 지나야만 했다.

"여보시오!"

무사시가 가모 강의 배다리 중간을 건너고 있을 때 그렇게 부르는 소리가 들렸다. 강물 소리만이 달빛에 물든 세상을 저 혼자 즐거운 듯 흘러가고 있었다. 상류에서 하류까지 냉랭한 밤기운이 흐르고 있었다. 누가 부르는 것인지, 목소리의 주인공이 어디에 있는지 가늠하기에는 주위가 너무나 넓었다.

"어이!"

또다시 부르는 소리가 들렸다.

---

4 교토의 동쪽에 있는 히가시東 산의 서른여섯 개의 봉우리. 에도 초기에 중국 숭산嵩山의 삼십육봉을 모방해서 그렇게 불렀다.

무사시는 다시 발을 멈췄지만 이내 개의치 않고 모래톱을 지나 건너편 기슭으로 뛰어올랐다. 그러자 이치조一条의 시라가와白河 쪽에서 강변을 따라 손을 흔들며 뛰어오는 자가 있었다. 낯이 익은 자라고 생각했는데 사사키 고지로였다.

"여어."

고지로는 가까이 오면서 친근하게 소리를 지르더니 무사시의 모습을 잠시 바라보다 다시 배다리 쪽을 둘러보더니 말했다.

"혼자시오?"

무사시는 고개를 끄덕이며 당연한 듯이 말했다.

"혼자입니다."

왠지 질문이 뒤바뀐 듯했다. 고지로가 새삼스레 말했다.

"일전의 무례하게 굴어서 실례를 했소이다."

"아니오. 그때는 도리어 제가."

"그런데 지금 약속 장소로 가시는 겁니까?"

"예."

"혼자서 말이오?"

잘 알고 있으면서 끈질기게 재차 물었다.

"혼자서요."

무사시는 똑같이 대답을 했다.

"흐음, 그렇소이까? 그런데 무사시 님, 당신은 일전에 제가 써서 로쿠조에 세워 놓은 팻말을 뭔가 잘못 이해하고 있는 건 아니시오?"

"뭐가 말입니까?"

"팻말에는 이전에 당신이 세이주로와 시합할 때처럼 일대일이라고 쓰여 있지 않소이다."

"알고 있습니다."

"요시오카 쪽 상대는 소년의 이름만 내세웠을 뿐, 뒤에는 일문의 제자라고 되어 있소. 일문의 제자라고 하면 열 명, 백 명, 천 명이 있을진대, 그걸 잘못 알고 있는 게 아니시오?"

"왜 그러시오?"

"요시오카 제자들 중에서 약한 자들은 도망치거나 참가하지 않은 듯하지만 기개가 있는 제자들은 모두 야부노고 일대에, 그 소나무를 중심으로 숨어서 당신이 오기를 기다리고 있는 듯하오."

"고지로 님은 이미 그곳을 보고 온 것입니까?"

"혹시나 해서요. 그래서 무사시 님에게 중대한 일이라 생각되어 지금 일승사 터에서 급히 돌아와서 분명 당신이 이 배다리로 오지 않을까 해서 기다리고 있었던 겁니다. 팻말의 글을 적은 입회인의 의무이기도 해서요."

"수고하셨습니다."

"사정이 그러한데 그래도 당신은 혼자서 갈 생각이시오? 아니면 도와줄 다른 사람들은 다른 길로 가는 겁니까?"

"저 외에 또 한 사람이 함께 왔습니다."

"예? 어디에?"

무사시는 땅 위에 비친 자신의 그림자를 가리키며 말했다.

"여기에."

웃음을 지어 보이는 무사시의 얼굴에 달빛에 비친 하얀 이가 보였다. 농담이라고는 할 줄 모를 것 같았던 무사시가 싱긋 웃으며 우스갯소리를 하자 고지로는 다소 당황한 듯 정색을 하고 말했다.

"무사시 님, 지금 농담을 할 때가 아닙니다."

"저도 농담을 하는 게 아닙니다."

"그림자하고 둘이서 왔다고 하면서 사람을 놀리고 있지 않소이까?"

"그렇다면……."

무사시는 고지로보다 더 정색을 하면서 말했다.

"신란親鸞[5]께서 말씀하신 것처럼 '염불행자는 항상 두 사람이 붙어 다니니, 아미타이다'라고 하셨는데 그 말도 농담이란 말입니까?"

"……."

"고지로 님은 그저 겉으로 보기에 요시오카 사람들은 분명 많아 보이고 이 무사시는 보시다시피 혼자여서 상대가 되지 않을 거라고 여기고 저를 걱정하고 계시는 듯한데, 너무 걱정하지 마시오."

무사시의 말은 신념에 차 있었고 정확히 핵심을 찌르고 있었다.

"상대가 열 명을 세운다 해서 이쪽도 열 명으로 맞선다면, 상대는 다시 스무 명으로 맞설 것이 분명합니다. 그렇게 다시 서른 명, 마흔 명이 모일 것입니다. 그렇게 되면 세상을 소란스럽게 할 것이고 많은 사

---

5 일본 가마쿠라 시대의 불교인 정토진종淨土眞宗의 창시자.

람들이 다치게 되어 질서도 문란해질 터인데 그것이 검의 도道에 합치한다고 할 수 있겠습니까? 백해무익할 뿐입니다."

"맞는 말씀이오. 그러나 질 것을 뻔히 알면서 싸움에 임하는 것은 병법에 어긋난다고 생각합니다만."

"그런 경우도 있습니다."

"없소이다! 그건 병법이 아니라 무법無法이자 터무니없는 짓이오."

"그러면 병법에는 없지만 제 경우에만 있는 것으로 하지요."

"말도 안 되는 소리요."

"하하하하."

무사시는 더 이상 대답을 하지 않았다. 그러나 고지로는 멈추지 않았다.

"병법에도 어긋난 그런 싸움을 왜 하려는 게요? 왜 활로活路를 찾지 않는 게요?"

"지금 활로를 걷고 있소. 이 길이야말로 저에게 있어 활로입니다."

"저승길이 아니길 바라겠소만."

"어쩜 지금 건너온 것이 삼악도三惡道의 천川이고, 지금 걷고 있는 길이 무덤이며 앞에 있는 언덕이 바늘 산일지도 모르지요. 설령 그렇다손 치더라도 자신을 살리는 활로는 이 외길 외에는 없는 듯합니다."

"꼭 저승사자에 홀린 것처럼 말씀하시오."

"아무래도 좋습니다. 살아서 죽는 자도 있고 죽어서 사는 자도 있으니."

"딱하시오."

고지로는 혼잣말처럼 비웃자 무사시는 발길을 멈추고 물었다.

"고지로 님, 이 길은 어디로 통합니까?"

"하나노기花之木 촌에서 일승사의 야부노고, 즉 당신이 죽을 장소인 사가리 소나무를 지나 에이 산의 기라라雲母 고개로 이어지고 있습니다. 그래서 기라라 고갯길이라고도 하는 뒷길이지요."

"사가리 소나무까지의 거리는?"

"여기서 반 리 남짓, 천천히 걸어가도 아직 시간은 충분하오."

"그럼, 나중에 다시."

무사시가 돌연 옆길로 들어서자 고지로는 황급히 주의를 줬다.

"그 길이 아니오. 무사시 님, 그리로 가면 방향이 다르오."

무사시는 고지로의 주의에 대해 고개를 끄덕이고는 다시 그대로 걸어갔다. 고지로는 다시 한 번 소리를 질렀다.

"그 길이 아닙니다."

"예에."

무사시는 알고 있다는 듯 다시 대답했다.

가로수 바로 뒤편으로 움푹 파인 땅의 경사를 따라 밭과 초가지붕이 보였다. 무사시는 그 낮은 쪽으로 내려가고 있었다. 잡목 틈새로 달을 쳐다보며 우두커니 서 있는 무사시의 뒷모습이 보였다.

고지로는 혼자 얼굴에 쓴웃음을 지었다.

"뭐야, 소변을 보는 모양이군."

고지로도 달을 올려다보았다.

'서쪽으로 많이 기울었군. 저 달이 저물면 몇 사람의 목숨도 사라지겠군.'

그는 이런저런 예상을 하고 있었다.

'결국 무사시가 죽는 것은 분명할 테지만 그가 죽기 전에 몇 명의 적을 벨 것인가? 그것이 궁금하군.'

고지로는 상상만 해도 벌써부터 몸이 찌릿찌릿하고 온몸의 털이 곤두서며 피가 들끓어서 안달이 날 지경이었다.

'정말 보기 드문 구경을 하게 되었군. 연대사 들판에서도, 연화왕원에서도 직접 보지 못했는데 오늘 새벽에는 볼 수 있겠구나. 그런데 무사시는 아직인가?'

슬쩍 옆길 쪽을 살펴보았지만 아직 돌아오는 모습이 보이질 않았다. 고지로는 나무 밑동에 걸터앉아서 또 은밀한 공상을 즐기고 있었다.

'저렇게 한없이 침착한 모습인 걸 보니 죽음을 각오한 듯하군. 끝까지 싸울 것이다. 가능한 끝까지 상대를 베어 쓰러뜨릴 터이니 볼만하겠군. 그런데 요시오카 쪽은 활과 철포를 준비했다고 했는데, 그것을 한 방이라도 맞으면 그대로 끝이 날 것이다. 그래서는 재미가 없으니, 그래 그 사실만 무사시에게 귀띔해 주자.'

그렇게 오랜 시간이 흘렀다. 고지로는 몸을 일으켜 무사시를 불러보았다.

"무사시 님!"

아무 대답이 없었다.

'이상한데!'

갑자기 불안한 예감이 머리를 스쳤다. 고지로는 후다닥 아래로 달려 내려갔다.

"무사시 님!"

경사 아래에 있는 농가는 짙은 어둠과 대나무 숲에 싸여 있었고 어디선가 물레방아 소리가 아련히 들렸다.

"아차!"

고지로는 물을 건너뛰어 맞은편 경사 위로 올라가 주위를 둘러보았다. 사람의 그림자는 어디에도 보이지 않고 시라가와 근처 절간의 지붕과 숲 너머로 잠들어 있는 다이몬지大文字 산, 노이가타케, 일승사 산, 에이 산과 넓게 펼쳐진 무밭이 보였다. 그 위에는 달 하나가 떠 있었다.

'아뿔싸, 비겁한 녀석.'

고지로는 무사시가 도망쳤다는 걸 직감했다. 지금 생각해 보니 그 침착했던 태도도 그 때문이었던 것이다. 되지도 않은 도리를 들먹이던 것도 그러했다.

'맞다. 어서 돌아가자.'

고지로는 몸을 돌려 다시 길가로 나왔다. 그곳에도 무사시의 모습은 보이지 않았다. 그는 일승사 쪽으로 곧장 땅을 차고 내달리기 시작했다.

짧은 재회

저 멀리 사라져 가는 고지로의 뒷모습을 보면서 무사시는 슬며시 웃음을 지었다. 그는 방금까지 고지로가 있던 곳에 서 있었다. 그런데 고지로는 자신이 있던 곳은 찾아보지도 않고 다른 곳을 찾았던 것이다. 무사시는 고지로가 있던 바로 뒤편의 나무 그늘에 있었던 것이다.

무사시는 우선 이걸로 됐다고 생각했다. 다른 사람의 죽음에 흥미를 가지고, 다른 사람이 피를 흘리며 목숨을 걸고 있는데 공부를 한답시고 방관자가 되어 마치 호의를 베푸는 것처럼 생색을 내는 철면피 같은 자의 수법에는 넘어가지 않으리라 다짐했던 것이다.

고지로가 적이 만만찮음을 말하면서 무사시에게 같은 편이 있는지 끈질기게 물은 것은, 그렇게 말하면 무사시가 무릎을 꿇고 무사의 정에 호소해서 도움을 청하지 않을까 기대했던 것이다. 그러나 무사시는 넘어가지 않았다.

살고자, 이기고자 한다면 도움을 받고 싶었을지도 모르지만 무사시에게는 이기려는 마음도 살고자 하는 마음도 없었다. 아니, 솔직히 그런 자신이 없었다고 말하는 게 옳았다. 무사시는 이곳에 오기 전까지 오늘 적의 수가 백수십 명에 달할 것이라 예상할 수 있었다. 또 온갖 방법을 동원해서 자신을 죽이려고 한다는 것도 알 수 있었다. 상황이 그러한데 어찌 구차하게 목숨을 연명할 방도를 강구하겠는가.

그러나 무사시는 그 와중에도 예전에 다쿠안이 말했던 '진정으로 생명을 사랑하는 자야말로 실로 용기 있는 자다'라는 말을 결코 잊지 않았다.

'자신의 생명!'

'두 번 다시 태어날 수 없는 내 인생!'

무사시는 지금도 뼈에 사무치게 그 말을 가슴에 간직하고 있었다. 그러나 생명을 사랑하는 것은 단순히 무위도식을 안위한다는 말이 절대 아니었다. 구차하게 오래 사는 것을 의미하는 것은 더더욱 아니었다. 단 하나뿐인 생명을 잃는 한이 있더라도, 그 생명에 깃든 의의와 가치를 버리면서까지 이 세상에 생명이 지닌 고귀한 의의를 남길 수 있을까? 문제는 그것이었다. 수천수만의 유구한 세월의 흐름 속에서 칠팔십 년에 불과한 인간의 인생은 단지 찰나에 지나지 않았다. 설사 스무 해를 살다 죽어도 인류에게 유구한 빛을 준 생명이 진실로 오래 산 생명일 것이다. 또한 진실로 생명을 사랑한 삶일 것이었다.

인간의 모든 영위榮位는 처음이 가장 중요하고 어렵다고 하지만 생명에 있어서만은 죽을 때와 목숨을 던질 때가 가장 어렵다. 그것으로 인해 전 생애가 결정된다. 한낱 물거품이 되든지, 영원한 광명이 되든지 그 생명의 영원성이 결정되기 때문이다. 하지만 그런 생명에 대한 사랑에도 상인에게는 그들에게 어울리는 삶의 방식이 있고 무사에게는 무사만의 삶의 방식이 있다. 지금 무사시의 경우에는 당연히 무사로서 얼마나 가치 있게 자신의 생명을 내던질 시기를 맞을 것인가, 하는 것이었다.

목적지인 일승사 야부노고 소나무까지 가는 데는 세 가지 길이 있었다. 그 하나는 사사키 고지로가 달려간 기라라雲母 너머 에이 산 길로, 일승사 촌까지 길도 평탄하고 가장 빠른 길이었다. 그리고 돌아가지만 밭 가운데 마을에서 꺾어져서 다카노高野 천을 따라 오미야오하라大宮大原 길을 지나 수학원 쪽으로 나가서 소나무에 이르는 길이 두 번째였다. 나머지 하나는 지금 무사시가 서 있는 곳에서 동쪽으로 똑바로 시가 산 고개의 뒷길을 따라 시라가와 상류에서 우류瓜生 산의 기슭을 걸어서 약사당藥師堂 부근에서 목적지로 가는 길이었다. 어느 길로 가더라도 사가리 소나무가 있는 갈림길에서 만나기 때문에 거리상으로 큰 차이가 없었다.

그러나 병법으로 볼 때, 이제 곧 그곳에 운집해 있는 대군을 상대하기 위해 단신으로 쳐들어가려는 무사시에게는 하늘과 땅만큼의 차이가 있었다. 지금의 한 걸음으로 목숨이 결정되는 것이다.

'길은 세 갈래, 어디로 갈 것인가?'

당연히 무사시로서는 신중히 생각해야 할 순간이었다. 하지만 몸을 홀쩍 돌려 재빨리 움직이기 시작한 그의 모습에서는 한 치의 망설임도 찾아볼 수 없었다. 나무 사이를 지나 개울과 비탈과 밭을 사뿐사뿐 뛰어넘으며 자신이 가고 싶은 방향으로 걸어가고 있었다.

그런데 무사시는 일승사 방면과는 반대 방향을 향해 가고 있었다. 세 가지 길 중 어느 한 길도 선택하지 않았던 것이다. 그 근처는 아직 마을이었는데 좁은 샛길을 지나고 밭을 가로질러 대체 어디를 향해 가는지 언뜻 알 수가 없었다.

무엇 때문인지 무사시는 일부러 가구라가오카神樂岡의 기슭을 넘어 고이치조後一条 천황의 능 뒤편으로 나왔다. 이 근처는 무성한 대나무 밭이었다. 대나무 숲을 빠져나오자 산의 기운이 느껴지는 강물이 달빛을 받으며 마을 쪽으로 흐르고 있었다. 다이몬지 산의 북쪽 능선이 눈앞에 잡힐 듯 가까웠다.

"……."

무사시는 묵묵히 산속 어둠을 향해 올라갔다. 방금 지나온 오른편 숲 안으로 보이던 축대와 지붕이 히가시야마도노東山殿[6]의 은각사銀閣寺인 듯했다.

문득 뒤를 돌아보자 아래편으로 거울처럼 빛나는 샘이 보였다. 다시

6 무로마치 막부의 제8대 장군인 아시카가 요시마사足利義政가 히가시 산에 지은 산장.

산을 한참을 올라오자 히가시야마도노의 샘에 가까워져 발밑의 나무 그늘에 가려 보이지 않았고, 가모 천의 하얀 굽이가 눈 아래로 바싹 다가와 있었다. 시모교下京에서 가미교上京까지 양팔을 벌리면 품 안에 쏙 들어올 것 같은 전망이었다. 그곳에서 저 멀리 일승사 소나무를 대략 손가락으로 짚어 볼 수 있을 있었다.

다이몬지 산, 시가 산, 우류 산, 일승사 산, 그리고 삼십육봉의 중턱을 가로질러 에이 산 방면으로 가면, 이곳에서 그리 시간을 들이지 않고 산 위에서 일승사의 소나무 부근을 내려다볼 수 있는 곳으로 갈 수 있었다.

무사시는 이미 마음속에서 이 전법을 쓰기로 정하고 있었던 듯했다. 그는 오케하자마桶狹間[7] 싸움의 오다 노부나가와 히요도리고에鵯越[8]의 전법을 취하기 위해, 당연히 세 갈림길 중 어느 한 길을 선택할 것이라는 생각을 버리고, 전혀 방향이 다른 험준한 산길 중턱까지 올라온 것임에 틀림없다.

"아니, 웬 사람이!"

이런 곳에서 사람이 있으리라고는 생각지도 못했다. 갑자기 발소리

---

7 1560년 6월 12일, 2만 5천 명의 대군을 이끌고 오와리尾張를 침공한 이마가와 요시모토今川義元와 이마가와 우지자네今川氏真 부자에 맞서 오와리의 다이묘였던 오다 노부나가가 쇼우의 군대를 이끌고 적의 본진을 급습해서 물리친 역사상 유명한 전투.

8 사쓰마播磨와 세쓰摂津의 경계인 이치노타니一ノ谷이며 현재의 효고 현 가나가와 시 스마우라의 서쪽을 가리킨다. 히요도리고에는 비탈이 너무 급해서 말이나 사람도 지나가지 못한다고 할 정도였는데, 1184년 2월, 히요도리고에에 진을 친 다이라 씨平氏를 치기 위해 이 산 위로 나온 미나모토노 요시쓰네源義経는 사슴이 이 절벽을 지난다는 말을 듣고 군사를 이끌고 단숨에 절벽을 내려가 다이라 씨의 배우를 쳐서 승리를 거뒀다고 한다.

가 나더니 무사시 앞에 사냥할 때나 입는 옷의 아랫자락을 걷어 올리고 손에 횃불을 든 공경의 무사처럼 보이는 사내가 나타났다. 그는 무사시의 얼굴을 향해 횃불을 들이댔다. 공경 무사의 얼굴은 자신이 들고 있는 횃불의 그을음으로 의해 콧속까지 검게 그을려 있었고 사냥옷도 밤이슬과 진흙이 묻어 매우 지저분했다.

"엉?"

그는 처음에 무사시와 마주치자 깜짝 놀란 듯했다. 무사시가 수상히 여겨 그의 얼굴을 가만히 바라보자 그는 다소 주눅이 든 듯 머리를 깊이 숙이며 물었다.

"저, 무사님은 혹시 미야모토 무사시라는 분이 아니십니까?"

무사시의 눈이 경계하듯 횃불 너머에서 번뜩였다.

"미야모토 님이시죠?"

사내는 재차 물으면서도 침묵을 지키고 있는 무사시의 표정에 겁을 집어먹은 듯했다.

"당신은 누구요?"

"예?"

"누구요?"

"예, 가라스마루님 댁 사람입니다."

"뭐, 가라스마루님 댁? 나는 무사시라고 하오만 그 댁의 가신이 어떻게 이런 시간에 산길에?"

"아, 역시 미야모토 님이셨군요."

그 남자는 그렇게 말하고는 뒤도 돌아보지 않고 산을 달려 내려갔다. 횃불의 빨간 꼬리가 길게 꼬리를 물고 이어지더니 어느새 산기슭 속으로 사라졌다. 무사시는 무언가 생각이 난 듯 발길을 재촉해서 산을 따라 시가 산의 가도를 가로질러 산 중턱으로 서둘러 달려갔다.

한편, 횃불을 든 사내가 허겁지겁 은각사 옆까지 달려 내려오더니 한 손을 입에 대고 동료의 이름을 불렀다.

"어이, 구라內藏 님!"

그러자 동료가 아닌 가라스마루 저택에서 오랫동안 머물고 있는 조타로가 이 정이나 앞쪽에 있는 서방사西方寺 문 근처에서 대답했다.

"아저씨, 왜요?"

"조타로냐?"

"그래요."

"빨리 오너라."

"갈 수가 없어요. 오츠 님이 여기까진 간신히 왔지만 더 이상 걸을 수 없다며 쓰러져 버려서 갈 수가 없어요."

"쯧쯧쯧."

사내는 혀를 차면서 전보다 큰 소리로 말했다.

"빨리 오지 않으면 무사시 님이 멀리 가 버린다. 빨리 와. 방금 무사시 님을 발견했다."

"……."

이번엔 대답이 들리지 않았다. 잠시 후, 저편에서 두 사람의 그림자가 서로 의지하듯 하나가 되어 서둘러 오고 있었다. 조타로가 병자인 오츠를 부축해서 데리고 오는 것이었다.

"이거야 원."

사내는 초조하게 횃불을 흔들어 댔다. 끊어질 듯 가쁜 숨을 내쉬며 뛰어오는 병자의 숨소리가 멀리서도 들릴 정도였다. 오츠의 얼굴은 가까이 올수록 핏기가 없이 달보다도 더 창백해 보였다. 야윈 손과 다리로 행장을 입고 있는 것조차 힘들어 보였다. 그러나 횃불 옆까지 오자 그녀의 뺨이 갑자기 발그스레해졌다.

"방금 그 말씀, 정말이세요?"

"정말이고말고. 바로 방금 전이었소."

사내는 힘을 주어 말했다.

"빨리 뒤를 쫓아가면 만날 수 있을 거다. 빨리 가자, 빨리!"

조타로는 오츠와 서두르는 사내 사이에서 주저주저하다 저 혼자 짜증을 냈다.

"어디요? 어느 쪽요? 그냥 빨리 가자고 하면 알 수가 없잖아요?"

오츠의 몸이 갑자기 좋아질 리가 없었기 때문에 그녀가 여기까지 걸어온 것은 보통 비장한 각오가 아니면 불가능한 일이었다.

무사시가 조타로를 배웅하고 떠난 날, 오츠는 병상에 들어 조타로에게 상세한 이야기를 듣더니 말했다.

"무사시 님이 죽음을 각오하신 마당에 나도 이미 병든 몸으로 오래 산들 무슨 보람이 있을까. 죽기 전에 한 번만이라도……."

오츠는 그때까지 머리에 대고 있던 물수건을 내려놓고 머리를 묶은 후에 야윈 발에 신발을 신었다. 다른 사람이 아무리 말려도 듣지 않고 마침내 가라스마루 저택의 문을 기다시피 하여 나섰던 것이다. 그녀의 그러한 일심에 그때까지 말리던 가라스마루가의 사람들도 그대로 보고만 있을 수는 없었다. 그녀의 마지막일지도 모르는 소망을 도와주기로 마음을 먹었는지, 아니면 오츠에 관한 일이 미쓰히로 경의 귀에 들어가자 도와주라고 명을 내렸는지는 알 수 없다. 어쨌든 오츠가 떨리는 걸음으로 이곳 은각사 아래의 불안사佛眼寺의 문 앞까지 오는 동안, 가라스마루가의 사람들이 무리를 나눠서 무사시가 있을 만한 곳을 사방팔방으로 찾아다닌 듯했다.

결투 장소가 일승사라는 것만 알고 있었지 넓은 일승사 촌의 어디인지는 분명하지 않았다. 게다가 무사시가 일단 결투 장소에 도착하면 소용이 없었기 때문에 사람들은 일승사 방면으로 통하는 길을 한두 사람씩 동분서주하며 찾아다녔다. 그런 보람이 있어서인지 그들은 무사시를 발견하였고 이후의 일은 다른 사람의 힘보다 오츠의 마음 여하에 달렸다.

그녀는 방금 무사시가 노이가타케 중간에서 시가 산을 가로질러 북쪽의 늪으로 내려갔다는 말을 듣고서는 더 이상 다른 사람의 힘에 의지하지 않았다.

"오츠 님, 괜찮아요?"

오츠는 옆에서 조마조마해하며 따라오는 조타로에게도 말을 하지 않았다. 아니, 조타로의 말이 들리지 않았다. 죽음을 각오하고 있는 힘을 다해 걷고 있었다. 코는 거친 숨결을 내쉬었고 창백한 이마 위로 식은땀이 흘러내렸다.

"오츠 님, 이 길이에요. 이 길을 따라 계속해서 산중턱을 건너가면 바로 에이 산 쪽으로 나가게 돼요. 이제 산을 오르지 않아도 되니 어디서 좀 쉬어요."

"……."

오츠는 말없이 고개를 가로저었다. 두 사람은 지팡이 양끝을 잡고 마치 긴 인생의 고난을 이 한 순간에 축약시킨 듯한 괴로움과 싸우면서 이십 정 정도의 산길을 열심히 걸어갔다.

"스승님! 무사시 님!"

때때로 조타로가 있는 힘껏 앞쪽을 향해 이렇게 외치는 것이 오츠에게는 큰 힘이 되었다. 하지만 결국 그 힘이 다 소진된 듯 오츠가 조타로를 불렀다.

"조, 조타로……."

오츠는 지팡이 끝을 놓으면서 주저앉고 말았다. 그리고 가늘디가는 양손의 손가락으로 입을 막은 채 숨을 헐떡이며 몸을 떨고 있었다.

"앗! 피, 피를 토했잖아. 오츠 님, 오츠 님!."

조타로는 우는 목소리로 그녀의 쇠잔한 가슴을 안아 일으켰다. 그녀는 땅에 엎드린 채로 희미하게 얼굴을 가로로 저었다.

"왜 그래요? 어떻게 된 거야?"

조타로는 어찌할 바를 몰라 그녀의 등을 어루만지며 물었다.

"숨을 못 쉬겠어요?"

"……."

"그럼, 물? 물을 마시고 싶어요?"

"……."

오츠는 고개를 끄덕였다.

"기다려요!"

조타로는 주위를 둘러보다 벌떡 일어섰다. 산과 산 사이에 완만히 흐르는 물길이 있었다. 물소리는 사방의 풀과 나무 아래를 흐르며 '난 여기에 있어' 하며 그를 부르고 있는 것처럼 들렸다. 그리 멀리 가지 않아도 바로 뒤편에 풀뿌리와 바위틈 아래에서 샘이 솟아나고 있었다. 조타로는 쪼그리고 앉아 양손으로 물을 담으려 했다.

"……."

물은 매우 맑아서 민물 게의 모습까지 들여다보일 정도였다. 달도 많이 기울었고 달무리는 얼굴을 들어 하늘을 쳐다보는 것보다 물에 비친 모습이 한층 아름답게 보였다.

조타로는 오츠에게 물을 떠서 가져가는 것보다 문득 자신이 먼저 물을 마시고 싶어진 듯했다. 그는 대여섯 걸음 걸어가 물가에 무릎을 꿇고 오리처럼 물에 얼굴을 가져갔다가 큰 소리로 외쳤다.

"앗?"

그의 눈이 무언가에 빨려 들어가는 것처럼 한곳에 고정되었고 머리카락은 밤송이처럼 쭈뼛 섰다. 샘 맞은편 기슭의 대여섯 그루의 나무가 땅에 그림자를 드리우고 있었다. 그런데 그 나무의 끝에 사람의 그림자가 보였다. 조타로는 물에 비친 무사시의 모습을 본 것이었다.

"……."

조타로는 크게 놀랐지만 수면에 비친 모습만으로는 그것이 정말 무사시인지 의심스러웠다. 혹시 너무 간절한 마음에 무사시의 환영을 만들어 낸 것인지도 몰랐다. 조타로는 놀란 눈을 슬며시 들어 맞은편에 있는 나무 그늘을 쳐다보았다. 조타로는 더 깜짝 놀랐다. 무사시가 그곳에 서 있었던 것이다.

"아앗, 스승님!"

그 순간, 고요한 수면이 머금고 있던 달무리 진 하늘이 새까맣게 흐려졌다. 샘을 돌아서 가면 좋을 것을 조타로는 그대로 샘 한가운데를 첨벙첨벙 가로질러 가더니 얼굴까지 흠뻑 젖은 채로 무사시의 가슴으로 달려들었다.

"있다! 있었다!"

사로잡은 죄인을 끌고 가듯 조타로는 정신없이 무사시의 손을 잡아끌었다.

"잠깐 기다리거라."

무사시는 얼굴을 돌리고 손을 눈꺼풀에 갖다 대며 말했다.

"조타로, 위험하니 잠시 기다리거라."

"싫어요. 이젠 놓지 않을 거예요!"

“안심해라. 네 목소리가 멀리서 들리기에 기다리고 있었다. 나보다도 어서 빨리 오츠 님에게 물을 가져다 줘야지.”

“아, 물이 탁해졌다.”

“저쪽에도 깨끗한 물이 흐르고 있으니 이걸 가지고 가거라.”

무사시가 허리춤에서 대통을 건네주자 조타로는 무슨 생각이 들었는지 무사시의 얼굴을 가만히 쳐다보았다.

“스승님, 스승님이 직접 떠다 주세요.”

“그럴까?”

무사시는 명령에 따르듯 순순히 고개를 끄덕이더니 대통에 물을 떠서 오츠 곁으로 가지고 갔다. 무사시는 그녀의 등을 안고 입가에 대통을 대고 물을 마시게 했다. 옆에 있던 조타로가 말했다.

“오츠 님, 스승님이에요. 무사시 님이 왔어요. 알아보겠어요?”

오츠는 물이 마시자 조금 가슴이 편해졌는지 휴우, 하고 숨을 내쉬었다. 그녀는 무사시의 팔에 기댄 채 멍하니 먼 데를 바라보고 있었다.

“내가 아니에요. 누나를 안고 있는 사람이 스승님이에요.”

조타로가 그렇게 말하자 먼 산을 바라보던 오츠의 눈에 눈물이 그렁그렁 맺히더니 이윽고 옥구슬과 같은 두 줄기 눈물이 뺨을 타고 흘러내렸다.

‘알고 있어.’

그녀는 고개를 끄덕였다.

“아, 다행이다.”

조타로는 매우 기뻐했다.

"오츠 님, 이젠 됐죠? 스승님, 오츠 님이 꼭 한 번만이라도 만나고 싶다며 몸이 아픈데도 아무리 말려도 듣질 않았어요. 또 한 번 이러다가는 죽고 말 테니 스승님이 잘 말해 주세요. 제 말은 당최 듣질 않아요."

"그러냐?"

무사시는 오츠를 안은 채 말했다.

"내가 나빴구나. 이제부터 내 잘못을 사죄하고 또 오츠 님의 나쁜 점도 잘 말해서 건강해지도록 하마. 그러니 조타로."

"예?"

"너는 잠깐 다른 곳에 가 있거라."

조타로는 그 말을 듣고 입을 삐죽 내밀며 물었다.

"왜요? 왜 제가 여기 있으면 안 돼요?"

조타로가 불만인 듯 움직이려 하지 않자 무사시가 곤란한 표정을 지었다. 그러자 오츠가 조타로를 달래며 부탁했다.

"조타로, 그러지 말고 잠깐 다른 곳에 가 있어. 응?"

무사시의 말에 입을 삐죽거리던 조타로도 오츠가 그렇게 말하자 순순히 따랐다.

"그럼, 저기 위에 올라가 있을게요. 얘기 다 끝나면 곧바로 불러야 해요."

조타로는 절벽으로 난 좁은 길을 올려다보더니 그 위로 기어서 올라갔다. 간신히 약간의 기력을 회복한 오츠가 일어서더니 사슴처럼 잘도 올라가는 조타로의 모습을 지켜보다가 소리쳤다.

"조타로, 조타로. 그렇게 멀리 가지 않아도 돼."

조타로는 오츠의 말을 들었는지 듣지 못했는지 대답이 없었다. 오츠는 마음에도 없는 말을 하고는 역시 조타로가 사라지고 단 둘만 남았다고 생각하자 갑자기 가슴이 먹먹해져서 무슨 말부터 해야 할지 어쩔 줄 몰라 하고 있었다. 이젠 무사시에게 등을 돌리고 있지 않아도 될 텐데, 부끄러운 마음은 건강할 때보다 오히려 아플 때가 본능적으로 강할지도 몰랐다.

물론 오츠만 그런 마음이 드는 게 아니었다. 무사시 역시 다른 곳을 바라보고 있었다. 한 사람은 등을 돌린 채 고개를 숙이고 있었고, 다른 한 사람은 옆으로 돌아앉아 허공을 바라보고 있었다. 이것이 몇 년 동안 만나고 싶어도 만나지 못했던 두 사람에게 허락된 짧은 재회의 모습이었다.

'어떻게 말을 해야 하나?'

무사시는 적당한 말이 떠오르지 않았다. 어떤 말로도 자신의 마음을 온전히 표현할 수가 없었다. 바람이 세차게 불던 삼나무 위에서의 그날 밤, 그날 새벽 이후의 일들을 모두 가슴속에 그릴 수가 있었다. 눈으로 보지는 못했지만 그 이후로 그녀가 걸어온 오 년간의 길을 느낄 수 있었다. 또 그녀의 일편단심 청순한 마음을 받아들이지 않은 것은 아니었다.

무사시는 뜨겁게 타오르는 순수한 사랑의 불꽃을 가슴속에 숨긴 채 그녀가 걸어온 멀고 험난했던 생활과, 다른 사람들에게 벙어리처럼 무표정한 얼굴을 하고 식어버린 재처럼 차갑게 보이고자 했던 자신의 수행 중에 과연 어느 쪽이 더 괴롭고 고달플지 생각할 때마다 늘 자신이 더 힘이 들었다고 생각했다. 지금도 역시 그렇게 생각하고 있었다.

하지만 무사시는 그런 자신보다 오츠가 훨씬 가련하고 측은하게 여겨졌다. 그것은 남자조차 감당하기 힘든 고뇌를 여자의 몸으로 극복하면서 오직 사랑 하나만을 위해 자신을 돌보지 않고 걸어온 그녀의 강함과 갸륵함 때문이었다.

'이젠 시간이…….'

무사시는 달의 위치를 보고 있었다. 그는 자신이 살아 있는 동안의 시간을 생각하지 않을 수 없었다. 달은 어느새 서쪽으로 많이 기울어져 있었고 달빛도 희미해져 있었다. 새벽이 멀지 않은 지금, 자신은 그 달과 함께 죽음의 산 너머로 지기 직전이었다. 지금이야말로 오츠에게 단 한 마디만이라도 진실을 이야기하고 싶었다. 또 그것이 그녀에게 보답할 수 있는 최대의 양심이라고 생각했다.

그러나 진실을 말할 수가 없었다. 가슴 한가득 묻어 놓은 진실을 말하려고 할수록 입이 떨어지지 않았다. 무사시는 그저 하늘을 쳐다보다가 다른 곳으로 시선을 돌리고 말았다.

"……."

오츠도 마찬가지였다. 그녀도 그저 땅만 바라보며 눈물을 흘리고 있을 수밖에 없었다. 여기에 올 때까지 그녀의 가슴속에도 온 세상을 뒤덮고도 남을 사랑 외에는 진리도, 부처님도, 이해利害도 없었다. 또 남자들의 세계에서 중시하는 의지나 체면도 없이 오직 사랑의 정열만이 있었다. 그 정열로 무사시의 마음을 움직이고, 그 눈물로 단 둘이서 이 세상을 살아갈 수 있다고 믿고 있었다.

그렇지만 막상 이렇게 만나고 나자 그녀는 아무 말도 할 수 없었다. 그 동안의 간절한 바람은커녕 만나지 못할 때의 괴로움, 길을 헤매는 슬픔, 그의 무정함, 그 어느 것 하나 말을 할 수가 없었다. 명치끝까지 솟구쳐 오르는 그런 감정을 모두 쏟아 내려고 하면 그저 입술이 덜덜 떨리고 가슴이 먹먹해져서 눈물이 앞을 가렸다. 만일 무사시도 이곳에 없는 벚꽃이 핀 달밤 아래였다면 그녀는 갓난아이처럼 목 놓아 울었을 것이다. 하다못해 이 세상에 없는 어머니에게 하소연을 하는 심정으로 마음이 온화해질 때까지 울며 밤을 지새웠을 것이다.

"……."

오츠도 무사시도 말이 없었다. 그러는 사이에 시간은 덧없이 흘러가고 있었다. 벌써 새벽이 지척인지 기러기 떼가 울음소리를 남기고 산등성이 너머로 날아갔다.

"기러기가……."

무사시는 지금 이 상황과는 전혀 어울리지 않는 엉뚱한 소리라는 걸 알면서 중얼거렸다.

"오츠 님, 북쪽으로 돌아가는 기러기가 우는구려."

그것을 기회로 오츠가 말했다.

"무사시 님."

두 사람의 눈이 처음으로 마주쳤다. 가을이나 봄이 되면 기러기가 지나가는 고향 산천이 두 사람의 마음속에 떠올랐다. 그때는 단순했다. 오츠는 늘 마타하치와 사이좋게 지내면서 무사시는 난폭해서 싫다고 했었다. 무사시가 욕을 하면 오츠도 지지 않고 대들었다. 그렇게 지냈던 어린 시절의 칠보사와 산이 눈앞에 선했다. 요시노 강의 천변도 떠올랐다. 그러나 무사시는 그런 추억에 젖어 있다간 두 번 다시 없을 이 세상에서의 소중한 순간이 침묵 속에 지나가 버릴 것 같았다. 마침내 그가 입을 열었다.

"오츠님, 몸이 아프다던데 어떠하오?"

"아무렇지 않아요."

"조금 나아졌소?"

"그보다 당신은 이제 일승사 터에서의 죽음을 각오하고 계시죠?"

"으음."

"당신이 칼에 맞아 죽으면 저도 살지 않을 겁니다. 그래서인지 몸이 아픈 것도 잊은 듯 아무렇지 않습니다."

"……."

무사시는 그렇게 말하는 오츠의 얼굴을 보며 자신의 각오가 그녀의 결의만큼도 미치지 못하는 것 같은 기분이 들었다. 그는 지금까지 생사의 문제에 대해 고뇌하고 평소에 수양과 수련을 쌓아온 덕에 간신히 지금과 같은 각오를 할 수 있게 되었다고 생각하고 있었다. 그런데 오츠는 그런 수련과 고뇌를 거치지 않았음에도 아무 주저 없이 자신도 죽을 것이라고 말을 했다.

그녀의 눈을 가만히 바라보던 무사시는 그녀의 말이 결코 한때의 흥분이나 거짓말이 아님을 알 수 있었다. 오히려 기꺼이 자신을 따라 함께 죽으려고 하는 결의조차 느껴졌다. 아무리 굳게 각오를 한 무사도 이르지 못할 정도로 고요한 눈으로 죽음을 응시하고 있었다.

무사시는 부끄럽기도 하고 의아하기도 했다.

'어떻게 여자는 이렇게 될 수 있는 것일까?'

무사시는 당혹감과 함께 자신의 각오가 흐트러지는 것을 느꼈다.

"어리석은 짓이오!"

갑자기 자신도 모르게 내뱉은 말과 목소리에 놀랄 만큼 무사시는 흥분해서 말했다.

"내 죽음에는 의의가 있소. 검으로 사는 인간이 검으로 죽는 것은 숙원일 뿐 아니라 무사의 정도가 무너진 현실에 맞서, 자진해서 비겁한 적을 맞아 싸우다 죽는 것이오. 하지만 그대가 따라서 죽겠다는 그 마음은 갸륵하지만 그것이 무슨 도움이 되겠소. 벌레처럼 하찮게 살다가 벌레처럼 덧없이 죽어서 무엇하겠소?"

무사시는 다시 땅에 엎드려 울고 있는 오츠를 보며 자신의 말이 너무 지나쳤다는 걸 깨닫고 무릎을 꿇고 조용히 말했다.

"오츠 님, 생각해 보면 나는 알게 모르게 그대에게 거짓말을 했었소. 칠보사 삼나무에서나 하나다 다리에서나 속이려는 생각은 없었지만 결국은 그렇게 되고 말았소. 그래서 한없이 냉정하게 대해 왔었소. 나는 이제 얼마 후면 죽을 몸이오. 오츠 님, 지금 하는 말은 거짓말이 아니오. 나는 그대가 좋소. 단 하루라도 생각하지 않은 날이 없을 만큼 좋아했었소. 모든 것을 버리고 함께 살다가 함께 죽고 싶다고 얼마나 괴로워했는지 모르오. 그대보다 좋은, 검이라는 것이 없었다면 말이오."

잠시 말을 멈췄던 무사시는 다시 힘을 주어 말했다.

"오츠!"

언제나 말이 없고 무표정했던 무사시가 보기 드물게 감상에 젖어 말했다.

"나는 죽음을 각오했고 이제 곧 죽을 것이오. 오츠, 내가 지금 하는 말에는 추호의 거짓이 없음을 믿어 주시오. 부끄러움도 꾸밈도 없이 말하겠소. 이때까지 그대를 생각하면 낮에는 마치 꿈속을 걷는 듯하였고, 밤에는 잠 못 이루고 고뇌에 차서 미칠 것 같을 때도 있었소. 절에서 잠을 잘 때나 들판에 누워 있어도 그대가 떠올라 어떤 때는 짚단을 그대라 생각하고 끌어안은 채 밤을 새운 적도 있었소. 그만큼 나는 그대에게 빠져 있었소. 그대를 너무나 사랑하고 있었소. 하지만 그런 때조차 남모르게 검을 뽑아 바라보고 있으면 미칠 것 같이 끓어오르던 피가 차가운 물처럼 투명해지면서 그대의 모습도 안개처럼 내 머릿속에서 희미해져 버렸소……."

"……."

오츠는 덩굴 풀의 하얀 꽃처럼 흐느끼고 있던 얼굴을 들어 무슨 말인가를 하려 했지만, 무사시의 얼굴이 무서우리만치 진지한 열정으로 굳어져 있는 것을 보자 숨이 막혔는지 다시 고개를 숙였다.

"그리고 나는 다시 검의 길에 몸과 마음을 매진하였소. 오츠, 이것이 나의 본심이오. 바로 연모와 정진의 두 길에 발을 걸친 채 헤매고 고민하면서 오늘까지 검의 길을 걸어온 것이오. 그래서 나는 누구보다도 내 자신을 잘 알고 있소. 나는 잘난 사내도 천재도 아닌, 아무것도 아니오. 단지 오츠, 그대보다 검이 조금 더 좋을 뿐이오. 사랑으로 죽지는 못하지만 검의 길 위에선 언제 죽어도 좋다고 생각할 뿐이오."

무사시는 모든 것을 솔직하게, 조금의 거짓도 없이 마음 깊은 곳에 있는 자신의 본심을 지금 털어놓으려고 했다. 하지만 마음과 달리 여전히 무엇인가 가슴속에 하고 싶은 말이 남아 있는 듯한 느낌을 지울 수 없었다.

"그러니 다른 사람은 모르지만 오츠, 나라는 남자는 그런 남자요. 좀 더 솔직하게 말하자면 그대를 떠올리고 생각할 때는 온몸이 타들어 가는 듯한 기분이 들지만, 마음이 검의 길을 향할 때면 그대의 생각은 머릿속에서 이내 사라져 버리고 마오. 아니, 마음 한구석에도 남아 있지 않소. 이 몸, 이 마음, 그 어디를 찾아봐도 그대의 존재는 털끝만큼도 남아 있지 않는단 말이오. 또 그때가 내게 가장 즐겁고 삶의 의미를 느끼는 순간이오. 오츠, 알겠소? 그대는 이런 말을 하는 내게 모든 것을 걸고서 오늘까지 혼자서 괴로워하고 있소. 미안하게 생각하지만 어쩔 수가 없소. 그것이 바로 나이니 말이오."

오츠의 가는 손이 불시에 무사시의 억센 손목을 잡았다. 그녀는 더 이상 울고 있지 않았다.

"알고 있습니다. 그 정도는, 그것이 당신이라는 것쯤은, 어찌 그것도 모르고 당신을 사랑하겠습니까?"

"그렇다면 내가 말하지 않아도 나와 함께 죽으려는 생각이 얼마나 어리석은 것인지 잘 알 것이오. 나라는 인간은 이러고 있는 이 순간에도 아무것도 생각하지 않고 그대에게 몸과 마음을 내주고 있지만, 그대의 곁에서 한 발이라도 떨어지면 그대를 조금도 생각하지 않는 사람이오. 그런 사내를 따라 죽는 것은 너무나 덧없는 일이 아니오? 여자는 여자로서 살아가야 할 길이 있소. 여자의 삶의 보람은 다른 곳에도 있소. 오츠, 이것이 내 작별의 인사요. 그럼, 이젠 시간이 없어서……."

무사시는 그녀의 손을 살짝 놓고 일어섰다. 오츠는 다시 무사시의 소매를 잡으며 매달렸다.

"무사시 님, 기다려요."

그녀도 아까부터 하고 싶은 말이 가슴에 가득 메어 있었다. 무사시가 벌레처럼 살다가 벌레처럼 죽는 여자의 사랑에는 죽음의 의의가 없다, 라고 한 말이나 한 발이라도 자신에게서 떨어지면 자신을 조금도 생각하지 않는 사람이다, 라고 한 말에 대해서도, 또 자신은 결코 무사시를 그렇게 생각하며 잘못된 사랑을 하고 있는 것이 아니라고 말하고 싶었다.

더욱이 이제 두 번 다시 만나지 못한다는 절박한 심정을 견딜 수 없었다. 그러나 방금 기다리라며 무사시의 소매를 잡은 것도 불가항력적인 행동에 지나지 않았다. 그저 하염없이 눈물을 흘릴 수밖에 없는 여자의 심정을 대변한 것에 지나지 않았다.

그러나 하고 싶은 말을 하지 못하는 연약한 존재의 아름다움과 복잡함에 대해서 무사시의 마음도 흔들리지 않을 수 없었다. 그가 두려워하고 있는 자신의 성격 중 가장 커다란 약점이, 지금 폭풍우 속 뿌리가 약한 나무처럼 흔들리고 있었다. 자칫하면 이때까지 지켜 왔던 절제도 땅이 꺼지듯 그녀의 눈물과 함께 모래성처럼 무너져 내릴 것 같은 마음이 들었다. 그는 그 마음이 두려웠다.

"알겠소?"

무사시가 그저 뇌까린 말에 오츠가 대답했다.

"알겠습니다."

오츠는 희미하지만 침착하게 말했다.

"그렇지만 저는 역시 당신이 죽으면 따라서 죽겠습니다. 남자인 당신이 흔쾌히 죽는 것처럼 여자인 저도 죽음의 의미를 지니고 갈 수 있습니다. 결코 벌레처럼, 한때의 슬픔을 못 이겨 죽는 것은 아닙니다. 그러니 그것만큼은 제 마음에 맡겨 주시길 바랍니다."

그러고는 덧붙였다.

"당신은 이런 저를 마음속으로나마 아내로 맞아 주시겠지요? 저는 그것만으로도 모든 바람을 이룬 것이나 마찬가지입니다. 이 마음, 더없는 기쁨, 그것은 저만이 가질 수 있는 행복입니다. 당신은 저를 불행하게 만들고 싶지 않다고 말씀하셨지만 저는 결코 불행하게 죽는 것이 아닙니다. 저를 보는 세상 사람들이 모두 제가 불행하다고 말해도 저는 조금도 불행하다고 생각지 않습니다. 오히려 아아, 어떻게 말을 해야 할까요? 죽음의 새벽이 저 멀리에서 즐겁게, 아침의 작은 새소리 속에서 죽어 가는 이 몸이 마치 새 신부처럼 여겨집니다."

말을 오래 하자 숨이 가쁜 듯 그녀는 가슴을 끌어안고서 꿈을 꾸듯 행복에 겨운 눈을 들었다. 새벽달은 하얗게 빛이 바랬고 안개는 나무들을 감싸고 있었지만 새벽까지는 아직 시간이 있었다.

그때, 눈을 들어 바라본 절벽 위쪽에서 잠에 빠진 숲의 적막을 깨우며 날아오르는 괴조처럼 여자의 날카로운 비명 소리가 들렸다.

"꺅!"

분명 여자의 비명 소리였다. 아까 조타로가 그쪽 절벽을 올라갔지만 그의 목소리는 분명 아니었다. 누구의 절규인지, 또 무슨 일인지, 심상치 않았다. 오츠가 눈을 들어 안개에 휩싸인 봉우리 위를 올려보는 사이에 무사시는 아무런 말도 없이 큰 걸음으로 서둘러 떠났다.

"아니?"

오츠가 따라오자 무사시는 달려가다 뒤를 돌아보았다.

"오츠, 내 말 잘 알겠소? 절대로 헛되이 죽어서는 안 되오. 건강을 회복해서 맑은 마음으로 잘 생각해 보시오. 나 역시 무작정 생명을 버리려는 가는 것이 아니오. 영원히 살기 위해 일시적인 죽음을 선택하는 것일 뿐이오. 내 뒤를 따라 죽는 것보다 오츠, 살아남아서 비록 내 몸은 죽어 흙이 되어도 내가 영원히 사는 것을 지켜보시오!"

무사시는 다시 말을 이었다.

"오츠, 잘 들으시오. 내 뒤를 따라올 작정으로 엉뚱한 방향으로 가서는 안 되오. 내 죽은 모습을 보고 나를 저승에서 찾아도 나는 저승으로는 가지 않을 것이오. 내가 있는 곳은 백 년, 천 년 후에도 사람들의 마음속에, 검의 속에 살아 있을 것이오."

무사시가 말을 마쳤을 때에는 벌써 오츠의 대답이 들리지 않는 먼 곳으로 가 있었다.

"……."

오츠는 망연히 홀로 남겨졌다. 멀어져 가는 무사시의 모습이 자신의 가슴에서 빠져나온 분신처럼 여겨졌다. 이별의 슬픔은 두 존재가 떨어져서 생기는 감정이지만, 오츠의 지금 심정은 그런 이별에서 오는 의식의 슬픔이 아니었다. 단지 거대한 삶과 죽음의 파도에 휩쓸려가고 있는 두 사람의 몸이, 하나의 영혼처럼 똑같은 감정을 느끼고 있었다.

그때, 절벽 위에서 흙무더기가 그녀의 발밑으로 흩어져 내렸다.

"와아!"

조타로가 나뭇가지와 풀을 헤치며 뛰어내려 왔다.

"어머!"

오츠는 놀라서 소리를 질렀다. 조타로가 나라의 간제觀世 과부에게 받은 귀녀 가면을 쓰고 있었기 때문이다. 그는 가라스마루 저택을 나설 때 이제 돌아가지 않을 줄 알고 품속에 넣어 가지고 온 듯했다.

"하하, 놀랐죠!"

조타로는 불쑥 오츠 앞에 나타나서 양손을 치켜들고 귀신 흉내를 낸 것이다.

"그게 뭐지?"

오츠가 물었다.

"누군지 나도 모르지만 오츠 님도 들었죠. 캬, 하고 놀란 여자의 목소리요?"

"조타로, 그걸 쓰고 어디에 있었니?"

"이 절벽을 올라가니까 그곳에도 작은 길이 있었어요. 그 길 위에 마침 앉아 있기 좋은 큰 바위가 있어서 그곳에 걸터앉아 멍하니 달이 지는 걸 보고 있었어요."

"그걸 쓰고?"

"예. 그 근처에서 여우의 울음소리가 들리고 늑대인지 오소리인지 모를 녀석들이 어슬렁거리고 있어서 가면을 쓰고 겁을 주면 다가오지 않을 줄 알고요. 그런데 갑자기 어디서 캬, 하는 소리가 들렸어요. 그게 무슨 소릴까요?"

길 잃은
기러기

히가시 산에서 다이몬지 산의 기슭 부근까지는 옳은 방향으로 왔는데 어디서 길을 잘못 들었는지 일승사 촌으로 나가지 못하고 산속으로 들어오고 말았다.

"왜 그리 서두르느냐? 마타하치, 좀 기다리거라."

오스기는 앞서 가는 아들에게 뒤처지기라도 하면 숨을 헐떡이며 소리쳤다. 마타하치는 들으라는 듯 일부러 혀를 찼다. 하지만 그냥 가버릴 수도 없어서 그때마다 발길을 멈추고 기다렸지만, 이번에는 뒤에서 간신히 따라온 노모에게 역정을 내며 소리쳤다.

"숙소를 떠날 땐 나를 그렇게 재촉하며 혼내더니."

"내게 왜 그리 역정을 내느냐? 너처럼 어미가 하는 말에 일일이 토를 달며 성내는 자식이 어디 있겠느냐."

오스기가 주름 사이에 맺힌 땀을 닦으며 한숨을 돌리고 있자 마타하치는 그냥 서 있는 것이 괴로운 듯 이내 다시 앞쪽으로 걸어가기 시작했다.

"기다리거라. 좀 쉬었다 가자꾸나."

"그렇게 자주 쉬다간 날이 새겠어요."

"아직 아침이 되려면 한참 남았다. 보통 때라면 이 정도의 산길은 문제없겠지만, 요 며칠 감기 기운이 있는지 몸이 나른해서 걷는 것도 숨이 차구나. 하필 이런 때……."

"또 억지를 부리는군. 그래서 아까 중간에 내가 기껏 술집 문을 두드려서 좀 쉬게 해 주려고 하니까 술은 마시고 싶지 않다며, 시간이 없으니 빨리 가자고 해서 난 술도 마시지 못하고 일어섰잖아요. 아무리 부모지만 정말 같이 못 다니겠군."

"아하, 그러니까 아까 술집에서 네가 술을 못 마신 것 때문에 아직도 화가 난 게로구나."

"됐어요."

"철딱서니 없기는…… 대사를 앞두고 있지 않느냐?"

"그렇다고 우리 모자가 싸움에 직접 뛰어드는 것도 아니고 승부가 끝난 후에 요시오카 사람들에게 부탁해서 무사시의 시체에다 한을 풀고 머리카락이나 얻어서 고향 사람들에게 보이려는 거잖아요. 그게 무슨 큰일이나 된다고."

"여기서 너와 다퉈 봤자 무슨 소용 있겠느냐."

마타하치는 다시 걸어가면서 혼자 중얼거렸다.

"아아, 정말 바보 같군. 다른 사람이 죽인 시체에서 머리카락이나 얻어서 그것으로 원한을 풀었다고 고향에 돌아가 자랑하자고? 고향 사람들이야 어차피 외지에 나가 본 적이 없는 사람들뿐이니 진짠 줄 알고 축하를 하겠지……. 또 산골에서 지낼 생각을 하니 벌써부터 지겨워지는군."

좋은 술과 도회지 여자의 맛을 본 마타하치는 도회지 생활의 매력에 아직도 미련과 집착을 버리지 못하고 있었다. 잘만 하면 무사시가 걸었던 길 이외의 출세 길을 발견해서 여봐란 듯 출세하고 인간으로 태어난 즐거움을 마음껏 맛보고 싶다는 바람을 버린 것은 결코 아니었다.

'아, 화려한 세상이 그립구나.'

어느새 오스기가 또 한참 뒤로 처져 있었다. 숙소를 떠나기 전부터 몸이 나른하고 뻐근하다고 하더니 정말 몸이 안 좋은 건지도 몰랐다.

오스기는 더 이상 못 참겠는지 마타하치에게 말했다.

"마타하치, 좀 업어다오."

마타하치는 얼굴을 잔뜩 찡그린 채 대답도 하지 않고 기다리고 있었다. 그때 두 사람은 깜짝 놀란 듯 귀를 쫑긋 세웠다. 앞서 조타로와 오츠를 놀라게 한 여자의 비명 소리를 두 사람도 들었던 것이다. 어디서 났는지 알 수 없는 외마디 비명이었다. 다음 비명이 들리면 어딘지 분명히 알 수 있을 거라는 듯 마타하치와 오스기는 멍한 표정으로 그 자리에 서 있었다.

"어?"

돌연 오스기가 그렇게 말한 것은 그 알 수 없는 비명이 또 들려서가 아니었다. 느닷없이 마타하치가 절벽 끝을 붙잡고 계곡 아래로 내려가려고 했기 때문이었다.

"어, 어디를 가려는 게냐?"

오스기가 황급히 물었다.

"요 아래의 연못요."

이미 절벽 끝에 매달려 내려가고 있는 마타하치가 말했다.

"어머닌 잠깐 거기서 기다리고 계세요. 보고 올 테니."

"바보짓 마라."

오스기는 습관처럼 소리쳤다.

"무얼 찾으러 간다는 게냐?"

"방금 여자의 비명 소리가 들렸잖아요."

"그걸 알아서 어쩌려고? 바보처럼. 그만둬라, 그만둬!"

오스기가 절벽 위에서 소리를 질러도 마타하치는 듣지 않고 나무뿌리에 매달려 까마득한 아래로 내려가 버렸다.

"저, 바보 같은 놈."

마타하치는 아래로 다 내려와서 오스기가 절벽 위에서 욕지기를 하는 모습을 나무 사이로 올려다보며 말했다.

"거기서 기다려요."

아래에서 소리를 질렀지만 그 소리는 오스기에게 들리지 않을 정도로 절벽은 까마득히 높았다.

"흐음."

마타하치는 조금 후회했다. 분명 비명 소리는 연못 부근에서 들린 듯했지만 그게 아니라면 헛수고를 한 셈이었다.

그러나 달빛도 비치지 않는 연못에도 자세히 살펴보면 좁은 길이 나 있었다. 이 근처의 산은 그다지 깊지 않았다. 게다가 교토에서 시가의 사카모토坂本와 오쓰大津로 통하는 지름길이기도 해서 어디로 내려와도 사람들이 다니는 발자국이 반드시 있었다.

마타하치는 작은 폭포가 개울이 되어 떨어지는 물길을 따라 걸어갔다. 그러자 그 물길을 가로질러 양쪽의 산중턱에 걸쳐 있는 조그만 오솔길이 보였다. 찾으려고 한 사람은 계곡물 옆에 있었는데 한 사람이 간신히 들어갈 정도의 조그마한 오두막이 있었다. 그 오두막 뒤편에 웅크리고 있는 사람의 흰 얼굴과 손이 얼핏 보였다.

'여자다.'

마타하치는 바위 뒤로 몸을 숨겼다. 그는 조금 전의 비명도 여자의 목소리였기 때문에 기묘하게 더 흥분했던 것이다. 남자의 비명이었다면 처음부터 이런 곳까지 내려오지 않았을 것이다. 그런데 지금 비명을 지른 사람의 정체를 숨어서 바라보니 분명 여자였고, 더구나 젊은 듯했다.

'뭘 하는 거지?'

처음에는 의심이 들었지만 지켜보고 있자니 의심은 곧 풀렸다. 여자는 물가 옆으로 다가가더니 하얀 손으로 물을 떠서 입가로 가져가고 있었다. 그녀는 흠칫하며 직감적으로 뒤를 돌아보았다. 마치 곤충의 예민한 감각처럼 몸으로 마타하치의 발소리를 느끼고 금방이라고 일어서서 도망칠 듯 일어섰다.

"아니?"

마타하치가 소리를 지르자 여자도 똑같이 놀란 듯했다.

"앗!"

하지만 여자의 목소리는 두려움에서 벗어난 듯한 목소리였다.

"아케미 아니냐?"

"아아."

아케미는 그제야 마신 물을 삼키며 크게 숨을 내쉬었다. 마타하치는 여전히 부들부들 떨고 있는 그녀의 어깨를 잡으며 말했다.

"아케미, 어떻게 된 일이냐?"

마타하치는 그녀의 발끝부터 머리끝까지 훑어보며 물었다.

"네 행색이 여행 차림인데 그렇다고 해도 이 시간에 이런 곳에서 대체 뭘 하고 있느냐?"

"마타하치 님, 어머님은요?"

"어머니? 저 계곡 위에서 기다리고 있다."

"화가 많이 나셨죠?"

"아, 돈 말이냐?"

"급히 떠나야만 했는데 숙박비를 낼 돈도 없고 여비도 없어서 나쁜 짓인 줄 알지만 할머님의 짐 속에 있던 돈주머니를 몰래 가져오고 말았어요. 마타하치 님, 용서해 주세요. 그리고 눈감아 주세요. 반드시 후일 갚을 테니까요."

하염없이 눈물을 흘리며 사죄하는 아케미를 바라보며 오히려 이상하다는 표정으로 마타하치가 말했다.

"뭘 그리 용서를 비느냐? 아하, 알겠다. 나하고 어머니가 너를 잡으려고 여기까지 따라온 줄 아는 모양이구나."

"우발적이라고는 하나 남의 돈을 훔쳐 달아났으니 도둑이라고 욕을 하셔도 당연해요."

"그건 내 어미에게나 그렇지, 나는 네가 정말로 곤란한 처지라면 그 정도 돈은 얼마든지 줄 수도 있단다. 나는 아무렇지 않으니 너무 걱정하지 말거라. 그보다 뭐 때문에 갑자기 그런 행색으로 이 시간에 이런 곳을 돌아다니고 있는 거냐?"

"여인숙에서 두 분이 하시는 얘기를 우연히 들었거든요."

"음, 무사시와 요시오카 사람들이 오늘 결투를 한다는 얘기 말이냐?"

"예."

"그래서 갑자기 일승사 촌으로 가려고 나온 것이냐?"

"……."

아케미는 대답을 하지 못했다. 한 지붕에서 살던 때부터 아케미가 가슴속에 어떤 생각을 품고 있었는지 마타하치도 잘 알고 있었다. 그래서 그도 더 이상 묻지 않았다.

"그랬구나."

그리고 급히 말을 돌렸다.

"그런데 방금 이 부근에서 여자의 비명이 들렸는데 혹시 네가 지른 소리 아니냐?"

마타하치는 이곳으로 내려온 목적을 떠올리며 그렇게 물었다.

"예, 저였어요."

아케미는 고개를 끄덕였다.

그리고 아직도 무서운 꿈이라도 꾸는 것처럼 하늘 높이 까마득하게 솟아 있는 산등성이를 올려다보았다.

마타하치가 그녀에게서 들은 사연은 이러했다. 방금 전, 그녀가 이 연못의 계곡물을 건너 여기에서도 보이는 눈앞의 바위산 중턱까지 올라갔는데 무섭게 생긴 요괴가 바위에 걸터앉아 달을 쳐다보고 있었다는 것이다. 진담 같지 않은 이야기를 아케미는 진지한 얼굴로 말했다.

"멀리서 봤는데 몸은 난쟁이처럼 작았는데 얼굴은 여자였어요. 게다가 얼굴은 하얗다 못해 뭐라 표현할 수 없는 색을 띠고 있었고 입술이 귀밑까지 찢어졌어요. 그런데 내 쪽을 보더니 히죽 웃는 것 같았어요. 그래서 저도 모르게 꺅, 하고 비명을 지른 거예요. 정신을 차리고 보니 이 연못까지 미끄러져 내려와 있었어요."

아케미가 공포에 질려 그렇게 이야기하자 마타하치는 참지 못하고 웃음을 터뜨리며 놀려 댔다.

"하하하, 이부키의 산기슭에서 자란 네가 무서운 게 다 있더냐. 시체가 쌓여 있는 싸움터를 돌아다니며 시체에서 칼과 갑옷을 벗겨 내던 일도 하지 않았느냐."

"그때는 무서움도, 아무것도 모르는 어린애였는걸요."

"아주 어린애도 아니었지. 그 무렵의 일을 아직도 가슴에 품고 잊지 못하고 있는 걸 보면."

"그건 처음 느낀 사랑인걸요. 그렇지만 이제 저는 그 사람을 단념했어요."

"그럼 왜 일승사 촌으로 가는 거지?"

"그 마음을 저도 모르겠어요. 그저 어쩌면 무사시 님을 만나지 않을까 싶어서요."

"쓸데없는 일이다."

마타하치는 갑자기 진지한 표정을 짓더니 이길 가망이 전혀 없는 무사시의 처지와 요시오카 측의 상황에 대해 들려줬다. 세이주로와 고지로 같은 남자를 겪은 그녀는 처녀 때처럼 무사시를 생각하거나 흠모하며 앞날에 대한 꿈을 꿀 수는 없었다. 육체적으로 그럴 자격을 잃어버린 자신을 냉정히 돌아보고 죽지도, 그렇다고 살지도 못한 채 무리에서 떨어져 나온 한 마리 기러기와 같은 신세였다.

그래서 그녀는 마타하치에게 무사시가 지금 시시각각 사지로 걸어 들어가고 있는 상황을 들어도 울고 싶은 마음이 생기지 않았다. 게다가 자신이 왜 이런 곳까지 와서 헤매고 있는지 그 이유 역시 설명할 수 없었다.

"……."

아케미는 갈 곳을 잃은 눈빛으로 마타하치의 이야기를 꿈을 꾸듯 듣고 있었다. 마타하치는 그녀의 옆모습을 가만히 보고 있었다. 자신이 방황하고 있는 모습과 그녀가 방황하고 있는 모습이 어쩐지 닮은 것처럼 여겨졌다.

'아케미는 동반자를 찾고 있구나.'

아케미의 옆얼굴이 그렇게 보였다. 마타하치는 불시에 아케미의 어깨를 껴안았다. 그러고는 얼굴을 바싹 갖다 대면서 속삭였다.

"아케미, 우리 에도로 도망가지 않을래?"

아케미는 놀라서 숨을 멈추고 마타하치의 눈을 물끄러미 바라보았다.

"예? 에도요?"

마타하치는 그녀의 어깨를 감싸고 있는 손에 힘을 주며 말했다.

"꼭 에도가 아니어도 상관은 없지만, 소문을 들어 보면 앞으로는 간토關東의 에도가 나라의 중심지가 될 거라고 한다. 이제 오사카나 교토는 이미 옛날 도읍이나 마찬가지고 새로운 막부가 있는 에도 성을 중심으로 새로운 마을이 계속해서 생기고 있다고 해. 그런 땅에는 좋은 일도 많을 거야. 너나 나나 어차피 무리에서 떨어져 나온 길 잃은 기러기 신세가 아니냐? 가 보지 않을래? 응, 아케미?"

아케미는 마타하치의 속삭임에 점점 마음이 이끌렸다. 마타하치는 지극정성으로 세상의 넓음과 자신들의 젊음을 이야기했다.

"재미있게 사는 거야. 하고 싶은 일을 하면서 사는 거야. 그렇지 않으면 태어난 보람이 없어. 꿈을 크게 꾸는 거야. 어중간하게 정직하고 착하게 살려고 할수록 운명이란 녀석은 오히려 사람을 조롱하고 나쁜 일만 겪게 될 뿐이야. 아케미, 너 역시 그렇지 않니? 오코 같은 여자나 세이주로 같은 남자들의 먹이가 되지 않았니? 먹히는 인간보다 먹는 인간이 되지 않으면 세상은 살아가기 어려운 거란다."

"……."

아케미는 마음이 흔들렸다. 자신은 이제껏 세상에서 학대만 받아왔지만 역시 남자인 마타하치는 예전과는 달리 듬직한 사람으로 변한 듯 보였다. 그렇지만 그녀의 뇌리 한쪽에는 아직 버리지 못한 환상이 가물거리고 있었다. 그것은 무사시의 그림자였다. 그것은 불에 타 버린 집의 흔적을 보면서 재라도 만져 보고 싶은 어리석은 집착과 같았다.

"싫어?"

"……."

아케미는 아무 말 없이 고개를 저었다.

"자, 그럼 가자."

"하지만 마타하치 님의 어머님은 어떻게 하고요?"

"어머니?"

마타하치는 절벽 위를 올려다보면서 말했다.

"어머닌 무사시의 유품만 손에 넣으면 혼자 고향으로 돌아가겠지.

저대로 고려장高麗葬을 당한 것을 알게 되면 한때는 노발대발 화를 내겠지만, 내가 출세하면 그것으로 충분히 보답하는 거야. 마음을 정했으면 어서 서두르자."

마타하치가 분연히 일어나 앞장서서 걸어가자 아케미는 주저하며 말했다.

"마타하치 님, 다른 길로 가요. 그 길은."

"왜?"

"그 길로 가면 아까 그 산등성이로……."

"하하하, 입이 귀까지 찢어진 귀신이 나온다는 거지? 내가 곁에 있으니 괜찮아. 앗! 큰일 났다. 어머니가 위에서 부르고 있다. 귀신보다 어머니가 훨씬 무서울 게다. 아케미, 발각되면 큰일이니 빨리 오너라."

산을 뛰어오르는 두 사람의 그림자가 바위산 중턱 깊숙이 사라질 무렵, 기다리다 지친 오스기가 계곡 위에서 아들을 부르는 소리가 가뭇없이 메아리쳤다.

"얘야, 마타하치야……."

서전

논두렁 옆 무성한 수풀로 바람이 불어왔다. 작은 새가 바람을 타고 날아올랐지만 아직 그 새의 모습도 보이지 않을 만큼 어두웠다. 고지로는 앞서의 일을 생각하고 자신의 이름을 밝힌 다음 기라라 고개의 논두렁을 내달려 소나무가 있는 곳까지 왔다. 사방에 매복해 있던 요시오카 제자들은 기다리다 지친 표정으로 그의 주위로 새까맣게 몰려들었다.

"무사시를 보지 못했는가?"

겐자에몬이 초조해하며 물었다.

"아니, 만났습니다."

고지로는 자신의 말에 놀라며 일제히 바라보는 사람들의 날카로운 시선을 둘러보며 말했다.

"만났는데 무사시 놈, 무슨 생각인지 다카노 천에서부터 대여섯 정

정도 같이 걸어오는 도중에 불현듯 자취를 감췄습니다."

말이 채 끝나기도 전에 미이케가 말했다.

"그럼, 도망친 게로군."

"아니!"

사람들의 술렁임을 제지하며 고지로가 다시 말을 이었다.

"침착한 그의 태도와 또 내게 했던 말 등을 종합해 보면, 자취는 감췄지만 그대로 도망친 것 같지 않소. 추측건대 계책을 쓰기 위해 나를 따돌린 것 같으니 결코 방심해선 안 되오."

"계책? 무슨 계책?"

사람들은 그를 둘러싸고 그가 하는 말은 한 마디도 놓치지 않겠다는 듯 복닥거렸다.

"필시 무사시를 도우러 온 자들이 어딘가에 모여 기다리고 있다가 합세하여 이곳을 습격할 속셈이 아닌가 하오."

"으음, 가능한 일이군."

겐자에몬이 신음하듯 말했다.

"그러면 곧 이리로 오겠군."

미이케는 그렇게 말하더니 숨어 있던 장소에서 나와서 모여 있는 자들에게 일렀다.

"돌아가거라, 어서! 여기서 이러고 있을 때가 아니다. 이럴 때 무사시의 패가 갑자기 허를 찔러 습격해 오면 꼼짝없이 당하고 만다. 저들의 수가 얼마인지 모르지만 몇 명 되지 않을 것이다. 매복해 있다가

모조리 베어 버려라."

"맞습니다."

"기다리다 지쳐서 마음이 해이해질 때를 조심해야 한다."

"모두 제 위치로 가자."

"방심하지 말자."

그들은 서로 그렇게 외치며 수풀 속과 나무 뒤, 또 활과 철포를 든 자들은 나무 위로 모습을 감추었다. 고지로는 문득 소나무 아래에 허수아비처럼 서 있는 겐지로를 보고 물었다.

"졸리느냐?"

겐지로는 머리를 세차게 저었다.

"아뇨."

고지로는 겐지로의 머리를 쓰다듬으며 말했다.

"입술이 새파란 걸 보니 추운가 보구나. 너는 오늘 결투에서 요시오카 가문의 대표와 같으니 정신을 바짝 차리고 있어야 한다. 조금 있으면 재미있는 일을 볼 수 있을 테니 조금만 더 참거라. 자, 나도 어디 좋은 곳을 찾아봐야겠군."

고지로는 그렇게 말하고 그곳을 떠났다.

무사시는 시가 산과 우류 산의 아니노사와間之澤 부근부터 늦어진 시간을 만회하기 위해 급히 발길을 서둘렀다. 사가리 소나무에서 만나기로 한 시간은 인시 하각이었다. 요즘 일출은 대략 묘시가 지난 후였기 때문에 아직 어두울 때였다. 장소도 에이 산에서 세 갈래 길에 맞닿아 있었고, 달이 기울면 당연히 오가는 사람들도 있을 거라는 점을 고려했던 것이다.

'기타化 산 승방의 지붕이다.'

무사시는 걸음을 멈추고 자신이 지금 밟고 있는 산길 바로 아래로 보이는 절을 내려다보았다.

'가깝다!'

거기서 사가리 소나무가 있는 큰길까지는 불과 칠팔 정밖에 되지 않았다. 기타노北野 뒷골목 거리에서 드디어 여기까지 온 것이다. 그사이 달도 함께 걸어왔다.

산 너머로 숨었는지 아침 달의 모습은 이제 보이지 않았다. 그러나 삼십육봉의 품에서 깊이 잠들어 있던 흰 구름들이 갑자기 요란하게 움직이며 하늘로 올라가기 시작하는 걸 보면, 천지가 고요한 박명薄明 속에서 깨어나 '위대한 일과'를 시작하고 있음을 알 수 있었다.

무사시는 그 구름을 올려다보면서 천지의 장엄한 하루가 시작되기 전에, 자신의 생명이 한 조각 구름같이 가뭇없이 사라지는 것인가, 하고 생각했다. 구름이 품고 있는 삼라만상의 위에서 보면 자신의 죽음은 한 마리 나비의 죽음과 같을 것이었다. 무사시는 의미 있게 죽자는 생각으로 여기까지 왔다. 어떻게 의미 있게 죽을 것인가가 그의 최대, 그리고 최후의 목적이었다.

문득 물소리가 들렸다. 단숨에 이곳까지 걸음을 재촉해 와서인지 갈

증을 느꼈다. 바위틈에 허리를 구부리고 물을 마셨다. 물의 달콤한 맛이 혀에 느껴졌다.

'내 정신은 흐트러지지 않았다.'

그는 물맛으로 그것을 알 수 있었다. 그리고 죽음을 목전에 두고도 조금도 비굴해하지 않는 자신을 뿌듯하게 여겼다. 지금부터 자신의 담력은 바로 앞으로 나아가는 발에 달려 있다고 생각했다. 그런데 발을 멈추고 한숨을 돌리고 있자니 누군가가 뒤에서 자신을 부르는 사람이 있었다. 오츠의 목소리였다. 또 조타로의 목소리도 들렸다. 무사시는 기분 탓이라는 것도, 또 자신의 마음을 너무나 잘 알고 있는 오츠가 이성을 잃고 뒤를 따라올 사람이 아니라는 것도 잘 알고 있었다.

하지만 그럼에도 오츠가 뒤에서 온 힘을 다해 소리를 지르며 올 것만 같다는 생각을 도저히 떨쳐낼 수가 없었다. 여기까지 달려오는 동안에도 걸핏하면 고개를 돌려서 뒤를 바라보았다. 지금도 발을 멈추자마자 의식 속에서 혹시나 하고 귀를 기울이고 있었다.

시간에 늦는다는 것은 약속을 어기는 일일 뿐 아니라 싸울 때에도 불리했다. 단기필마로 적진 한가운데로 뛰어드는 데에는 달도 기울고 밤도 채 새지 않은 새벽어둠의 짧은 순간이 그에게 가장 유리했다. 무사시는 그렇게 생각하고 걸음을 재촉했던 것이다. 또한 뒷덜미를 잡아당기는 듯한 오츠의 애절한 목소리와 모습을 마음속에서 떨쳐 내기 위해서라도 여기까지 눈을 질끈 감고 달려온 것이기도 했다. 외부의 적은 이기기 쉬워도 마음의 적은 이길 방법이 없었다.

'제길! 그깟 일로.'

무사시는 스스로를 다그쳤다.

'연약한 놈!'

오츠의 일 따위는 털끝만큼도 마음에 두지 않으려 했다. 아까 소매를 뿌리칠 때, 그녀에게 한 말을 떠올리고 스스로 부끄러워졌다.

'남자가 남자의 사명을 위해 정진할 때는 사랑 따위는 조금도 생각하지 않는다.'

그런데 과연 지금 자신은 머릿속에서 오츠를 완전히 지웠는가 하면 그렇지도 않았다.

'이 무슨 미련이란 말인가!'

무사시는 마음속에서 오츠의 환영을 쫓아내고 도망치듯 다시 쏜살같이 내달렸다. 그러자 눈 아래 넓은 대나무 숲에서 저 멀리 있는 산기슭까지 펼쳐져 있는 숲과 밭과 논길로 이어지는 외길이 보였다.

"오!"

일승사 촌의 사가리 소나무 길목이 한층 가까워졌다. 눈으로 외길을 따라가자 대략 이 정 정도 앞쪽에 두 갈래 길과 만나고 있었다. 우윳빛 안개 입자가 고요히 떠다니는 공중에 우산 모양으로 가지를 높게 드리운 소나무가 무사시의 눈에 들어왔다. 그는 퍼뜩 무릎을 땅에 대고 몸을 낮췄다. 앞과 뒤, 아니 이곳 산의 나무들조차 모두 적인 듯 그의 온몸이 투지로 불타올랐다. 바위와 나무 사이로 도마뱀같이 민첩하게 몸을 숨기며 소나무 바로 위쪽의 높은 곳까지 갔다.

'흠, 있군!'

그곳의 길가에 모여 있는 사람들의 모습이 한결 가깝게 보였다. 소나무 밑동을 중심으로 열 명 정도의 사람들이 안개 속에서 창을 들고 서 있었다. 산꼭대기에서 기어 내려오는 새벽 기운이 흡사 비가 내리는 것처럼 무사시의 몸에 물기를 뿌리더니 소나무 가지와 넓은 대나무 숲을 지나 산기슭으로 날아갔다.

안개에 젖은 소나무는 우산 모양의 가지를 흔들며 천지에 어떤 예감을 고하고 있는 것 같았다. 눈에 보이는 적의 수는 얼마 되지 않았지만 무사시는 온 천지에 적이 있는 것처럼 느껴졌다. 숨을 깊고 낮게 쉬었다. 이미 싸움이 시작된 것이다. 서서히 한 발씩 나아가는 발가락이 손가락 못지않은 힘으로 바위 사이를 기어오르고 있었다. 바로 눈앞에 오래된 요새 터인 듯한 돌담이 있었다.

무사시는 바위산의 중턱을 타고 조금 높은 지대로 나왔다. 살펴보니 산자락의 사가리 소나무 쪽을 향해 있는 돌로 만든 신사의 문이 있었다. 주위는 교목과 방풍림으로 둘러싸여 있었다.

"사당이군."

무사시가 불당 앞으로 달려가서는 무릎을 꿇었다. 어떤 사당인지 생각하지도 않고 무의식적으로 양손을 땅에 짚고 꿇어앉았다. 그 역시 떨리는 마음을 감출 수가 없었다. 칠흑같이 어두운 불당 안에 등불 한 줄기가 꺼질 듯 바람 속에서 흔들리고 있었다.

"하치다이 신사八大神社구나."

사당의 현판을 올려다본 무사시는 든든한 아군을 얻은 것 같은 기분이 들었다.

"그렇다!"

이곳의 바로 아래에 있는 적을 향해 달려 내려가는 자신의 등 뒤로 신이 있었다. 신은 항상 옳은 자의 편에 선다는 것, 그리고 옛날 노부나가가 오케하자마 계곡으로 달려가는 도중에 아쓰다熱田 궁에 참배했던 일들을 떠올리고는 어쩐지 좋은 조짐이라는 기분이 들었다.

무사시는 참배하는 사람들이 손과 입을 씻는 물로 입을 헹궜다. 그리고 한 국자 더 떠서 입에 머금은 다음에 칼자루를 감은 끈과 짚신 끈에 뿜었다. 그리고 재빨리 가죽 어깨끈을 단단히 조여 매고 머리띠를 무명천으로 동여맸다.

무사시는 발로 땅을 고른 다음 신 앞으로 돌아와 불단에 매달려 있는 방울 줄을 향해 손을 뻗었다.

'아! 잠깐.'

무사시는 방울의 줄을 흔들려다 손을 뗐다. 홍백의 본래 색을 알아볼 수 없을 만큼 낡은 무명 줄이 자신을 향해 말하는 듯했다.

'이 줄을 잡고 빌어라!'

그러나 무사시는 스스로에게 지금 이곳에 무엇을 빌려고 온 것인가, 물어보고는 퍼뜩 손을 움츠렸다.

'이미 난 우주와 일심동체가 되지 않았나!'

그리고 생각했다.

'여기에 오기까지, 아니 평소 아침에 태어나 저녁에 죽을 몸이라고, 죽음을 통해 배워 오지 않았던가.'

그는 스스로를 꾸짖었다. 그런데 지금, 죽음을 앞둔 이 순간, 한 가닥 줄을 보고 캄캄한 밤에 빛이라도 발견한 듯 기뻐하며 마음이 흔들려서 자신도 모르게 손을 뻗어 방울의 줄을 당기려고 했다. 무사에게 있어 죽음이야말로 평생의 벗이다. 언제라도 떳떳하고 순수하고 깨끗하게 죽고자 하는 마음가짐은 아무리 배우고 닦아도 끝이 없는 수행이었다.

어젯밤부터 오늘 아침까지 무사시는 그것을 완전히 체득했다고 마음속으로 자부하고 있었다. 그는 분한 눈물이 뺨을 타고 흘러내리는 것도 깨닫지 못하고 머리를 숙인 채 신 앞에 가만히 서 있었다.

'내 잘못이다!'

그는 잘못을 곱씹었다.

'스스로 죽음을 초월했다고 생각하더라도 아직 오체의 어딘가에는 살고 싶어 하는 욕망이 요동치고 있음에 틀림없다. 오츠나 고향의 누이, 그리고 지푸라기라도 붙잡고 싶어 하는 욕망이 자신도 모르게 방울의 줄을 향해 손을 뻗게 한 것이다. 마지막 순간에 신의 힘에 의지하려고 한 것이다.'

무사시는 오츠에게도 보이지 않았던 눈물을 흘리면서 자신의 마음가짐과 자신의 수행에 대해 깊은 회한을 느끼고 있었다.

'무의식적이었지만 의지하려는 마음과 빌고자 하는 말도 생각하지 않고 자신도 모르게 방울의 줄을 잡아 흔들려고 했다. 무의식적이기 때문에 더 해서는 안 됐다!'

스스로를 아무리 꾸짖어도 모자랄 참회였다. 자신이 너무 한심했다. 오늘까지 매일 수행을 쌓아온 결과가 바로 이것이었다.

'어리석은 놈.'

무사시는 자신의 자질이 너무나 하찮게 느껴졌다.

'이미 죽음을 각오한 몸인데 빌거나 기원할 일이 무엇이 있단 말인가? 싸우기도 전에 이미 마음속에서는 패한 것이다. 그런데 뭐가 무사다운 일생의 완성이란 말인가?'

그러나 무사시는 한편으로 고맙다고도 생각했다. 바로 신을 느꼈던 것이다. 다행히도 아직 싸움을 시작하기 직전이었다. 후회는 바로잡을 수 있다는 것을 의미했다. 그것을 깨닫게 해 준 존재가 바로 신이었다는 생각이 들었다.

그는 신을 믿었다. 그러나 '무사의 길'에 의지할 신은 없었다. 신도 초월한 절대의 길이었다. 무사에게 있어 신이란, 신에게 의지하는 것이 아니었지만, 그렇다고 해서 인간을 과대평가하는 것도 아니었다. 신이 없다고 할 수는 없지만 그렇다고 그것이 의지해야 할 존재도 아니었다. 자신이 인간으로서 너무나 약하고 미약한 존재라는 것을 깨닫는 비애에 지나지 않았다.

"……."

무사시는 한발 물러서서 합장을 했다. 그러나 그 손은 방울의 줄을 잡아당기려던 손과는 다른 것이었다.

무사시는 곧장 하치다이 신사의 경내에서 나와 좁고 가파른 언덕을 달려 내려갔다. 언덕을 내려온 산기슭 비탈에 사가리 소나무 네거리가 있었다. 앞으로 고꾸라질 듯한 급한 언덕이었다. 비라도 억수같이 내리는 날이면 그대로 폭포가 될 것 같은 길에 물살에 깎인 돌들이 삐죽삐죽 땅 위로 튀어나와 있었다. 전력으로 달려 내려가는 무사시의 발꿈치 뒤로 정적을 깨뜨리며 돌멩이와 흙이 튀어 올랐다.

"앗!"

무언가를 발견한 무사시는 갑자기 몸을 동그랗게 말고 수풀 속으로 뛰어들었다. 풀들에 맺혀 있는 아침 이슬에 무사시의 무릎과 가슴이 흠뻑 젖었다. 놀라서 몸을 웅크린 토끼처럼 무사시의 눈은 소나무 가지를 응시하고 있었다. 그곳까지 겨우 몇십 보 정도여서 육안으로도 확인할 수가 있었다. 소나무 길은 이 언덕보다 한층 낮은 위치에 있었기 때문에 소나무 가지도 비교적 낮게 보였다. 나무 위에 몸을 숨기고 있는 사람이 무사시의 눈에 들어왔다. 더욱이 그자는 활도 아닌 철포를 들고 있는 듯했다.

'비겁한 놈들!'

무사시는 분노했다.

'단 한 명의 적에게…….'

그러나 전혀 예상치 못한 일도 아니었다. 저 정도 준비는 당연히 할 것이라고 짐작하고 있었다. 요시오카 쪽에서도 자신이 설마 혼자 이 곳에 오리라고는 생각하지 않았을 것이었다. 그렇다면 활과 같은 무기를 준비하는 편이 현명한 일이었고 그것도 한두 자루가 아닌 것으로 보아야 할 것이었다.

그러나 지금의 위치에서는 소나무 위의 사람밖에 찾아낼 수가 없었다. 활이나 철포 같은 무기를 든 자가 모두 나무 위에 숨어 있다고 생각하는 것은 속단이자 위험한 일이었다. 반궁半弓이라면 바위 뒤나 낮은 곳에도 숨을 수가 있었고 철포라면 이 산중턱에서 쏴도 맞힐 수가 있었다.

그런데 단신인 무사시에게 유리한 점은 나무 위의 사내나 나무 아래 모여 있는 한 무리의 사람들이 모두 이쪽으로 등을 돌리고 있다는 것이었다. 갈림목에서 길이 세 갈래로 나눠져 있는 만큼 그들은 배후의 산을 전혀 의식하지 않고 있었다.

무사시는 머리를 칼집 끝의 높이보다 더 낮게 숙이고 조금씩 기어서 앞으로 나아갔다. 그리고 갑자기 잰걸음으로 커다란 소나무 줄기를 향해 달려갔다. 스무 간間 정도 앞의 소나무 위에 있던 사내가 그 모습을 발견하고 소리를 질렀다.

"앗! 무사시다!"

사내의 외침이 하늘 높이 울려 퍼졌다. 하지만 무사시는 아랑곳하지 않고 같은 자세를 유지하며 그대로 달려갔다. 무사시는 그 몇 초 동안에는 절대로 총알이 날아오지 않으리라 속으로 계산하고 있었다. 나뭇가지 위에 걸터앉은 자는 세 갈래의 길이 있는 방향으로 총구를 돌린 채 망을 보고 있었기 때문이었다. 나무 위에서 몸의 방향을 돌려야 했고 또 잔가지가 방해가 되어서 재빨리 총신도 돌릴 수 없었을 것이었다. 무사시는 그렇게 계산하고 그 몇 초 동안은 안전하다고 생각했던 것이다.

"뭣?"

"어디냐?"

소나무 아래를 본진으로 해서 모여 있던 열 명 정도의 무리가 일제히 외쳤다. 위에 있던 자가 말했다.

"뒤에 있다."

목청이 터질 듯한 외침이었다. 이미 나무 위에서 황급히 총신을 돌려 무사시의 머리로 겨누고 있었다. 소나무의 가는 잎사귀 사이에서 불꽃이 번쩍였다. 무사시의 팔이 커다란 원을 그린 것도 바로 그 순간이었다. 손에 쥐고 있던 돌이 소리를 내며 불꽃이 번득였던 곳으로 날아갔다. 나뭇가지가 부러지는 소리와 함께 비명 소리가 나는가 싶더니 안개를 뚫고 검은 물체가 땅으로 떨어졌다.

"앗!"

"무사시!"

"무사시다!"

모두 세 방면의 길목에서 물샐 틈 없이 방비를 하고 있었던 만큼, 무사시가 아무 예고도 없이 적진 한가운데 느닷없이 나타나리라고는 꿈에도 생각하지 못했던 그들이 당황하는 것도 무리는 아니었다.

그곳에는 불과 열 명 정도의 사람들이 있었는데 불시에 지축을 뒤흔드는 소리가 들렸다. 그들은 칼을 빼려다 서로 같은 편끼리 부딪히고 창대에 발이 걸리기도 했다. 어떤 자는 그 순간 멀리 펄쩍 뛰어 물러섰다가 서로의 이름을 부르기도 했다.

"고, 고하시!"

"미이케!"

"조심해라!"

자신의 놀란 가슴을 진정시키지도 못하면서도 그들은 다른 사람을 다그쳤다.

"뭐, 뭐냐?"

"와, 왔……."

알아들을 수도 없는 말을 외치면서 황망히 빼 든 창과 칼을 번득이며 무사시를 향해 반원의 형태를 취했다. 그 순간, 무사시가 쩌렁쩌렁한 목소리로 외쳤다.

"약속한 대로 미마사카의 향사 미야모토 무니사이의 아들인 무사시가 시합에 나왔소이다. 겐지로 님은 어디에 계시오? 이전의 세이주로와 덴시치로 님처럼 방심하지 말길 바라오. 아직 어린 소년이니 몇 명이 함께 싸워도 인정하겠소. 하지만 나는 이처럼 오직 혼자 왔소. 한 명씩 덤비든 모두 함께 덤비든 그것은 그대들의 마음대로 하시오. 자, 오시오!"

그들은 무사시가 정식으로 시합의 선전포고를 하자 뜻밖이라는 듯 놀랐다. 적이 예의를 갖춰 대하는데 이쪽이 예의를 취하지 않는 것은 수치스러운 일이었다. 평소와는 달리, 지금과 같은 상황에서 여유가 없다면 그렇게 행동하는 것은 불가능할 만큼 긴박한 상황이었다.

요시오카 측 사람들은 무사시가 단신으로 왔다는 말을 듣자 갑자기 용기가 생긴 듯 당황한 기색을 감추며 소리쳤다.

"늦었구나, 무사시."

"……."

"겁을 집어먹었느냐?"

그렇지만 겐자에몬과 미이케 같은 노련한 자들은 무사시가 자신들의 허를 찌르려는 계책으로 받아들였다. 그들은 필경 무사시를 도우러 온 자들이 근처에 모습을 숨기고 있으리라 생각하고 의심에 찬 눈으로 사방을 경계했다.

어디선가 활소리가 나는 듯하더니 무사시가 칼을 뽑아 휘두른 소리가 들렸다. 무사시의 얼굴을 향해 날아온 화살 하나가 둘로 갈라져서 어깨 너머의 칼끝 아래로 툭 떨어졌다. 사람들의 시선이 그곳에 고정되어 있는 순간, 무사시는 사자의 갈기처럼 머리카락을 휘날리며 소나무 뒤에 숨어 있던 검은 그림자를 향해 모두뜀으로 날아올랐다.

"으악, 무서워!"

가만히 그곳에 있으라는 말대로 처음부터 그곳에 서 있던 겐지로가 비명을 지르며 나무줄기를 부둥켜안았다. 아들의 비명을 들은 겐자에몬이 고함을 치며 달려든 순간, 무사시의 칼이 한 줄기 섬광을 그리며 소나무 껍질을 두 자 정도 날카롭게 베어 버렸다. 소나무 껍질과 함께 목에서 피를 뿜으며 겐지로의 머리가 땅으로 굴러떨어졌다.

이도류

흡사 야차와 같은 짓이었다. 그것이 가장 중대한 목적이었던 듯 무사시는 다른 이들을 제쳐 두고 제일 먼저 겐지로를 베어 버렸다. 무참하고 잔인하다고밖에 할 수 없었다. 비록 적이지만 어린 소년에 불과했다. 그런 소년을 벤다고 해서 눈앞에 있는 적의 수가 줄어드는 것도 아니었다. 오히려 요시오카 일문의 분노만 사서 그들의 전의만 격앙시킬 뿐이었다. 특히 겐자에몬은 당장이라도 통곡을 할 것 같은 얼굴이었다.

"네 이놈, 어찌 그런 짓을!"

그는 고함을 치며 늙은이의 팔에는 다소 무거워 보이는 큰 칼을 머리 위로 높이 쳐들고 무사시를 내리칠 기세로 달려왔다. 무사시는 오른쪽 발을 한 자 정도 뒤로 빼고는 몸과 양손을 오른편으로 기울이더니 겐지로의 목을 벤 칼로 자신을 향해 내려치는 겐자에몬의 팔꿈치

와 얼굴을 올려쳤다.

"으윽!"

누구의 비명인지 분명치 않았다. 무사시의 뒤에서 창을 찔러 왔던 자가 앞으로 비틀거리며 걸어가더니 겐자에몬과 뒤엉켜 피투성이가 된 채 나뒹굴었다. 곧바로 네 번째 적이 정면에서 달려들었지만 무사시의 칼에 늑골까지 베여 머리와 손을 축 늘어트린 채 이미 생명이 빠져나간 몸으로 두세 걸음을 옮기더니 고꾸라졌다.

"이쪽이다!"

"다들 어디 있느냐!"

남겨진 예닐곱 명이 절규하며 사람들을 불렀다. 그러나 세 방면으로 흩어져 있는 같은 편 무사들이 모두 본진과 멀리 떨어진 곳에서 매복을 하고 있었기 때문에 극히 짧은 시간에 일어난 이곳의 일을 전혀 알 수가 없었다. 또 그들이 필사적으로 외치는 소리는 솔바람과 넓은 대나무 숲이 우는 소리에 파묻혀 허공에서 가뭇없이 사라져 버렸다.

몇 백 년에 걸쳐 이곳에 뿌리를 내린 소나무는 오늘, 뜻하지 않게 땅속으로 스며든 인간의 피를 빨아들이고는 안개바람이 불 때마다 그 거대한 몸과 나뭇가지를 부르르 떨었다. 사방으로 뻗어 나간 소나무 가지 아래에 있는 사람들과 칼 위로 차가운 이슬방울이 흩날렸다.

그들이 정신을 차린 순간, 무사시는 이미 소나무에 등을 바짝 기대고 있었다. 두 아름이나 되는 소나무는 그의 배후를 지키는 데 최적의 방어선으로 보였다. 그러나 무사시는 계속해서 이런 상태로 있어서는 오히려 불리하다는 것을 알고 있었다. 그는 칼끝으로 일곱 명의 적을 겨누면서 자신에게 유리한 지형을 가늠하고 있었다. 나뭇가지가 바람에 흔들리는 소리, 구름이 흘러가는 소리, 수풀이 우는 소리. 천지가 바람에 몸을 떨고 있는 순간, 누군가 저 멀리서 소리 높여 외쳤다.

"소나무 쪽이다!"

근처의 야트막한 언덕 위였다. 적당한 곳을 골라 언덕 위 바위에 걸터앉아 있던 사사키 고지로가 어느 틈엔가 바위 위에 서서 세 갈래 길의 수풀과 나무 뒤에 몸을 숨기고 있는 요시오카 사람들을 향해 소리쳤다.

"어이, 소나무 쪽이다. 소나무 쪽으로 가라!"

그때 사람들의 귀를 먹먹하게 만드는 철포 소리가 울렸다. 고지로가 크게 외친 소리를 누군가 들었음이 분명했다. 넓은 대숲과 나무 그늘과 바위 그늘, 세 길 곳곳에 매복하고 있던 자들이 동요하며 소리쳤다.

"아니?"

"벌써!"

"소나무 쪽이다!"

"한발 늦었다!"

세 갈래 길에 흩어져 있던 스무 명이 넘는 자들이 소나무 쪽을 향해 달려가기 시작했다. 무사시는 철포 소리가 울림과 동시에 소나무 몸통에 대고 있던 등을 살짝 움직였다. 총알은 그의 얼굴에서 약간 빗나가서 나무에 박혔다. 창과 칼을 겨눈 채 무사시와 대치하고 있던 일곱 명도 무사시의 움직임에 이끌려 나무를 따라 몸을 움직였다.

순간, 무사시가 갑자기 일곱 명 중 왼쪽 끝에 있는 자를 향해 시퍼런 칼끝을 겨누며 달려들었다. 요시오카 십검 중의 한 명인 고바시 구란도였다. 그는 무사시가 너무나 빠르고 무서운 기세로 달려들자 신음을 내지르더니 몸을 한쪽으로 돌려 피하고 말았다. 무사시는 그 공간을 노리고 쏜살같이 뛰어나갔다. 그가 등을 보이고 달려 나가자 그들이 소리쳤다.

"놓치지 마라!"

그들이 일제히 달려들어 칼을 내리치려는 순간, 그들이 이루고 있던 포진도 무너지고 말았다. 무사시가 갑자기 몸을 휙 돌리더니 맨 먼저 쫓아온 미이케의 옆구리를 향해 칼을 휘둘렀다. 무사시의 유인책이었다는 것을 직감한 미이케가 발끝에 힘을 주고 그 자리에 멈춘 순간, 무사시의 칼끝이 몸을 뒤로 젖힌 그의 가슴께를 옆으로 살짝 스치고 지나갔다.

하지만 무사시의 검은 세상의 무사들의 일진일도一振一刀, 즉 빗나간 검을 거둬들여서 다시 힘을 모아 휘두르는 것같이 느린 검이 아니었다. 무사시는 스승이 없었기 때문에 수행에 있어서 어려움도 겪고 고충도 있었다. 하지만 스승이 없는 만큼 기존 유파의 틀에 얽매이지 않는다는 강점을 지니고 있었다. 그래서 무사시의 검법에는 형식이나 법칙, 또 비법과 같은 것이 전혀 없었다. 천지사방, 육합六合의 공간에 그가 그려낸 상상력과 실행력이 어우러져 태어난 무명무형無名無形의 검이었다.

예를 들면 지금과 같은 경우, 미이케를 벨 때의 검법 역시 그러했다. 미이케는 요시오카 일문의 고수였던 만큼 무사시가 짐짓 도망을 치다 돌아서서 휘두른 검을 재빨리 피할 수가 있었다. 그것이 교류京流나 신카게류神陰流, 혹은 어떤 유파의 검법이라고 해도 기존의 검법이라면 능히 피할 수가 있었을 것이다.

하지만 무사시 특유의 검법은 달랐다. 그의 검에는 반드시 그 후의 반격이 뒤따랐다. 오른쪽으로 휘둘렀던 검은 반드시 왼쪽으로 되돌아오는 힘을 지니고 있었다. 그래서 그의 검법을 잘 살펴보면 날카롭고 빠른 빛을 그리며 지나간 후에 솔잎이 한 뿌리에 두 개의 바늘을 품고 있듯 반드시 곧 되돌아와서 적을 올려친다는 사실을 알 수 있었다.

'앗' 하고 소리치는 사이에 제비 꼬리처럼 되돌아온 칼을 맞은 미이케의 얼굴은 벌어진 밤송이처럼 빨갛게 피로 물들었다. 요시오카가의 전통을 짊어진 십검 중 고바시 구란도가 제일 먼저 쓰러졌고, 뒤를 이어 지금 미이케가 쓰러지고 말았다. 거기에다 어린 겐지로까지 합친다면 소나무에 모여 있던 절반의 사람들이 무사시의 칼을 맞고 싸움의 초기에 피를 흘리며 참담하게 쓰러지고 말았다.

미이케를 벤 여세를 몰아 이미 전열이 흐트러진 그들의 허를 찔러 공격했다면 무사시는 적의 목을 더 벨 수 있었을 것이다. 또한 단숨에 대세를 굳힐 수가 있었을 것이었다. 그러나 무슨 생각에서인지 무사시는 곧장 세 갈림길 중 한 곳을 향해 뛰어갔다. 그는 도망치는구나 생각하고 쫓아가면 어느새 몸을 돌려 우뚝 서 있었다. 드디어 오는구나 싶어 칼을 겨누면 또 어느새 지면을 낮게 나는 제비처럼 모습을 감추고 말았다.

"제기랄."

남은 자들은 이를 갈았다.

"무사시, 이놈!"

"추접하군!"

"비겁한 놈!"

"승부는 아직이다!"

그들은 제각기 소리를 치며 뒤를 쫓았다. 그들의 얼굴은 금방이라도 눈이 튀어나올 듯 광기에 휩싸여 있었다. 그들은 피가 솟구치는 광경을 목도하고 피 냄새에 취해 있었다. 진정한 무사는 피를 보면 평소보다 냉정해지지만 겁쟁이는 그 반대가 된다. 무사시의 등을 보고 쫓아가는 그들의 얼굴은 흡사 피에 굶주린 귀신의 형상이었다.

"그쪽으로 갔다!"

"놓치지 마라!"

그들의 외침을 들으면서 무사시는 처음 싸움을 시작한 정丁 자 길목을 버리고 세 갈래 중 가장 폭이 좁은 수학원修學院 길 쪽으로 달려갔다. 당연히 그쪽에서도 소나무 쪽을 향해 허겁지겁 달려오는 요시오카의 무리가 있었다. 무사시는 스무 간도 달려가지 않아서 그 선두와 뒤에서 쫓아오는 무리 사이에 갇히게 될 상황이었다.

드디어 두 무리가 길 위에서 맞부딪쳤지만 같은 편의 흥분한 모습밖에 보지 못했다.

"아니, 무사시는?"

"오지 않았다."

"그럴 리가 없을 텐데."

서로 이렇게 묻고 있는 사이에 어디선가 무사시가 외쳤다.

"여기다!"

무사시는 길 옆 바위 그늘에서 뛰어나와 그들이 지나온 길 한가운데에 서 있었다. 그는 어디 덤벼 보라는 듯 검을 움켜잡았다. 무사시의 도발에 이끌려 요시오카 무리가 일제히 달려들려고 했지만 길의 폭이 좁아서 힘을 한곳으로 집중시킬 수가 없었다.

길의 폭은 사람의 팔 길이와 칼 길이를 합쳐 몸을 중심으로 원을 그리면 같은 편 두 사람이 나란히 서는 것조차 위험할 정도였고, 제일 앞에서 무사시를 마주한 자는 뒷걸음질을 치며 물러서기에 바빴다. 반대로 뒤에 있는 자는 자신의 앞에 있는 사람을 앞으로 밀쳐 내고 있었다. 그래서 수적으로 우세한 이점이 도리어 혼란을 초래하는 꼴이 되어 같은 편끼리도 손발이 뒤엉켜 난장판과 같았다.

하지만 다수의 힘이란 본래 그리 허약하지만은 않았다. 일시적으로 무사시의 민첩한 동작과 위협에 압도당해서 당황했지만 자신들이 수적 우위를 깨닫고는 선두에 있는 두세 명이 고함을 쳤다.

"기껏해야 단 한 놈이다!"

"내가 베어 버리겠다!"

이렇게 말하며 앞으로 나가자 뒤에 있던 자들도 와하고 함성을 지르며 성난 파도처럼 함께 달려들었다.

무사시는 뒤로 밀리기 시작했다. 그러나 베려고 한다면 벨 수도 있는 적을 그냥 두고 자신의 몸을 방어하기에 급급해하며 조금씩 뒤로 물러나고 있었다. 지금과 같은 경우에는 선두에 있는 한두 명을 벤다 한들 적의 전체의 힘에서 보자면 아무런 타격도 주지 못할 뿐더러 자칫하면 창이 날아올 것이 분명했기 때문이었다. 칼은 적과의 사이에 거리를 둘 수 있지만 많은 적을 앞에 두고 있을 때에는 창으로 찔러 들어오면 거리를 가늠할 여유가 없었다.

요시오카 측은 기세를 올리고 있었다. 무사시가 계속해서 뒷걸음질만 치고 있었기 때문에 그 틈을 놓치지 않고 계속 밀어붙였다. 어느새 무사시의 얼굴이 창백해졌다. 아무리 봐도 숨을 제대로 쉬고 있는 얼굴이 아니었다. 나무뿌리에 걸려 넘어지든가, 밧줄이라도 던져 발목을 잡아채면 뒤로 자빠질 것이 분명했다.

그러나 뒤로 밀리고 있는 무사시를 향해 달려들어 함께 죽을 만큼 용기를 가진 자는 아무도 없었다. 그 때문에 무사시의 가슴과 손목, 무릎을 향해 내리치고 찌르는 칼과 창은 조금씩 거리가 부족했다.

"엉!"

그들은 어느 순간 눈앞에 있던 무사시의 모습을 다시 놓치고 말았다. 폭이 좁은 길과 단 한 명을 상대하기에는 남아도는 힘을 주체하지 못하고 그들은 발을 동동 굴렀다.

그렇다고 해서 무사시가 발에 날개라도 달려 재빨리 달아났거나 나무 위로 뛰어오른 것도 아니었다. 무사시는 그저 길 옆 수풀 속으로 슬쩍 몸을 피한 것에 불과했다. 그곳은 흙이 부드러운 죽순대 숲이었다. 나무 사이를 날아가는 새처럼 내달리는 무사시의 모습에 반짝하고 황금빛 햇살이 스쳤다. 어느새 아침 태양이 에이 산 연봉의 너머에서 부챗살 같은 붉은 빛줄기를 비추고 있었다.

"기다려라, 무사시!"

"비겁하다!"

"등을 보이고 달아나는 법이 어디 있느냐!"

사람들은 무사시를 쫓아 대나무 사이를 내달렸다. 무사시는 이미 숲을 빠져나와 작은 강을 뛰어넘어 한 척 정도 되는 절벽으로 올라가서 숨을 돌리고 있었다. 절벽 위에는 완만하게 경사진 산자락의 들판이 펼쳐져 있었다. 무사시는 밝아 오는 새벽을 바라보았다. 바로 아래에 소나무가 있는 갈림길이 있었고 그곳에 사오 십 명의 뒤처진 자들이 몰려 있었다.

무사시가 절벽 위에 모습을 드러내자 그들은 일제히 그곳을 향해 달려왔다. 지금까지의 세 배나 되는 무리가 새까맣게 산자락의 들판으로 몰려들었다. 요시오카 측의 전력이었다. 서로 손을 잡고 에워싼다면 커다란 검의 원진을 이루어 들판을 뒤덮을 만큼 많은 숫자였다. 바늘처럼 가느다란 검이 번쩍이고 있었다. 무사시는 가만히 검을 겨눈 채 멀찌감치 서서 기다리고 있었다.

어디선가 짐을 실은 말의 울음소리가 들렸다. 마을과 산에 사람들이 오갈 시간이었다. 특히 이 부근은 아침 일찍부터 스님들이 에이 산을 오르내리는데, 날이 새면 나막신을 신고 어깨를 떡 하니 펴고 걸어 다니는 승려의 모습이 보이지 않는 날이 없었다.

"싸움이다!"

"어디?"

"어디?"

승려나 나무꾼, 농부가 이렇게 떠들어 대자 마을의 닭과 말까지 덩달아 요란스럽게 울어 댔다.

하치다이 신사 위에서도 한 무리의 사람들이 모여 지켜보고 있었다. 끊임없이 떠다니는 안개가 산과 함께 구경꾼들의 모습을 하얗게 감싸더니 다시 걷히자 시야가 환하게 밝아졌다. 그 짧은 순간에 무사시의 모습은 완전히 변해 있었다. 머리에 동여맨 무명천은 피와 땀에 젖어 복숭아 색으로 물들어 있었고 헝클어진 머리는 피와 땀에 달라붙어 있었다. 그렇지 않아도 무섭게 보였던 그의 모습은 흡사 염라대왕을 그려 놓은 것처럼 더욱 무섭게 보였다.

"……."

무사시는 온몸으로 숨을 거칠게 내쉬고 있었다. 숨을 내쉴 때마다 늑골이 크게 들썩였다. 옷자락은 찢어지고 무릎에도 칼에 베인 상처가 있었다. 그 상처에서 석류 씨 같은 하얀 것이 드러나 보였는데 찢겨진 살결 속으로 뼈가 튀어나온 것이었다.

손목에도 칼이 스친 상처가 있었다. 큰 상처는 아닌 듯했지만, 가슴께부터 옆구리 부근까지 피가 튀어 빨갛게 물들어 있었다. 마치 무덤에서 나온 사람처럼 보는 사람의 눈을 의심하게 할 정도였다.

아니, 그보다 비참한 것은 그의 칼을 맞고 여기저기서 신음하거나 기어 다니는 부상자와 죽은 사람이었다. 무사시가 산자락의 들판에 있는 것을 보고 칠십 명의 무리가 일제히 무사시를 향해 달려간 순간, 이미 서너 명이 쓰러져 있었다.

요시오카 쪽의 부상자들이 쓰러져 있는 위치는 한두 곳이 아니었다. 여기에 한 명, 저쪽에 한 명, 곳곳에 흩어져 있었다. 그것만 봐도 무사시는 끊임없이 위치를 바꾸고 움직이며 넓은 들판을 무대 삼아 적들이 힘을 한곳으로 집중시킬 틈을 주지 않고 싸우고 있다는 것을 잘 알 수 있었다.

그렇지만 무사시의 행동에는 항상 일정한 원칙이 있었다. 그것은 적이 대오를 이루고 있는 측면을 공격하지 않는 것이었다. 적들이 자신을 둘러싸지 못하도록 횡대의 정면을 피하고 대오의 귀퉁이 쪽으로 선회해서 전광석화처럼 공격을 가하고는 뒤로 빠졌다. 따라서 무사시의 위치에서 보면 적은 조금 전 좁은 길에서의 싸움처럼 언제나 종대의 끝에서 마주하게 되었다. 동시에 적이 칠십 명이든 백 명이든 그의 전법에서 본다면 항상 끝에 있는 두세 명과 정면에서 상대하는 것에 지나지 않았다.

그러나 아무리 나는 새처럼 민첩한 무사시라고 해도 이따금은 예상이 빗나가기도 했고 적도 그의 예상대로 움직이지만은 않았다. 수많은 적들이 일사분란하게 움직여서 일시에 앞뒤에서 고함을 치며 달려드는 순간도 있었다. 이때가 바로 무사시의 위기였다. 하지만 무사시가 무념무상의 상태에서 자신의 능력과 힘을 발휘하는 순간 역시 이때였다.

어느새 그의 손에는 두 자루의 칼이 들려 있었다. 오른손의 장검은 칼자루에 감은 천과 주먹까지 선홍빛 피로 물들어 있었고, 왼손의 짧은 칼은 칼끝에 약간의 기름기가 남아 있어서 아직 몇 명의 뼈를 벨 수 있을 듯 빛을 발하고 있었다. 그러나 무사시는 두 자루의 칼을 들고 적과 싸우면서도 아직 자신이 두 자루의 칼을 쓰고 있다는 사실을 전혀 의식하지 못했다.

무사시와 요시오카 일문 간의 싸움은 파도와 제비 같은 것이었다. 파도는 제비를 덮치고 제비는 그 파도를 박차고 높이 솟구쳐 날아간다. 한순간도 멈추지 않았다. 양손의 칼 아래 쓰러져 가는 사람들의 모습이 눈에 비칠 때마다 요시오카 일문의 사람들은 숨을 들이쉬고 신음을 토해 냈다.

"앗!"

"흐으음!"

그들은 아득해지는 정신을 붙잡으려 애쓰며 무사시를 포위하려고 했다. 그사이에 무사시는 숨을 내쉬며 호흡을 가다듬었다. 왼쪽의 칼을 항상 적의 눈을 향해 겨누고 오른손의 장검은 옆으로 펼치고 어깨에서 팔과 칼끝까지 완만한 수평을 유지했는데, 그것은 칼을 적의 시선 밖에 머물게 하는 형태를 띠었다. 짧고 긴 두 자루 검의 길이와 양팔을 한껏 벌린 거리를 합한다면, 그의 반짝이는 두 눈을 중심으로 상당히 넓은 폭을 이루고 있었다. 적이 정면을 꺼려서 오른쪽을 엿보면 즉시 몸을 오른쪽으로 기울여서 적을 견제했다. 적이 다시 왼쪽을 노리면 그는 직감적으로 왼쪽의 칼을 겨눠서 그 적을 두 자루의 검 속에 가두어 놓았다.

무사시가 그렇게 앞을 향해 뻗고 있는 짧은 왼쪽 칼에는 자석과 같은 마력이 있었다. 그 칼끝에 걸린 적은 흡사 끈끈이를 칠한 장대에 날아든 잠자리처럼 물러서거나 피할 틈도 없었다. 눈 깜짝할 사이에 오른손의 긴 칼이 날카로운 섬광을 그리며 날아와서 적을 베어 버렸다. 아주 오랜 세월이 흐른 뒤에 사람들은 이때의 무사시의 전법을 '이도류二刀流의 다적多敵 자세'라고 불렀다. 그러나 지금 이 순간 그는 그런 자각을 전혀 하지 못한 채 사용하고 있었다. 한 인간의 모든 능력이 요구되는 상황에서 평소의 습관 때문에 잊고 있었던 왼손의 능력을 무념무상 속에서 자신도 모르게 최대치까지 끌어올린 것에 지나지 않았다.

그러나 검법가로서의 무사시는 아직 더없이 유치한 수준이었다고 할 수 있다. 그는 이때까지 자신의 검술을 이론화하고 체계를 세울 틈이 없었다. 그의 운명이기도 했지만, 그가 의심하지 않고 믿고 걸어왔던 길은 오로지 실전뿐이었다. 무엇이든지 실제로 몸으로 부딪혀서 깨닫는 길이었다. 이론은 그 이후에 잠을 자면서 생각하는 것이라고 여겨 왔었다.

그와는 반대로 요시오카 십검을 비롯한 말단의 조무래기까지 배운 교하치류의 이론은, 머릿속에 들어 있는 이론으로 따지면 대가의 풍모를 갖춘 자도 적지 않았다. 하지만 가르침을 줄 스승도 없이 산야山野의 위난과 생사가 혼재하는 거리를 수행의 장으로 삼아 언제라도 죽을 수 있다는 각오로 수련을 쌓아 온 무사시와는 그 마음가짐이나 수련의 강도 자체가 근본적으로 달랐다. 때문에 요시오카 일문의 상식으로는, 이미 호흡도 거칠고 핏기도 없는 얼굴로 전신이 피로 물들어 있으면서도 여전히 두 자루의 검을 잡은 채 한 번 휘두를 때마다 무엇이든 피를 쏟게 만들어 버리는 무사시의 아수라 같은 모습이 불가사의한 존재로 여겨졌다.

그들은 정신이 혼미해지고 눈은 땀으로 흐릿해졌다. 같은 편의 피를 보자 당혹감이 밀려와 무사시의 모습을 제대로 파악할 수 없었다. 그들은 새빨간 피를 뒤집어쓴 귀신과 싸우고 있는 것 같은 초조감과 피곤함을 보이기 시작했다.

"달아나라!"

"사람이 없는 쪽으로……."

"도망쳐, 도망쳐 버려!"

산이 부르짖고 마을의 나무들이 속삭였다. 하늘의 흰 구름도 외쳤다. 발길을 멈춘 행인과 부근의 농부 들이 먼발치에서 겹겹으로 포위된 무사시를 보면서 그 위태로움에 마음을 졸인 나머지 자신들도 모르게 외친 고함들이었다. 하지만 지축이 울리고 하늘을 뒤흔드는 천둥이 울려도 그 목소리가 무사시의 귀에 들릴 리가 없었다. 무사시의 몸은 오로지 정신력으로만 움직이고 있었다. 눈에 보이는 그의 몸은 가상의 모습에 지나지 않았다. 무서운 정신력이 몸과 영혼을 완전히 불태우고 있었다. 지금 무사시의 육신은 불타오르는 생명의 불꽃과 같았다.

돌연 산이 무너지는 듯한 와아, 하는 함성이 삼십육봉에 메아리쳤다. 그것은 멀리 떨어져서 싸움을 지켜보고 있던 사람들과 무사시의 눈앞에 있는 요시오카 일문이 동시에 땅을 박차고 뛰어오르며 터뜨린 목소리였다.

불현듯 무사시가 산자락에서 마을을 향해 전속력으로 내달리기 시작했다. 당연히 칠십 명의 요시오카 제자들이 그것을 두고 볼 리가 없었다. 무사시의 뒤를 쫓아 새까맣게 몰려가는 무리들 중에 대여섯 명이 그의 뒤를 바싹 따라붙었다.

“이얏!”

“각오해라!”

그들이 몸으로 부딪히려고 하자 무사시는 몸을 숙이더니 오른쪽 칼로 그들의 정강이를 후려쳤다. 뒤이어 또 한 명의 적이 위에서 창을 내리쳤다.

"챙!"

무사시는 그것을 칼로 되받아쳤다. 헝클어진 머리카락 한 올 한 올이 모두 적들을 향해 달려들 것처럼 곤두섰다.

"챙, 챙, 챙!"

왼손의 칼과 오른손의 칼이 번갈아가며 불꽃을 일으켰다.

"와아, 피했다!"

먼 곳의 술렁거림은 요시오카 일문의 당황해하는 모습을 비웃는 듯했다. 그 무렵, 무사시의 모습은 들판의 서쪽 끄트머리에서 푸른 보리밭을 향해 뛰어내리고 있었다.

"멈춰라!"

"돌아와라."

무사시의 뒤를 따라 몇 명이 보리밭으로 뛰어내린 순간, 귀를 찌르는 비명 소리가 들렸다. 벼랑 아래에 바짝 붙어 있던 무사시가 자신의 뒤를 쫓아 무작정 뛰어내린 자들을 기다리고 있었다는 듯 베어 버린 것이다.

보리밭 한가운데로 두 자루의 창이 날아가더니 땅 깊숙이 박혔다. 요시오카 쪽에서 던진 창이었다. 그러나 무사시는 이미 산 쪽의 밭을 지나 눈 깜짝할 사이에 그들과 약 반 정 정도로 거리를 벌렸다.

"마을 쪽이다!"

"큰길 쪽으로 도망쳤다!"

여기저기서 이런 소리가 들렸지만, 무사시는 산 쪽에 있는 밭이랑을 기어가면서 적들이 편을 나눠서 자신을 찾아다니는 모습을 되돌아보고 있었다.

그리고 여느 때의 아침과 똑같이 아침햇살이 풀의 뿌리 부분을 비추고 있었다.

관음상

다이시메이노미네大四明峰의 남쪽 봉우리 높이 자리한 무동사無動寺에 앉아 있으면 동탑이나 서탑은 물론이고 요천橫川과 이무로飯室의 계곡들까지 한눈에 내려다보였다. 삼계三界의 먼지와 티끌 같은 대하大河를 저 멀리 구름 아래로 거느린 채, 무동사無動寺는 그렇게 적막하게 구름 위에 떠 있었다.

여불유인與佛有因

여불유연與佛有緣

불법승연佛法僧緣

상락아상常樂我常

조념관세음朝念觀世音

모념관세음暮念觀世音

염념종심기念念從心起

염념불리심念念不離心

누구인지 무동사의 깊숙한 방 안에서 《십구관음경十句観音経》을 외는 소리, 아니 저절로 우러나오는 중얼거림이 새어 나왔다. 그 혼잣소리는 어느 순간 스스로를 잊은 듯 높아졌다가 다시 본래의 자신으로 돌아와서 낮아지곤 했다. 흰 옷을 입은 동자승이 소박한 소반을 얼굴 가까이 받쳐 들고 먹물로 닦은 듯한 넓은 마루 회랑을 지나 독경 소리가 들려오는 안쪽의 삼나무 문 안으로 들어갔다.

"손님!"

동자승은 소반을 구석에 내려놓았다.

"손님."

동자승이 무릎을 꿇고 다시 불렀지만 등을 구부린 채 돌아앉아 있는 사람은 동자승이 들어온 것도 모르는 듯한 모양이었다. 그는 며칠 전 아침에 눈 뜨고는 볼 수 없을 만큼 피투성이가 되어 칼에 의지해 이곳을 찾아왔었다.

이 남쪽 봉우리에서 동쪽으로 내려가면 아나후토穴太 촌의 백조 고개로 나가게 되고 서쪽으로 내려가면 곧장 수학원의 시라가와 촌, 즉 기라라 고개와 사가리 소나무가 있는 길목으로 이어졌다.

"손님, 점심을 가지고 왔습니다. 상은 여기 두겠습니다."

"아, 이런."

무사시는 그제야 깨달은 듯 등을 펴고 소반과 동자승을 돌아보더니 말했다.

"고맙습니다."

무사시는 자세를 바로하고 예를 차렸다. 그의 무릎에는 흰 나뭇조각들이 흩어져 있었는데 그 가느다란 나뭇조각은 방 안 여기저기에도 어질러져 있었다. 향나무를 깎고 있었는지 방 안에 향이 아련히 떠다니는 듯했다.

"지금 드시려는지요?"

"예, 잘 먹겠습니다."

"그러시다면 시중을 해 드리겠습니다."

"감사합니다."

밥그릇을 받아 든 무사시는 곧 먹기 시작했다. 동자승은 그동안 무사시 뒤에서 반짝반짝 빛을 내는 단검과 방금 그가 무릎 위에서 내려놓은 다섯 치 정도의 나무토막을 유심히 바라보았다.

"손님께서는 무엇을 만들고 계시는지요?"

"부처님입니다."

"아미타불?"

"아닙니다. 관음상觀音像을 파려고 합니다. 하지만 생각대로 잘 되지 않아 이처럼 손에 생채기만 나는군요."

무사시가 손을 내밀어 손가락의 상처를 보였지만 동자승은 소매 끝에 보이는 팔의 하얀 붕대를 보더니 눈썹을 찌푸리며 말했다.

"팔과 다리의 상처는 어떻습니까?"

"아, 덕분에 꽤 좋아졌습니다. 주지스님께 고맙다고 전해 주십시오."

"관음상을 파시려거든 중당으로 가 보십시오. 그곳에 명장이 만든 아주 훌륭한 관음상이 있습니다. 밥을 다 드시면 보러 가시겠습니까?"

"꼭 보고 싶지만 중당까지 거리가 얼마나 되는지요?"

"여기에서 중당까지는 불과 십 정 정도밖에 되지 않습니다."

"그렇게 가깝습니까?"

무사시는 식사를 마치고 동자승을 따라 동탑東塔의 근본중당根本中堂까지 갔다. 그는 거의 십여 일 만에 땅을 밟았다. 하지만 막상 땅을 밟고 걸음을 걷자 이제는 완전히 좋아졌다고 믿었던 왼쪽 다리의 자상이 여전히 아파왔다. 팔에 입은 상처에도 바람이 스며드는 것같이 아렸다. 바람이 살랑살랑 부는 숲 속에서는 벚꽃이 눈처럼 흩날리고 있었고 하늘은 초여름 빛을 띠고 있었다. 무사시는 싹을 틔우려는 식물의 본능처럼, 온몸을 뚫고 밖을 향해 나가려 아우성치는 느낌에 근육을 꿈틀거렸다.

"손님."

동자승이 그런 무사시의 얼굴을 올려다보며 말했다.

"손님은 병법 수행자이시지요?"

"그렇습니다."

"그런데 왜 관음상을 조각하고 계십니까?"

"……."

"불상을 파는 것을 배우기보다, 그럴 시간에 왜 검에 대한 공부를 하지 않으시는지요?"

때때로 동심 어린 질문이 폐부를 찌를 때도 있다. 무사시는 팔과 다리의 자상보다 동자승의 말이 더 아프다는 표정을 지었다. 게다가 그렇게 묻는 그의 나이는 겨우 열서너 살 정도였다. 소나무 둥치에서 싸움이 시작되기도 전에 제일 먼저 칼로 벤 것이 겐지로였다. 겐지로는 이 동자승과 나이나 몸집이 비슷했다.

그날, 부상을 당한 자와 죽은 자가 몇이나 되는지 무사시는 아직도 기억해 낼 수가 없었다. 어떻게 싸웠고 어떻게 그 사지에서 벗어났는지 단편적으로밖에 기억나지 않았다. 단지 그 이후 잠을 잘 때에도 소나무 아래에 있던 겐지로가 무섭다고 소리친 것과 소나무 껍질과 함께 칼을 맞고 땅에 쓰러진 그 가련한 주검이 눈에 아른거렸다.

'조금도 망설이지 말고 베어야 한다.'

그런 신념이 있었기 때문에 무사시는 제일 먼저 겐지로를 베었고 자신은 이렇게 살아 있었다.

'왜, 베었는가? 그렇게까지 하지 않아도…….'

무사시는 자신의 가혹한 처사를 후회했다. 자신이 한없이 미워졌다.

'나는 일에 있어 후회하지 않으리.'

예전에 무사시는 일지의 끄트머리에 그렇게 써서 마음속으로 맹세했었다. 하지만 소년인 겐지로를 벤 일만은 아무리 그때의 신념을 떠올려도 씁쓸하면서 마음이 저려 왔다. 검이라고 하는 존재의 절대성,

또 수행하는 데 있어 그런 심적 갈등은 이겨 내야 한다고 생각하자 자신의 앞길이 너무나 삭막하고 비인간적으로 여겨졌다.

'차라리 검을 접을까!'

그런 생각도 했다. 특히 이 불법佛法의 산으로 들어와 며칠 동안 가릉빈가迦陵頻伽의 소리를 닮은 독경에 마음을 열고 귀를 기울이고, 피 냄새에서 벗어나 스스로를 되돌아보자 가슴속에 보리심菩提心이 생기지 않을 수가 없었다. 팔과 다리의 상처가 치유되기를 기다리는 동안 관음상을 조각하게 된 것도 겐지로를 공양한다기보다는 자기 자신의 영혼에 대한 참회의 보리행菩提行이었다.

"스님."

무사시는 가까스로 대답할 말을 찾았다.

"그럼, 겐신 소즈源信僧都의 작품이나 홍법대사弘法大師의 조각같이 성현들이 만든 불상이 이 산에도 많이 있는데 그것은 무슨 연유인지요?"

"듣고 보니 그렇군요."

동자승이 고개를 갸웃거리더니 어딘지 미심쩍은 표정으로 고개를 끄덕이며 말했다.

"그러고 보니 스님들도 그림을 그리고 조각도 하는군요."

"그와 같이 검을 쓰는 자가 조각을 하는 것도 검심을 닦기 위함이고, 불자가 칼을 들고 조각을 하는 것도 무아의 경지에서 아미타불의 마음에 이르고자 함일 것입니다. 그림을 그리는 것이나 서예를 배우는 것도 똑같은 이치로, 올려다보는 달은 하나지만 높은 봉우리에 오르는 길을 헤매다가 다른 길을 통해 오르는 것도 모두 자신을 갈고닦기 위한 수단 중 하나가 아니겠습니까."

"……."

이야기가 복잡해지자 동자승은 흥미를 잃었는지 종종걸음으로 앞으로 달려가더니 수풀 속에 있는 비석 하나를 가리키며 말했다.

"손님, 여기 이 비문은 지친慈鎭 화상이라는 분이 썼다고 합니다."

무사시는 비석이 있는 곳으로 걸어가서 이끼가 낀 비문을 읽어 보았다.

법수法水가 흐려지는
말세를
생각하면 슬프도다.
히에이 산의 바람.

무사시는 한동안 그 비석 앞에 서 있었다. 이끼가 낀 비석이 마치 위대한 예언자 같아 보였다. 노부나가라는 지극히 파괴적인 건설자가 나타나자 이 히에이 산比叡山[9]에도 철퇴가 가해졌다. 그 후에 고산五山[10]은 정치나 특권에서 축출되어 지금은 불가佛家 본연의 모습으로 돌아

9 일본의 천태종을 창시자인 사이초最澄는 당나라에서 천태교학을 배우고 일본으로 돌아와서 이곳 히에이 산 꼭대기에 연력사延曆寺를 세워 천태종을 창시했다.

10 임제종臨濟宗의 다섯 개의 절. 교토고산京都五山의 줄인 말로 교토에 있는 천룡사天竜寺, 상국사相国寺, 건인사建仁寺, 동복사東福寺, 만수사万寿寺를 말한다. 총본산은 남선사南禅寺이다.

가려 하고 있었다. 그러나 여전히 법사들 사이에는 계도戒刀를 지니고 다니는 유풍이 남아 있었고, 당주의 자리를 둘러싼 권모술수가 끊이지 않고 있었다.

중생을 구제하기 위해 존재하는 영산이 사람을 구제하기는커녕 오히려 중생들에게 보시를 해서 먹고사는 현실을 생각하자 무사시는 아무 말도 하지 않는 비석 앞에서 무언의 예언을 듣고 있는 듯한 심경이었다.

"자, 가시지요."

동자승이 재촉하며 걸어가는데 뒤에서 손을 들어 부르는 사람이 있었다. 무동사의 스님이었다. 두 사람이 뒤를 돌아보자 그 스님이 달려와서 동자승에게 먼저 말했다.

"세이넨清然, 넌 대체 손님을 모시고 어디로 가는 게냐?"

"중당에 가려던 참이었습니다."

"거긴 뭘 하러?"

"손님께서 매일 관음상을 조각하고 계시는데 잘 안 된다고 하셔서 중당에 옛 명장들이 만든 관음상이 있으니 한번 보러 가시겠느냐고 말씀드렸더니."

"그렇다면 꼭 오늘이 아니어도 상관이 없겠구나."

"그건 손님 마음이겠지요."

동자승이 무사시를 보며 애매하게 말하자 무사시가 그의 말을 받아 스님에게 사죄했다.

"바쁘실 터인데 동자스님을 허락도 없이 이곳으로 불러낸 것을 용서하십시오. 꼭 오늘이 아니어도 괜찮으니 그만 가 보도록 하시지요."

"아닙니다. 실은 동자승이 아니라 손님을 뵈러 왔는데 괜찮으시면 함께 가시지 않으시겠습니까?"

"제게 볼일 있으시다고요?"

"예, 모처럼 밖에 나오셨는데 도중에 방해해서 죄송합니다."

"누가 저를 찾아온 사람이라도 있습니까?"

"일단 지금 안 계시다고 했는데 방금 손님을 보셨다며 무슨 일이 있어도 만나야 하니 불러오라고 하며 한 발짝도 움직이지 않습니다."

'누굴까?'

무사시는 고개를 갸웃거리며 발걸음을 옮겼다.

중들은 정권이나 무가 사회에서는 완전히 추방되었지만 아직 그들은 산속에 건재하였다. 여전히 이전 모습 그대로 굽이 높은 나막신을 신고 긴 칼을 허리에 찬 중도 있었고 자루가 긴 칼을 옆구리에 차고 있는 중도 있었다. 그런 중들 열 명 정도가 무동사 문 앞에서 기다리고 있었다.

"온다."

"저잔가?"

적갈색 두건과 검은 승복을 입은 자들이 서로 귓속말을 하며 무사시와 동자승, 그리고 두 사람을 데리러 간 중이 가까이 오는 것을 가만히 응시하고 있었다.

‘무슨 일일까?’

부르러 온 자도 무슨 일인지 모른다고 하니 무사시가 그것을 알 리가 만무했다. 단지 중간에 그들이 동탑 산왕원山王院의 승려들이라는 얘기만 들었는데, 그들 중에는 아는 이가 한 명도 없었다.

“수고했다. 이제 너희들에게는 볼일이 없으니 그만 안으로 들어가거라!”

중 한 명이 자루가 긴 칼끝을 흔들며 스님과 동자승을 쫓아 버리고는 무사시에게 물었다.

“그대가 미야모토 무사시인가?”

상대가 예의를 취하지 않았기 때문에 무사시도 꼿꼿이 선 채 대답했다.

“그렇다.”

무사시가 고개를 끄덕이자 그들 뒤에 있던 제일 늙은 중이 앞으로 나섰다.

“중당 연력사延曆寺의 중지衆志를 알려 주겠다.”

그는 무슨 판결문이라도 읽는 듯한 어조로 말했다.

“에이 산은 신성하고 청정한 곳으로 원한을 사서 도망을 다니는 자가 숨어드는 것은 용납할 수 없다. 하물며 불령한 싸움을 한 자는 말해 무엇하겠는가. 방금 무동사에도 일렀지만 즉시 이 산에서 나가거라. 만약 따르지 않는다면 산문의 엄격한 규칙에 따라 단호히 처벌하겠다. 알아들었는가?”

"……?"

무사시는 기세등등한 그들을 아연히 바라보고 있었다. 애초에 무동사에 도착해서 몸을 의탁했을 때, 무동사에서는 이런 일이 생길까 봐 미리 중당에 알리고 허가를 얻은 후에 이곳에 머물고 있었던 것이다. 그런데 갑자기 죄인 다루듯 쫓아내는 데에는 필경 무슨 이유가 있을 것이었다.

"무슨 말씀인지 잘 알겠습니다만, 오늘은 해도 얼마 남지 않았고 준비도 해야 하니 내일 아침에 떠나겠습니다. 그때까지 유예해 주십시오."

무사시는 순순히 말했다.

"그런데 그것은 누가 결정한 것인지요? 일전에 무동사에서 허가를 얻어서 이곳에 머물고 있었는데 갑자기 그런 결정을 내린 것은 다소 납득이 가지 않습니다."

"그것이 알고 싶다면 말해 주겠다. 처음에 산의 방장들은 그대가 사가리 소나무에서 요시오카 무리들을 단신으로 상대한 무사라고 하여 호의를 품었지만, 그 후 나쁜 소문들을 듣고 더 이상 숨겨 줄 수 없다고 중지를 모았기 때문이다."

"나쁜 소문?"

무사시는 그럴 수도 있겠다는 듯 고개를 끄떡였다. 요시오카 측이 자신에 대해 무슨 말을 퍼뜨리고 있는지 상상하기 어려운 일이 아니었다. 이 자리에서 그에 대한 시비를 가리는 것은 무용한 일이었다.

"알겠습니다. 내일 아침에는 반드시 이곳을 떠나겠습니다."

그렇게 말하고 문 안으로 들어가려는 무사시의 등 뒤에서 다른 중들이 저마다 험담을 내뱉었다.

"사악한 놈!"

"야차 같은 자!"

"못난 놈!"

"뭐라?"

무사시는 울컥해서 발길을 멈추고 자신을 매도하는 당중들을 노려보았다.

"들었나?"

그렇게 말한 것은 방금 무사시의 등 뒤에서 사악한 놈이라고 소리친 중이었다. 무사시는 어처구니가 없다는 듯 말했다.

"위의 명이라고 하기에 순순히 따르겠다는 사람에게 욕을 하는 이유는 무엇인가? 짐짓 내게 싸움을 걸려는 것인가?"

"부처님을 모시는 신분으로 싸움을 걸 생각은 추호도 없지만, 그대의 입으로 그리 말하니 어쩔 수가 없군."

그러자 다른 중이 말했다.

"부처님의 목소리다."

"인간의 몸을 빌려 하신 말씀이다."

그들은 일제히 고함을 쳤다. 멸시하는 시선과 조롱하는 말이 무사시에게 쏟아졌다. 무사시는 참을 수 없는 치욕을 느꼈다. 그러나 자신을 도발하는 듯한 그들의 태도에 스스로를 경계하며 침묵하고 있었다.

이 산의 중들은 옛날부터 입이 걸기로 유명했다. '당중'이란 이른바 사찰에서 수학하는 승려들이었다. 한창 건방질 때이고 말만 많고 지식이 없이 허영심만 가득 찬 자들만이 모여 있었다.

"이거, 마을에서 떠도는 소문이 굉장해서 응당 대단한 무사라고 생각했는데, 이제 보니 시답잖은 자로군. 화를 낼 줄도 모르고 제대로 말도 하지 못하는군."

가만히 듣고 있자니 갈수록 독설이 심해졌다. 이윽고 무사시도 화가 난 듯 말했다.

"부처님이 사람의 몸을 빌려 한 말씀이라고 했는가?"

"그렇다."

중들이 교만하게 대꾸했다.

"그건 무슨 뜻인가?"

"모르겠느냐? 산문의 중지를 듣고서도 아직 깨닫지 못했단 말이냐?"

"모르겠다."

"너 같은 자는 그럴 만도 할 것이다. 가련한 중생이군. 하지만 언젠가 윤회라는 것을 뼈저리게 통감할 것이다."

"……."

"무사시, 너에 대한 세상의 평이 대단히 나쁘니 하산하더라도 조심하거라."

"세간의 평판이 뭐가 무섭겠는가. 어디 말해 보아라."

"흥, 자신이 당당하다고 믿고 있는 듯하구나."

"나는 당당하다! 나는 그 시합에서 추호도 비겁한 짓은 하지 않았다. 하늘을 우러러 부끄러운 짓을 한 적이 없다."

"어불성설!"

"내 어디가 비굴했는지, 또 무슨 비겁한 짓을 했단 말인가? 검을 두고 맹세하지만 나는 싸울 때 털끝만큼도 잘못한 것이 없다!"

"뻔뻔하게도 큰소리를 치는구나."

"다른 일이라면 흘려들을 수도 있지만, 내 검에 대해 있지도 않은 비방을 하면 용서하지 않겠다."

"그렇다면 물어보자. 이 물음에 떳떳하게 답할 수 있겠느냐? 물론 요시오카 쪽은 대단히 많은 수였다. 감히 혼자서 목숨을 돌보지 않고 그들에게 맞선 너의 용기라고 할까, 만용이라고 할까, 하여튼 그 점만은 높이 평가하겠다. 대단하다고 상찬을 해도 좋을 것이다. 하지만 무슨 연유로 아직 열서너 살밖에 안 된 아이까지 죽였느냐? 겐지로라는 소년을 무참하게 죽인 이유가 무엇이냐?"

"……."

무사시는 찬물을 뒤집어쓴 것처럼 창백한 얼굴로 망연히 서 있었다.

"세이주로는 한쪽 팔을 잃고 세상을 등졌고, 그의 동생 덴시치로 역시 네놈 손에 죽어서 이제 남은 혈족이라고 하면 그 어린 겐지로밖에 없었다. 네가 겐지로를 벤 것은 요시오카 가문의 대를 끊은 것과 다름없다. 아무리 결투라고는 하지만 피도 눈물도 없는 처사가 아니냐? 무슨 욕을 들어도, 어떤 욕을 해도 부족할 것이다! 그러고도 네가 인간이냐? 아니, 떳떳한 무사라고 말할 수 있느냐!"

가만히 고개를 떨구고 침묵을 지키고 있는 무사시에게 그는 다시 말했다.

"산문에서 너를 몰아내는 이유도 바로 그 때문이다. 어떤 사정에서였건 나이 어린 소년을 적으로 간주하고 죽인 네 마음은 용서받기 어렵다. 무사란 그런 것이다. 강하면 강할수록, 뛰어나면 뛰어날수록 인자하고 너그럽고 생명의 소중함을 알아야 하는 법. 에이 산은 너를 추방한다. 일각도 지체하지 말고 이 산을 떠나라!"

당중들은 온갖 비방과 경멸의 말을 무사시에게 퍼붓고 돌아갔다.

"……."

무사시는 기꺼이 중들의 비방을 감수하며 끝까지 침묵하고 말았다. 하지만 그들에게 할 말이 없었던 것은 아니었다.

'나는 떳떳하다! 나의 신념은 그릇된 것이 아니다. 그때 나는 내 신념을 끝까지 지킬 수밖에 없었다.'

무사시는 마음속으로 변명이 아닌, 지금도 그 신념에는 변함이 없었다. 그러면 왜 어린 겐지로를 벤 것일까? 그것에 대해서도 무사시는 가슴속에 명백한 대답을 지니고 있었다.

'적을 대표하는 자는 곧 적의 대장이다. 삼군의 수장과도 같다.'

그런 자를 벤 것이 어째서 나쁘다는 것인가. 또 이런 이유도 있었다.

'적은 칠십 명에 이르렀다. 아무리 내가 전력을 다해 싸워도 그중 열 명만 베도 선전을 한 것이었다. 하지만 만일 요시오카의 제자들을, 설사 스무 명을 베어도 나머지 오십 명은 결국 최후에 개가를 올릴 것이다. 그렇기 때문에 내가 이기기 위해서라도 가장 먼저 적의 수장의 목을 쳐야만 했다. 전군이 호위하고 있는 중심부의 상징을 일격에 쓰러뜨리기만 하면 비록 나중에 죽더라도 내가 이겼다는 증거가 될 것이었다.'

무사시의 입장에서 말하자면, 또 검의 절대적인 법칙과 특성을 고려하더라도 이유는 얼마든지 댈 수가 있었다. 그러나 무사시는 당중들에게 수모를 받으면서도 끝내 한 마디도 하지 못했다. 왜냐하면 그 정도의 이유와 굳은 신념이 있었지만, 다른 사람이 아닌 자신의 마음속에서 뭐라고 형용할 수 없는 후회와 괴로움과 참회를 그들보다 깊이 느끼고 가슴이 아팠기 때문이다.

무사시는 공허한 눈길을 들어 하늘을 바라보며 한동안 문 앞에 서 있었다. 어스름이 내리는 저녁 하늘 아래로 하얀 벚꽃이 속절없이 바람에 흩날리고 있었다. 오늘까지의 굳은 신념이 벚꽃 꽃잎처럼 산산이 부서져서 허공을 헤매고 있는 심경이었다.

'그냥 오츠와 함께…….'

불현듯 그는 상인들의 자유롭고 편안한 삶을 떠올렸다. 고에쓰와 쇼유가 살고 있는 세상을 생각했다.

'아니다!'

무사시는 성큼성큼 걸어서 무동사 안으로 들어갔다. 방에는 이미 등잔불이 켜져 있었다. 이곳도 오늘부로 떠나야 했다.

'잘 만들고 못 만드는 것은 중요치 않다. 공양의 마음가짐이, 보리菩提에 이르면 족하다. 오늘 밤 안에 완성해서 이 절에 두고 가자.'

무사시는 등잔 앞에 앉았다. 그러고는 파다 만 관음상을 무릎 위에 고정시킨 다음 조각칼을 잡고 일심으로 나무를 파기 시작했다. 그때, 문단속도 하지 않는 무동사의 넓은 복도 아래로 몰래 기어오더니 늙은 고양이처럼 무사시의 방 바깥에 몸을 움츠리는 자가 있었다.

무사시는 가물거리는 등잔불의 심지를 잘라내고는 다시 등을 구부리고 조각칼을 잡았다. 초저녁인데도 산은 벌써 깊이 잠들어 정적만이 가득했다. 조각칼의 예리한 날로 나무를 깎는 소리가 흡사 눈이 쌓이듯 희미하게 울렸다. 그는 조각칼의 칼날에 완전히 몰입해 있었다. 그의 성격은 일단 무언가에 집중을 하면 온전히 그 일에만 몰두했다. 지금 칼을 들고 관음상을 조각하고 있는 모습을 봐도 모든 기력이 소진할 만큼 열정에 불타고 있었다.

"……."

입으로 외고 있던 관음경 소리가 자신도 모르는 사이에 점차 높아졌다. 그것을 깨달은 무사시는 목소리를 낮추고 다시 등잔불 심지를 잘라 내고는 조각을 비춰 보았다.

"흐음, 됐다."

그가 등을 폈을 때는 동탑의 대범종이 이경二更을 알리고 있었다.

"그렇지. 인사도 해야 하고, 떠나기 전에 이 조각도 주지스님께 전해 드리자."

거칠고 투박한 관음상이었지만 무사시는 혼을 담고 참회의 심정으로 죽은 겐지로의 명복을 빌며 파 내려갔다. 관음상을 절에 봉납해 두고 오랫동안 겐지로의 혼을 애도하기 위해 발원한 것이었다.

무사시는 완성한 관음상을 들고 곧 방을 나섰다. 그가 방을 나간 얼마 후, 동자승이 방으로 들어와 방 안에 어질러져 있는 나뭇조각들을 비로 쓸어 치우고는 이불을 편 후 부엌으로 돌아갔다. 잠시 후, 아무도 없는 방의 장지문이 스르르 열렸다가 다시 닫혔다.

얼마 지나지 않아 무사시는 아무것도 모른 채 방으로 돌아왔다. 주지에게 이별 선물로 받은 듯한 삿갓과 짚신 등속을 머리맡에 놓고 등잔불을 끄고 잠자리에 들었다. 문을 잠그지 않아서 방 안 여기저기에서 바람이 들어왔다. 별빛을 받아 환한 장지에 나무들의 그림자가 흔들렸다.

희미하게 코고는 소리가 들렸다. 무사시는 잠이 든 듯 코고는 소리가 길게 이어졌다. 그 순간, 방 한쪽 구석에 세워 둔 작은 병풍이 조금 움직이더니 고양이처럼 등이 굽은 그림자가 살금살금 무사시 쪽으로 기어 왔다. 문득 무사시의 숨결이 멈추자 그림자도 방바닥에 납작 엎드려 다시 무사시의 숨결이 깊어질 때까지 끈기 있게 기회를 노렸다. 그러다가 돌연, 자고 있는 무사시를 향해 그림자가 달려들었다.

"네 이놈, 이젠 끝장이다."

그는 잠든 무사시의 목을 겨누어 단검을 힘껏 내리꽂았다. 그러나 그 순간, 검은 그림자는 외마디 신음을 지르며 장지문과 함께 문밖의 어둠 속으로 굴러떨어지고 말았다.

무사시가 그림자를 집어 던진 순간, 그의 체중이 가볍다고 생각했다. 고양이의 무게 정도밖에 나가지 않는 침입자였다. 그림자는 얼굴을 복면으로 가리고 있었지만 머리카락은 서릿발처럼 흰 색이었다. 하지만 그는 더 이상 깊이 생각하지 않고 머리맡에 둔 칼을 집어 들고는 마루로 뛰어내리며 말했다.

"이렇게 찾아왔으니 인사는 해야 하는 것이 도리일 터. 어서 돌아오너라."

무사시는 그렇게 외치며 어둠 속에서 울리는 발소리를 쫓아갔다. 허겁지겁 저편으로 비틀거리며 도망치는 그림자를 바라보더니 무사시는 웃으면서 쫓았다.

내동댕이쳐지는 순간, 허리를 다쳤는지 오스기는 땅바닥에 엎어진 채 끙끙거리고 있었다. 무사시가 쫓아온다는 것을 알고 있었지만 달아나지도 그렇다고 일어서지도 못했다.

"아니, 할멈 아니신가?"

무사시는 오스기를 안아 일으켰다. 그는 잠든 자신이 목을 노리고 온 상대가 요시오카 제자도, 이 산의 당중도 아닌 고향 친구의 어머니인 오스기라는 것에 적잖이 놀랐다.

"음, 이제 알겠군. 중당에 호소해서 내 소생이나 나에 대해 나쁘게 말한 사람이 바로 할멈이었군. 불쌍한 늙은이의 하소연을 듣고 그대로 믿었음에 틀림없고. 그래서 나를 산에서 내쫓기로 결정했군. 그리고 야음을 틈타 할멈을 여기로 보낸 것이고."

"으음, 이렇게 된 이상 이젠 어쩔 수가 없구나. 혼이덴 가문에 무운이 없는 듯하구나. 자, 무사시. 이제 내 목을 치거라."

오스기는 신음을 하며 무사시에게 말했다. 그녀는 무사시에게 대항할 힘조차 이미 남아 있지 않았다. 떨어질 때 허리를 다친 것이 분명했지만 산넨 고개의 여인숙을 떠날 때부터 오스기는 이미 감기가 도져서 열도 나고 온몸이 나른해지는 등 건강도 좋지 않았다.

게다가 사가리 소나무로 가는 도중에 마타하치로부터 버림을 받은 일도 늙은이의 가슴에 커다란 상처를 주었고 그 여파로 몸도 더 나빠졌음이 분명했다.

"죽여라. 빨리 내 목을 쳐라!"

지금 오스기가 몸부림치는 것도 그녀의 심리와 육체의 노쇠를 고려하면 약자의 허세만은 아니었다. 그녀는 진실로 모든 것을 포기하고 빨리 죽고 싶은 심정인 듯했다.

"할멈, 많이 아프오? 어디가 아프오? 내가 있으니 너무 걱정하지 마시오."

무사시는 양팔로 가볍게 오스기를 안아 자신의 잠자리에 데리고 가서 노파를 누인 후, 머리맡에 앉아 밤새 병구완을 했다.

날이 새기 시작하자 동자승이 어제 부탁한 도시락을 싸서 가져다주었다. 방장은 무사시를 재촉했다.

"너무 재촉하는 듯하지만, 어제 중당에서 엄명을 내린 탓에 오늘 아침에 되도록 빨리 여길 떠나 주셨으면 합니다."

무사시도 그럴 생각으로 행장을 차려 일어섰지만 난처한 것은 병든 오스기였다. 생각다 못해 절의 스님께 의논을 하자 그는 내키지 않는 표정으로 말했다.

"그러면 이렇게 하는 것이 어떻겠습니까?"

오쓰大津의 상인이 짐을 싣고 온 암소 한 마리가 있는데, 그 상인은 소를 절에 맡긴 채 다른 곳에서 일을 보고 있으니 그 소에 노파를 싣고 오쓰로 하산하는 것이 좋을 것 같다고 말했다. 그리고 소는 오쓰의 선착장이나 그 주변에 있는 역참에 맡기면 된다는 것이었다.

오 년 만의 재회

시메이가타케四明岳의 봉우리를 따라 걷다가 야마나카山中를 거쳐 시가滋賀 쪽으로 내려가면 길은 곧바로 삼정사三井寺 뒤편으로 이어졌다.

"아이고, 으으으……."

오스기는 이따금 고통을 견디다 못해 소의 등 위에서 신음 소리를 냈다. 무사시는 노파를 태운 암소의 고삐를 잡고 앞에서 걸어가고 있었다.

"할멈, 힘들면 잠시 쉬어 가겠소? 둘 다 급할 것 없는 길이니 말이오."

"……."

소 등에 엎드린 채 오스기는 말이 없었다. 그녀의 침묵 속에는 원수로 여기는 인간에게 오히려 보호를 받는 것을 분해하는 마음이 숨겨져 있었다. 무사시가 친절하게 대할수록 오스기는 속으로 다짐했다.

'네놈이 그런다고 어디 내 원한이 그리 쉽게 풀릴 줄 아느냐!'

그러나 무사시는 오로지 자신을 저주하기 위해 살고 있는 것 같은 노파에 대해 왠지 강한 증오심이나 적개심을 가질 수 없었다. 그것은 상대가 자신보다 더없이 힘이 약한 노인인 탓도 있겠지만, 실은 이제껏 자신을 가장 괴롭힌 적은 바로 가장 약한 오스기였다. 그럼에도 불구하고 어쩐 일인지 오스기를 진심으로 적이라고 생각할 수가 없었다.

그렇다고 전혀 안중에 없는가 하면 그렇지도 않았다. 고향에서 심하게 당한 적도 있었고, 청수사 경내에서 사람들 앞에서 침이 튀기도록 자신을 매도하는 등 지금까지 오스기 때문에 얼마나 고생하고 고통을 받았는지 모른다. 그때마다 무사시는 당장 요절을 내도 부족할 만큼 미워하고 분노에 치를 떨었다. 또 자신이 잠든 사이에 목을 노렸을 때만 해도 그녀의 주름진 목을 베어 버릴 마음까지 들었다.

그런데 지금은 오스기가 평소와는 달리 기운도 없고, 어젯밤 맞은 곳이 아픈지 신음 소리만 낼 뿐 신랄했던 독설도 한마디 못 했다. 무사시는 한층 그녀가 불쌍한 생각이 들어서 빨리 건강을 되찾게 해 주고 싶을 정도였다.

"할멈, 소 등이 불편하겠지만 오쓰까지만 가면 무슨 방법이 있을 테니 조금만 참으시오. 아침부터 아무것도 먹지 않아 시장할 텐데 물이라도 마시지 않겠소? 필요 없다고? 알았소."

이 봉우리의 꼭대기에서 사방을 둘러보면, 북쪽의 먼 산들부터 비와琵琶 호수는 물론이고 이부키도 보였고 가까이는 세다瀬田의 가라사키唐崎 팔경까지 한눈에 들어올 정도였다.

"쉽시다. 할멈도 내려와서 잠시 여기 풀 위에 누우면 어떻소?"

무사시는 쇠고삐를 나무에 매어 놓고는 오스기를 안아서 내렸다.

"아이구. 아야, 아야."

오스기는 얼굴을 찌푸리며 무사시의 손을 뿌리치고는 풀밭 위에 엎드렸다. 피부는 흙빛인데다가 머리는 헝클어져서 그대로 내버려 두면 꼭 죽을 것처럼 중태인 듯했다.

"할멈, 물 마시고 싶지 않소? 무엇이라도 좀 먹어야 기운을 차릴 거 아니오?"

걱정이 된 무사시가 등을 문질러 주며 물었지만 고집불통인 오스기는 고개를 가로로 저으면서 물도 필요 없고 음식도 먹고 싶지 않다고 했다.

"이거 참."

무사시는 어찌할 방도가 없었다.

"어젯밤부터 물 한 방울도 마시지 않고, 약을 구하려 해도 인가도 없으니, 원. 자, 그럼 내 밥이라도 반씩 나눠 먹읍시다."

"그 더러운 것 치워라."

"뭐, 더럽다고?"

"비록 들판에 쓰러져서 새나 짐승의 밥이 될지언정 원수 놈의 밥을 어찌 입에 넣을 수 있겠느냐!"

등을 쓸어 주던 무사시의 손을 뿌리친 오스기가 다시 풀밭에 얼굴을 묻었다.

"흐음."

하지만 무사시는 화가 나지 않았다. 오히려 오스기의 심정을 이해했다. 그는 오스기가 품고 있는 근본적인 오해를 풀기만 하면 자신의 진심을 충분히 이해할 것인데, 하며 안타까워했다. 그리고 마치 자신의 어머니를 간호하듯 오스기가 무슨 말을 하든 기꺼이 감수하며 끈기 있게 병자를 달랬다.

"그렇지만 이대로 죽는 것은 너무 허무하지 않소이까? 마타하치가 출세하는 것도 봐야 하고……."

"뭐가 어째?"

당장 물어뜯기라도 할 것처럼 오스기가 이를 드러내며 말했다.

"누가 네놈에게 그런 걱정을 해 달랬더냐? 마타하치는 네놈이 걱정하지 않아도 잘해 나갈 것이다."

"나도 그리 믿고 있소. 그러니 할멈도 건강을 회복해서 마타하치를 격려해야 하지 않겠소."

"무사시, 네놈은 위선자구나. 그런 감언이설에 속아 내가 원한을 풀 것 같으냐? 쓸데없는 짓이다."

어찌할 방도가 없었다. 아무리 호의를 가지고 말해도 오히려 오스기는 역정만 냈다. 무사시는 아무 말 없이 일어서서 오스기의 눈에 띄지 않는 곳으로 가서 보자기를 풀었다. 떡갈나무 잎으로 싼 주먹밥이 들어 있었다. 밥 속에 된장이 들어가 있어서 맛이 좋았다. 그럴수록 무사시는 오스기가 절반이라도 먹기를 바라는 마음으로 조금 남긴 다음 다시 떡갈나무 잎으로 감싸서 품 안에 넣었다.

그런데 오스기가 있는 곳에서 말소리가 들렸다. 바위 뒤편에서 뒤를 돌아보니 오하라大原 마을에서 땔나무나 목공품 등속을 팔러 교토로 가던 아낙이 있었다. 그녀는 기름기도 없는 머리를 아무렇게나 묶고 있었다.

"할머니, 우리 집에도 얼마 전부터 병자가 묵고 있어서요. 이젠 많이 좋아지긴 했지만, 이 암소의 젖을 짜서 주면 더 좋아질 것 같아요. 마침 항아리도 있고 하니 젖을 좀 얻을 수 있을까요?"

오스기는 얼굴을 들고 아낙에게 말했다.

"흠, 암소 젖이 병에 좋다는 얘기는 들었지만, 이 암소가 젖이 있으려나?"

오스기는 무사시를 대할 때와는 전혀 다른 눈빛으로 그렇게 물었다. 아낙은 오스기와 이야기를 하면서 암소의 배 밑에 몸을 웅크리더니 들고 있던 항아리 속에 하얀 젖을 열심히 짜고 있었다.

"할머니, 고맙습니다."

아낙이 암소의 배 밑에서 기어 나오더니 젖을 담은 항아리를 소중히 안고 인사를 한 후 가려고 했다.

"아, 잠깐만."

오스기는 황망히 손을 들고 아낙을 불러 세우더니 사방을 둘러보고는 무사시가 없는 것을 확인하자 안심한 듯 말했다.

"여보게, 내게도 그 젖을 한 모금 주게나."

아낙이 흔쾌히 항아리를 건네자 오스기는 항아리 주둥이에 입술을 대고 눈을 질끈 감더니 젖을 마셨다. 입가에서 허연 액체가 흘러내려 가슴을 적시더니 풀 위로 떨어졌다.

젖을 실컷 마신 오스기는 몸을 한 번 부르르 떨더니 이내 토할 것처럼 얼굴을 찌푸렸다.

"비릿하고 메스껍지만 이젠 몸이 나을지도 모르겠네."

"할머니도 몸이 편찮으신가 보죠?"

"뭐 대단치는 않네. 감기 기운이 있는데다가 넘어지면서 허리를 다쳤다오."

오스기는 그렇게 말하고는 자리에서 일어섰다. 소 등에 엎드려서 신음소리를 내던 모습은 어느새 감쪽같이 사라졌다.

"여보게……."

오스기는 목소리를 낮춰 아낙에게 다가가면서 날카로운 시선으로 주위를 살폈다.

"이 산길로 곧장 가면 어디인가?"

"삼정사로 위편으로 이어집니다."

"삼정사라면 바로 오쓰군. 그곳엔 혹시 뒷길은 없나?"

"있긴 합니다만, 할머니는 대체 어디로 가려고요?"

"어디든 상관없네. 난 지금 나를 붙잡고 놓아주지 않는 나쁜 놈의 손에서 도망치려는 걸세."

"한 네다섯 정 정도 가면 북쪽으로 내려가는 샛길이 있으니 그 길을 내려가면 오쓰와 사카모토의 사이로 나가게 됩니다."

"그렇군."

오스기는 급히 서둘렀다.

"그럼 혹시 누가 나중에 자네에게 묻거든 모른다고 말해 주게."

오스기는 그렇게 당부하며 의아한 표정을 짓고 있는 여자를 지나 황망히 달려가 버렸다.

"……."

모든 것을 지켜보던 무사시는 쓴웃음을 지으면서 바위 뒤편에서 조용히 걸어 나왔다. 항아리를 안고 가는 아낙의 모습이 앞쪽에 보였다. 무사시가 불러 세우자 여인은 멈춰 서더니 말을 물어보기도 전에 자신은 아무것도 모른다는 표정을 지었다. 무사시는 오스기에 대해서는 묻지 않고 다른 것을 물어보았다.

"아주머니 집은 이 근처요?"

"제 집요? 제 집은 저 앞 고개에 있는 찻집인데요."

"고개 찻집?"

"예."

"그럼 잘됐군. 아주머니께 수고비를 드릴 테니 지금부터 교토까지 심부름을 해 주지 않겠소?"

"가는 건 어렵지 않지만, 집에 병자인 손님이 있어서……."

"그 항아리는 내가 집까지 가져가서 답을 기다리고 있을 테니까, 지금 바로 가면 해가 지기 전에 돌아올 수 있을 게요."

"어려운 일은 아니지만……."

"나쁜 자는 아니니 너무 걱정할 필요는 없소. 방금 전 할멈도 건강을 회복한 듯하니 내버려 둘 참이오. 지금 편지를 써 줄 테니 교토의 가라스마루 댁에 갖다 주시오. 나는 아주머니 찻집에서 답신을 기다리고 있겠소."

무사시는 붓통에서 붓을 꺼내서 오츠에게 보내는 편지를 썼다. 무동사에 있던 며칠 동안에도 쓰려고 하던 편지였다.

"그럼 부탁하겠소."

무사시는 여인에게 편지를 건네고는 소를 타고 약 반 리 정도를 유유히 갔다. 몇 자 안 되는 편지였지만 자신이 쓴 편지의 내용을 떠올리고는 그것을 받아 볼 오츠의 심정도 상상해 보았다.

"두 번 다시 만나지 못하리라 생각했는데."

그는 혼자 중얼거렸다. 무사시의 웃는 얼굴에 밝은 구름이 떠갔다. 싱그러운 여름을 품고 있는 땅 위의 어떤 생명보다, 늦봄의 푸른 하늘을 물들이고 있는 어떤 녹음보다 무사시의 얼굴이 가장 즐거운 듯 보였고 또 활기에 차 있었다.

"어쩌면 아직 병상에 있을지도 모른다. 하지만 내 편지를 받으면 당장 일어나서 조타로와 함께 나를 찾아올 거야."

암소는 이따금씩 풀 냄새를 맡고 걸음을 멈췄다. 무사시는 하얀 화초가 마치 땅에 떨어진 별처럼 보였다. 그의 머릿속에는 온통 즐거운 일밖에 떠오르지 않았다.

'오스기는?'

무사시는 골짜기를 건너다보았다.

'혹시 혼자서 땅에 쓰러져 괴로워하고 있지는 않을까?'

오스기를 걱정하기도 했다. 그 모든 것이 여유가 있었기 때문이다. 오츠에게 보낸 편지를 만약 다른 사람이 본다면 부끄러워 얼굴을 붉힐 것이 뻔하지만, 무사시는 편지에 이렇게 썼다.

> 하나다 다리에서는 당신을 기다리게 했지만
>
> 이번에는 내가 당신을 기다리겠소.
>
> 한발 먼저 오쓰로 간 후
>
> 세다의 당교唐橋에 소를 매어 놓고 있겠소.
>
> 자세한 얘기는 그때.

무사시는 편지글을 시를 외듯 입속에서 몇 번이나 되뇌었다. 그리고 만나서 나눌 얘기까지 가슴속으로 그려 보고 있었다.

고갯마루에 찻집이 보이기 시작했다.

"저기구나."

무사시는 찻집 근처에 이르자 소 등에서 내렸다. 손에는 이 집의 아낙에게 받은 젖이 들어 있는 항아리가 들려 있었다.

"아무도 없소?"

무사시가 처마 끝 걸상에 걸터앉자 아궁이에 불을 지피고 있는 노파가 차를 들고 왔다. 무사시는 노파에게 전후 사정 얘기를 들려주며 항아리를 내밀었다. 귀가 잘 안 들리는지 얘기를 듣고 있던 노파는 무사시가 항아리를 건네자 의아한 듯 물었다.

"이건 뭡니까?"

무사시는 항아리에 자신이 끌고 온 암소의 젖이 들어 있으며 이 집 아낙이 여기 묵고 있는 병자에게 먹이기 위해 짠 것이니 어서 병자에게 주라고 다시 말했다.

"예? 소젖이란 말씀이죠? 호오."

노파는 알아들었는지 어떤지 애매한 표정을 지으며 두 손으로 항아리를 들고 있다가 결국 어찌해야 할지 모르겠다는 듯 작은 오두막 안에다 대고 별안간 소리를 질렀다.

"손님, 잠깐 이리 나와 보시지요. 전 대체 어째야 좋을지 모르겠습니다."

노파가 부르던 손님은 안에는 없었다.

"여어."

뒷문에서 대답이 들리더니 잠시 후, 한 사내가 찻집 옆에서 얼굴을 내밀었다.

"왜 그러슈, 할멈?"

노파는 이내 젖이 든 항아리를 사내의 손에 건넸다. 그러나 사내는 노파의 이야기를 들으려고도 또 항아리 속을 들여다볼 생각도 하지 않았다. 그저 항아리를 든 채 넋이 나간 사람처럼 멍하니 무사시의 얼굴을 노려보고 있었다. 무사시 역시 꼼짝도 하지 않고 그 사내를 쳐다보고 있었다.

"아, 아니?"

누가 먼저랄 것도 없이 그렇게 소리친 두 사람이 앞으로 다가가더니 얼굴을 맞대고 외쳤다.

"마타하치!"

무사시가 외쳤다. 사내는 바로 마타하치였다. 오랜 친구의 목소리가 자신의 이름을 부르자 마타하치도 외쳤다.

"야, 다케!"

마타하치도 예전 무사시의 이름을 불렀다. 무사시가 손을 내밀자 마타하치도 멍하니 들고 있던 항아리를 손에서 놓으며 무사시의 손을 덥석 잡았다. 산산이 깨진 항아리에서 하얀 젖이 두 사람의 옷자락에 튀었다.

"이게 몇 년 만이지?"

"세키가하라 전투, 그 후부터잖아! 그때부터 만나지 못한 거야!"

"그럼?"

"오 년 만이다. 내가 올해 스물둘이 됐으니까."

"나도 스물둘이야."

"그래, 우린 나이가 같았지."

서로 얼싸안고 있는 두 사람 주위로 암소 젖의 달큼한 향이 떠다니고 있었다.

"다케, 너 너무 유명해진 거 아니야? 아니, 지금은 그렇게 부르면 안 되지. 나도 무사시라고 불러야지. 얼마 전, 사가리 소나무에서의 대결뿐 아니라 그전의 일들까지 소문으로 다 듣고 있었어."

"부끄럽게, 나는 아직 멀었어. 상대가 너무 약했던 거야. 그런데 마타하치, 이 찻집에 묵고 있는 손님이 너야?"

"응. 실은 에도로 가려고 교토를 떠났는데 좀 일이 있어서 열흘 정도."

"그럼 아프다는 사람은?"

"아픈 사람?"

마타하치는 말끝을 흐렸다.

"아, 그 병자는 동행하던 사람이야."

"그렇군. 아무튼 이렇게 무사하니 반갑다. 예전에 야마토 길가에서 나라로 가는 도중에 조타로에게 자네가 보낸 편지를 받았었지."

"……."

마타하치는 갑자기 시선을 피했다. 그때 편지의 내용 중 한 가지도 이루지 못했다는 것을 떠올리자 마타하치는 무사시 앞에서 얼굴을 들 수가 없었다.

무사시는 마타하치의 어깨에 손을 얹었다. 왠지 모르게 예전이 그리웠다. 오 년 동안 벌어진 두 사람의 격차 같은 건 염두에 없었다. 마침 좋은 때에 만났으니 느긋하게 실컷 이야기를 나누고 싶었다.

"마타하치, 동행하는 사람은 누구냐?"

"뭐, 딱히 누구라고 소개할 사람도 못 돼."

"그럼 잠깐 밖으로 나가지 않을래? 여기서 이러고 있으면 이곳에 폐가 될 테니."

"그래, 나가자."

마타하치도 그것을 바랐던 듯 이내 찻집 밖으로 걸어 나갔다.

우정

"마타하치, 넌 지금 무슨 일을 하니?"

"직업?"

"응."

"아직도 이렇다 할 만한 일은 하고 있지 않아."

"그럼 이때까지 아무것도 하지 않고 지낸 거야?"

"사실 말이 났으니 말인데, 난 그 오코 년 때문에 첫발을 잘못 디뎠어."

둘은 이부키의 산기슭을 떠올리게 하는 초원으로 나왔다.

"앉자."

무사시는 풀밭에 책상다리를 하고 앉았다. 그리고 자신에게 어쩐지 주눅이 든 것 같은 마타하치의 모습을 안쓰럽게 바라보았다.

"마타하치, 오코 때문이란 건 사내답지 못한 게 아닐까? 자신의 일생을 개척해 나가는 것은 바로 자기 자신이야."

"물론 나도 나빴어. 하지만 뭐랄까, 난 내 운명을 스스로 헤쳐 나갈 수 없나 봐. 나도 모르게 무엇엔가 자꾸만 이끌려 가게 돼."

"그래서는 지금과 같은 시대를 헤쳐 나갈 수 없어. 설사 에도에 간다 한들, 그곳은 지금 전국에서 굶주린 사람들이 출세를 하려고 눈에 불을 켜고 모여드는 곳이야. 보통의 노력으로는 출세하는 게 어려울 거야."

"나도 일찍부터 검술이나 배울걸 그랬어."

"무슨 소리야? 넌 이제 겨우 스물둘이야. 무슨 일이건 지금부터야. 그런데 마타하치, 너에게 검 수행은 어울리지 않아. 검보다 학문을 해. 그래서 좋은 주군을 찾아서 봉행하는 길을 가. 그게 가장 좋을 것 같아."

"나도 꼭 성공할 거야."

마타하치는 풀을 꺾어서 입가로 가져갔다. 진심으로 자기 자신을 부끄럽게 여기는 듯했다. 같은 산촌에서 똑같이 향사의 아들도 태어나 나이도 똑같은 친구인데 겨우 오 년의 잘못된 선택이 둘 사이에 이렇게 큰 차이를 만들고 말았구나 생각하자 견딜 수 없을 만큼 지난날이 후회스러웠다.

마타하치는 지금까지 그저 소문으로만 듣고 만나지 않았을 때에는 대수롭지 않게 생각했었다. 그러나 오 년 동안 변한 무사시의 모습을 실제로 보니 아무리 부정하려고 해도 어딘지 예전의 친구 같지 않은 위압감마저 느껴져서 자신이 초라하게만 느껴졌다. 그리고 항상 가슴에 품고 있던 무사시에 대한 반감이나 기개, 그리고 자존심까지도 잃어버리고 그저 마음속으로 자신을 책망하고 있었다.

"뭘 그리 깊이 생각하고 있어? 어이, 정신 차려!"

무사시는 친구의 어깨를 툭 치면서 친구의 나약한 생각을 꾸짖었다.

"오 년 동안 한눈을 팔았으면 오 년 늦게 태어났다고 생각하면 되잖아. 하지만 마음먹기에 따라서는 그 오 년의 세월이 실은 소중한 수행이었을지도 모르잖아."

"부끄러워."

"참, 이야기하느라 잊고 있었네. 실은 방금 전에 자네 모친과 근처에서 헤어졌어."

"뭐? 어머닐 만났어?"

"네가 어머니의 강단과 끈기를 조금만 이어받았으면 좋았을 것을……."

무사시는 마타하치를 보고 있자니 오스기가 측은해지는 마음을 지울 수가 없었다. 기개가 없는 마타하치의 소침한 모습이 남의 일 같지 않게 여겨졌다. 어릴 때부터 어머니와 헤어져 지금까지 혼자 지내는 자신의 불쌍하고 외로운 모습을 보라고 말해 주고 싶었다.

애초에 오스기가 그 나이에 자진해서 세상을 떠돌아다니며 고생을 하고 있는 것도, 또 자신을 불구대천의 원수로 여기고 있는 단 하나의 원인은 바로 마타하치를 사랑하는 마음 때문이었다. 다른 이유가 있을 리 없었다. 맹목적인 사랑에서 생긴 오해이자 오해에서 생긴 집념 때문이었던 것이다.

어린 시절의 아련한 꿈속에서만 어머니를 느꼈던 무사시는 그것을 절절하게 느낄 수 있었다. 너무나 부럽기만 했다. 오스기에게 욕을 먹고 위협을 당하고 함정에 빠져 일시적으로 분노하다가도 시간이 흐르면 오히려 가슴이 시릴 만큼 그것이 그립기도 했다.

'어떻게 하면 오스기의 오해와 분노를 풀 수 있을까?'

무사시는 지금 마타하치의 모습을 보면서 속으로 자문자답을 했다.

'마타하치가 위대해지면 된다. 나보다 나은 인간이 되어 고향 사람들이 자랑스럽게 생각한다면 오스기는 내 목을 친 것 이상으로 기뻐할 것이다.'

그렇게 생각하자 자신이 마타하치에게 품은 우정이 검을 대할 때처럼, 또 관음상을 조각할 때처럼 뜨겁게 달아올랐다.

"마타하치, 넌 너를 그렇게 위하고 아껴 주는 어머님을 왜 기쁘게 해드리려고 하지 않는 거지? 어머니 없이 자란 내가 보기엔 넌 축복받은 인간이야. 축복을 받았다는 건 부모를 존경하라는 말이 아니야. 자식 된 자가 누릴 수 있는 최대의 행복을 누리고 있으면서도 너는 그 행복을 스스로 짓밟고 있는 것 같아. 만약에 내게 그런 어머님이 계시다면 내 인생은 지금보다 몇 갑절 행복했을 거야. 입신을 하거나 공명을 세우는 데 있어도 얼마나 보람될까. 왜냐하면 부모님만큼 자식의 성공을 기뻐해 줄 사람은 없기 때문이야. 자신이 한 일을 함께 기뻐해 주는 사람이 있다는 것이 얼마나 행복한 일인지 생각해 봐. 이런 말을 하면 어떤 사람은 진부하고 도의를 따진다고 말할지 모르지만, 나처럼 떠돌아다니는 신세도 어떨 땐 좋은 경치를 바라볼 때, 아무에게도 그것을 이야기할 사람이 없다는 것을 깨닫는 순간만큼 외로움을 느끼는 때가 없어."

마타하치가 가만히 귀를 기울이고 있는 듯하자 무사시는 그의 손을 움켜잡았다.

"마타하치, 이런 말은 너도 이미 잘 알고 있을 거야. 친구로서 부탁하는 거야. 우린 같은 고향에서 자랐어. 우리 세키가하라로 창을 둘러메고 고향을 떠날 때의 각오를 다시 한 번 떠올리며 열심히 노력하자. 지금은 전쟁도 없고 세키가하라 전투는 예전에 끝이 났지만, 평화의 이면에서는 보이지 않는 술책과 싸움이 벌어지고 있어. 그런 시대를 헤쳐 나가기 위해서는 자신을 수련하는 길밖에 없어. 마타하치, 다시 한 번 창을 둘러메고 출전하는 심정으로 너도 진지하고 성실하게 세상과 마주하길 바라. 공부를 해, 그래서 훌륭한 사람이 돼야 해. 네가 그렇게 마음을 먹는다면 난 얼마든지 너를 도울 거야. 네 노복이 되어도 좋아. 정말로 네가 그렇게 하겠다는 맹세를 하늘에 두고 한다면……."

마주 잡고 있는 두 사람의 손 위로 마타하치의 뜨거운 눈물이 뚝뚝 떨어졌다. 오스기가 그렇게 말했다면 귀에 딱지가 앉을 정도로 지겹게 들었다며 콧방귀를 뀌고 말았겠지만, 오 년 만에 만난 친구의 말에 마타하치는 눈물까지 흘리며 고개를 끄덕였다.

"알았어, 알았어. 고마워."

마타하치는 몇 번이나 그렇게 말하며 손등으로 눈물을 닦았다.

"나는 오늘부터 새로 태어나서 새로운 삶을 살 거야. 아무래도 난 검으로 입신하기는 어려울 듯하니 에도로 가든지 아니면 전국을 편력하며 좋은 선생을 만나서 학문을 닦도록 하겠어."

"나도 좋은 스승과 좋은 주군을 찾도록 도와줄게. 학문은 혼자 한가로이 하는 것이 아니라 스승을 섬기면서도 할 수 있으니 말이야."

"왠지 이제야 넓은 세상으로 나온 듯한 기분이 들어. 그런데 한 가지 곤란한 일이 있어……."

"그게 뭐야? 뭐든지 말해 봐. 내가 할 수 있는 일이라면, 또 너를 위한 일이라면 무슨 일이든 할 테니. 그것이 네 어머님의 노여움에 대한 내 속죄이기도 하니 말이야."

"어떻게 말해야 할지……."

"아무리 사소한 일이라도 숨기면 나중엔 큰일이 될 수 있으니, 어서 말해 봐. 부끄러운 건 한순간이야. 그리고 친구 사이에 부끄러울 게 뭐가 있어."

"흐음, 알았어."

"그래."

"실은 찻집에서 자고 있는 건 여자야."

"여자였구나."

"그것도 실은…… 아, 말하기 부끄러워."

"사내답지 못하게."

"무사시, 기분 나빠 하지 마. 너도 아는 여자야."

"그래? 그게 대체 누구냐?"

"아케미야."

"……."

무사시는 깜짝 놀랐다. 고조 다리에서 만난 아케미는 예전의 들꽃처럼 청순했던 아케미가 아니었다. 그렇다고 해서 세상 풍파에 찌든 오코 정도는 아니었지만 어딘지 위태롭게 보이는 데가 있었다. 그때 아케미는 자신의 가슴에 얼굴을 묻고 흐느끼며 고백을 했었고, 마침 그때 아케미와 어떤 관계가 있는 듯한 젊은 무사가 다리 기슭에서 못마땅한 시선으로 노려보고 있던 일이 떠올랐다.

무사시는 지금 아케미와 함께 있다는 말을 듣고 마타하치가 걱정스러워졌다. 그렇게 복잡한 사정과 성격을 지닌 아케미와 함께하는 나약한 마타하치의 앞날이 매우 어둡고 불행할 것이라는 직감이 들었기 때문이었다.

"……."

무사시가 아무 말도 하지 않자 마타하치가 말했다.

"화났어? 계속 숨기면 너에게 미안해서 솔직하게 말했지만, 네 입장에서 보면 기분이 좋지 않을 거야."

무사시는 마타하치가 측은하다는 표정으로 말했다.

"난 네 앞날이 걱정되어 그런 거야. 오코한테서 그만큼 당했으면서도 어째서 또……."

무사시가 어떻게 된 건지 다그치듯 묻자, 마타하치는 산넨 고개의 여인숙에서 만난 일부터 시작해서 우류 산에서 다시 만나게 되었고

에도로 함께 달아나기로 아케미와 결정하고 오스기를 버리고 도망친 일까지 숨기지 않고 전부 말했다.

"그런데 어머니를 버리고 달아난 벌을 받은 건지 아케미가 우류 산에서 미끄러졌을 때 다친 상처가 도져서 이 찻집에 드러눕게 된 거야. 나도 후회하고 있지만 이제 와서 되돌릴 수도 없는 일이고."

마타하치가 후회를 하는 것도 무리가 아니었다. 그는 자애로운 어머니와 위험한 불씨를 안고 있는 아케미를 바꾸고 만 것이다.

"손님, 여기에 계셨군요."

어딘지 망령이 난 듯한 풍모의 찻집 노파가 양손으로 허리를 감싼 채 날씨가 어떤지 보러 온 것처럼 슬쩍 나타났다.

"같이 오신 병자는 함께 있지 않으셨군요."

노파는 묻는 것도 아니고 그렇다고 혼자 중얼거리는 것도 말투도 아니었다.

마타하치가 놀라며 물었다.

"아케미 말이오? 방에 없소?"

"없습니다."

"방금까지 있었는데."

무사시는 설명할 순 없지만 직감적으로 깨달았다.

"마타하치, 빨리 가 봐!"

마타하치의 뒤를 따라 무사시도 찻집으로 뛰어가서 아케미가 누워 있던 방을 들여다보자 노파의 말이 사실이었다.

"큰일이군!"

당황한 마타하치가 소리쳤다.

"옷이고 신발이고 전부 없어졌어. 이런 돈까지."

"화장 도구는?"

"빗이고 비녀고 하나도 없어. 도대체 나만 남겨 두고 어디로 간 거야!"

방금 전에 새 출발을 다짐하면서 눈물까지 흘리던 마타하치는 분노로 가득한 표정으로 말했다. 노파는 토방 입구에서 기웃거리며 혼잣말처럼 지껄였다.

"손님에겐 안 된 말이지만, 그 여자는 처음부터 꾀병을 부렸던 겁니다. 이 늙은이의 눈은 못 속여요."

그런 말이 귀에 들어올 리 없는 마타하치는 찻집 옆쪽으로 뛰어나가 봉우리로 감싸고 돌아나가는 산길을 멍하니 바라보고 있었다. 이미 꽃이 검게 퇴색해서 지기 시작한 복숭아나무 밑에서 졸고 있던 암소가 잊고 있었다는 듯 '음매' 하고 긴 울음을 울었다.

"……."

"마타하치."

"……."

"어이."

"응?"

"뭘 그리 멍하니 서 있어? 이제 우리가 할 수 있는 일은 아케미가 어서 안정되고 행복하게 되기를 빌어 주는 수밖에 없을 듯하군."

"흐음."

작은 회오리바람이 그다지 내켜 하지 않는 마타하치의 얼굴 앞을 스치고 지나갔다. 노랑나비 한 마리가 바람에 휩쓸려 벼랑 아래로 위태롭게 날아갔다.

"아까 자네의 맹세는 진심이겠지?"

"그건 진심이었어, 정말이야."

입을 꾹 다물고 있던 입술 사이로 마타하치는 그렇게 중얼거렸다. 무사시는 멍하니 먼 산만 바라보고 있는 마타하치의 눈길을 돌리려는 듯 그의 손을 잡아끌면서 말했다.

"너의 길이 저절로 열린 거야. 아케미가 도망간 길은 너의 길이 아니야. 지금 당장 짚신을 신고 사카모토와 오쓰 사이로 내려간 어머님을 찾으러 가. 넌 어머님만은 잃어버려서는 안 돼. 자, 어서 가."

무사시는 근처에 있는 짚신과 각반 등 마타하치의 행장을 집어서 처마 밑의 걸상까지 가져갔다.

"여비는 있어? 얼마 되지 않지만 이걸 가져가도록 해. 네가 에도로 나가 뜻을 세울 생각이라면 일단 나도 에도로 함께 갈게. 또 네 어머님께 꼭 하고 싶은 말도 있고. 나는 저 암소를 끌고 세다의 당교로 가 있을 테니 나중에 어머니를 모시고 꼭 그리로 와야 해. 알겠지? 꼭 어머님을 모시고 와야 해."

두 개의 관점

무사시는 뒤에 남아서 저물녘을 기다리고 있었다. 실은 심부름 보낸 여인을 기다리고 있는 것이었다.

오후의 한나절은 지루하기만 했다. 해는 길었고 몸은 물엿처럼 노곤해졌다. 복숭아나무 밑에 길게 누운 소처럼 한쪽 구석에 있는 걸상에 드러누웠다. 지난밤에는 제대로 잠도 자지 못했고 아침 일찍 길을 나섰다. 어느새 무사시는 깜빡 잠이 들었다. 꿈속에 두 마리의 나비가 연리지連理枝 위를 날아다니고 있었다. 한 마리는 오츠라는 걸 느낄 수 있었다.

문득 눈을 뜨자 어느새 햇빛이 봉당 안쪽까지 비쳐 들고 있었다. 잠을 자는 사이에 다른 곳으로 온 것처럼 찻집에서 소란스러운 목소리가 들려왔다. 아래쪽 골짜기의 채석장에서 일을 하는 돌을 자르는 인부들이 매일 이 시간이 되면 찻집에 와서 차를 마시고 무언가를 먹으며 한바탕 수다를 떨곤 했다.

"칠칠치 못한 것들."

"요시오카 패거리들?"

"물론이지."

"정말 창피스런 일이야. 제자들이 그렇게 많은데 쓸 만한 놈이 한 놈도 없었다니."

"겐포 선생이 너무 대단해서 세상이 너무 과대평가를 한 거지. 뭐든지 처음 세운 사람이 위대하지, 이대로 가면 미지근해지고 삼대엔 몰락, 사대 째는 자네와 같이 선대 무덤만 지키는 자만 남는 법이지."

"뭐라고? 이래 봬도 난 아직 멀쩡해."

"그야 대대로 석공이니 그렇지. 내가 말하는 건 요시오카 가문이야. 거짓말 같으면 도요토미 가문을 봐."

이야기는 다시 사가리 소나무에서 결투가 있었던 아침, 근처에서 보았다는 석공이 나타나자 그의 목격담으로 이어졌다. 석공은 그 얘기를 사람들 앞에서 수십 번이나 되풀이해서인지 갈수록 이야기를 재미있고 생생하게 들려줬다. 백여 명이나 되는 자들을 상대로 미야모토 무사시라는 사내가 어떻게 싸웠는지 흡사 자신이 무사시가 된 듯 과장해서 이야기를 하고 있었다.

석공의 이야기가 한창 절정으로 치달을 무렵, 이야기의 주인공인 무사시가 한쪽 구석의 걸상 위에서 잠을 자고 있었던 것이 다행이었다. 만약 무사시가 깨어 있었다면 웃음을 참지 못했거나 낯이 간지러워

서 그곳에 있을 수가 없었을 것이다.

그런데 아까부터 처마 끝의 다른 탁상을 차지하고 있던 무리가 그 석공의 이야기를 심히 못마땅한 표정으로 듣고 있었다. 중당에 있는 절의 무사 세 명과 그들의 배웅을 받으며 찻집에서 작별 인사를 하고 있는 젊은 사람이었는데, 그는 등에 긴 칼을 찼고 옷차림이나 눈빛, 태도까지 모두 화려했다.

석공들은 그의 풍채에 주눅이 들어서 탁상에서 일어나 멍석 쪽으로 차를 가지고 가더니 쥐 죽은 듯이 있었다. 하지만 드디어 이야기가 점점 재미있어지자 웃음을 터뜨리면서 무사시를 칭찬하기 시작했다. 그때까지 가만히 듣고 있던 사사키 고지로가 석공들을 향해 소리를 질렀다.

"어이, 자네들."

석공들은 무슨 일인가 하고 고지로 쪽을 돌아보며 자리를 고쳐 앉았다. 그들은 아까부터 중당의 절 무사 두세 명을 옆에 거느리고 있는 화려한 풍채의 젊은 무사에게 머리를 숙이며 대답했다.

"예."

"거기, 방금 아는 체하며 지껄이던 자네 앞으로 나오게!"

고지로는 쇠살 부채를 흔들면서 그들의 우두머리를 불렀다.

"다른 자들도 무서워하지 말고 이리 와 보게!"

"예, 예."

"이제껏 듣고 있자니 자네들은 덮어놓고 미야모토 무사시를 칭찬하고 있는데 그따위 터무니없는 소릴 지껄이고 다니면 앞으로 용서하지 않겠다!"

"예?"

"무사시가 어째서 대단한가? 자네들 중 당시 상황을 목격한 자가 있다던데, 나 역시 그날 입회인으로 양쪽의 사정을 상세히 알고 있다. 더욱이 나는 그 후에 에이 산으로 가서 중당의 강당에서 사람들을 모아 놓고 그 시합에 대한 감상과 실정을 이야기했고, 또 여러 절의 석학들의 초청에 응해서 내 솔직한 의견을 기탄없이 피력했지."

"……."

"그런데 검의 '검' 자도 모르는 자네들이 단지 승패만을 보고 아무것도 모르는 사람들의 소문에 휩쓸려 무사시 같은 자를 희대의 인물이니 무쌍無雙의 달인이니 떠들어 대면 내가 에이 산의 대강당에서 피력한 의견이 모두 거짓말이 되어 버린다. 무지한 자들이 떠드는 말은 믿을 것이 못 되지만, 여기에 있는 중당의 제군들도 일단 알아야 할 필요도 있고, 또 자네들의 잘못된 생각은 세상을 현혹시키기만 할 뿐이니, 사건의 진상과 무사시의 인물됨을 전부 들려줄 것이니 귀를 기울이고 잘 듣거라."

"예, 예……."

"본래 무사시가 그 시합을 한 목적이 무엇인지 헤아려 보면 그것은 자신의 이름을 세상에 알리기 위해 교토에서 제일가는 요시오카 가문에 교묘하게 싸움을 걸었던 것이다. 그리고 요시오카는 무사시의 간교에 넘어간 것으로 나는 판단하고 있다."

"……?"

"왜냐하면 초대 겐포 시대의 영광은 사라지고 교류 요시오카가 쇠퇴했다는 것은 누구나 알고 있는 사실이었다. 나무에 비한다면 썩은 나무요, 사람에 비한다면 빈사 상태의 병자와 마찬가지였지. 그런 상대를 쓰러뜨릴 힘은 누구에게나 있지만 굳이 그렇게 하지 않는 것은 오늘날의 병법자들은 요시오카 가문 따윈 안중에도 없었기 때문이다. 또 하나는 겐포 선생의 공덕을 기려서 요시오카 가문은 너그럽게 보아 넘기자고 하는 것이 무사들의 인지상정이었다. 그런데 무사시는 의도적으로 일을 크게 만들어서 교토의 큰길에 팻말을 세우고 소문을 퍼뜨리면서 연극을 한 것이다."

"……?"

"그의 비열함과 비굴함을 열거하자면 끝이 없을 테지만, 세이주로와 시합할 때는 물론이고 덴시치로와 시합할 때에도 그자는 약속 시간을 지킨 적이 없었다. 또 사가리 소나무 때에도 정면에서 정정당당하게 싸우지 않고 간교한 술책과 전법을 사용했다."

"……."

"물론 수적으로 한쪽이 다수고 또 한쪽은 한 명이었던 것은 분명하다. 그러나 바로 거기에 그의 간교한 의도가 숨어 있었다. 그가 노린 대로 세상의 관심은 오직 무사시에게만 집중되었다. 그러나 내가 볼 때 그 승부는 마치 어린애 장난과 같다. 무사시는 끝까지 간교하고 교활하게 행동하다 결정적인 순간에 도망쳤다. 그가 어느 정도 강한 것은 사실이다. 하지만 달인이라는 평가는 실로 당치 않은 소리다. 굳이 달인이라고 부르자면 그는 '삼십육계의 달인'이라 불러야 할 것이다. 재빨리 도망치는 것만은 분명 명인이라 할 수 있다."

고지로의 말은 흐르는 물처럼 거침이 없었다. 에이 산의 강당에서도 사람들을 모아 놓고 이처럼 연설을 했을 것이었다.

"검에 대해 아무것도 모르는 문외한들이 보기에 혼자서 몇십 명과 싸우는 것이 어려운 일로 생각되겠지만, 몇십 명의 힘이란 결코 한 사람 한 사람의 실력이 몇십 배가 된 것이 아니다."

고지로는 그날의 싸움에 대해 전문적인 지식을 동원해서 자신의 마음대로 논파했다. 무사시의 그 같은 선전도 바둑의 격언인 강목팔목岡目八目처럼 옆에서 보면 얼마든지 비난할 수 있었던 것이다.

다음으로 고지로가 무사시를 침을 튀기며 비난한 것은 명목상으로 내세운 소년까지 죽였다는 점이었다. 단순히 비난한 것이 아니라 인도적인 관점에서, 또 무사도 정신과 검의 정신으로 봐도 용서하기 어려운 인간이라고 단정했다. 또한 무사시의 성장 과정과 고향에서의 저지른 일까지 이야기하다 마침내는 혼이덴가의 노모가 그를 원수처럼 여기고 있다는 대목에까지 이르렀다.

"거짓말이라고 생각되면 그 혼이덴가의 노모에게 물어보면 될 것이다. 내가 중당에 머무르고 있을 동안, 그 노모에게 상세히 들었다. 이미 예순이 다 된 순박한 노파가 원수라고 부르는 자가 위대한가? 난 도저히 납득이 가지 않아서 물어보는 것이다. 미리 얘기해 두겠지만 나는 요시오카 쪽에 아무런 연도 없고 무사시에게 악감정이 있는 것도 아니다. 단지 검을 사랑하고 무사의 길에 들어서서 수행하는 몸으로 옳은 판단을 하고 싶은 것이다. 무슨 말인지 알았나?"

말을 마친 고지로는 목이 마른지 찻잔을 들어서 단숨에 들이켜고는 일행을 돌아보며 말했다.

"이런, 어느새 해가 많이 기울었군."

"지금 출발하지 않으면 삼정사까지 가는 산길에서 날이 어두워질 겁니다."

중당의 절 무사들이 주의를 환기시키며 자리에서 일어섰다. 어정쩡한 자세로 있던 석공들은 그 틈을 타서 앞 다투어 골짜기 쪽으로 일을 하러 내려갔다.

"그럼 이만."

"다음에 또 들러 주십시오."

절 무사들도 고지로에게 인사를 하고 중당으로 돌아갔다. 혼자 남은 고지로는 안쪽을 향해 외쳤다.

"할멈, 찻값은 여기에 두겠소. 그리고 도중에 날이 어두워졌을 때를 대비해서 화승총 노끈 두세 개만 주시오."

노파는 저녁밥을 올려놓은 아궁이 앞에 웅크리고 앉아서 불을 피우며 말했다.

"그쪽 구석에 걸려 있으니 필요한 만큼 가지고 가시오."

고지로는 찻집 안으로 들어가서 구석의 벽에 걸린 화승총 노끈 다발에서 두세 개를 잡아 뺐다. 그 순간, 못이 빠져서 노끈 다발이 바닥에 떨어졌다. 그것을 줍기 위해 무심코 손을 뻗었을 때, 고지로는 누군가가 걸상 위에 누워 잠들어 있다는 것을 깨달았다. 그는 다리 너머로 무사시의 얼굴을 보자마자 충격을 받았다. 손으로 베개를 만들어 누워 있던 무사시가 눈을 뜨고 자신의 얼굴을 말똥말똥 보고 있었던 것이다. 고지로는 무의식적으로 튕기듯 민첩하게 뒤로 물러섰다.

"응?"

무사시는 하얀 이가 보이도록 씩 웃어 보이며 이제 막 잠에서 깬 것처럼 천천히 몸을 일으키더니 처마 끝에 있는 고지로의 옆으로 걸어갔다.

"……."

미소를 머금은 입술과 마음속을 꿰뚫어 보는 듯한 눈을 하고 무사시는 멈춰 섰다. 고지로도 미소를 지어 보려 했지만 생각과는 반대로 그의 얼굴 근육은 묘하게 굳어 버려서 웃을 수가 없었다. 당황해하며 무의식적으로 뒤로 물러난 자신의 행동을 무사시의 눈이 비웃고 있는 듯했기 때문이었다. 게다가 아까부터 석공들에게 한 연설을 무사시가 듣고 있었음에 틀림없다고 생각했던 것이다.

고지로의 얼굴과 태도는 곧 평소의 오만했던 때로 돌아왔지만 여전히 당황한 기색이 역력했다.

"아니, 무사시 님. 여기에 있었소이까?"

"지난번엔."

"아, 지난번 눈부신 활약은 꼭 귀신같았습니다. 게다가 그리 큰 상처도 없는 듯하니 정말 다행입니다."

속마음과는 전혀 다른 말이 고지로의 입에서 튀어나왔다. 고지로는 그런 자신이 왠지 떳떳치 못하게 느껴졌다.

무사시는 왜 그런지 고지로를 대하면 놀리거나 비꼬고 싶어졌다. 지금도 무사시는 은근히 비꼬듯 말했다.

"그때 입회인으서로 배려해 주신 점 고맙습니다. 게다가 오늘은 저에 대해 이런저런 고언을 해 주셔서 그 또한 감사히 여기며 듣고 있었습니다. 자신이 보는 세상과 세상이 자신을 평가하는 가치에는 큰 차이가 있지만, 진정한 세상의 소리는 좀처럼 들을 수가 없는 법이지요. 고지로 님이 한낮의 꿈처럼 이렇듯 들려주시니 부끄러운 마음뿐입니다. 잊지 않고 깊이 기억하겠습니다."

"……."

잊지 않고 기억하겠다는 무사시의 말에 고지로는 온몸에 소름이 돋았다. 그것은 온화한 인사말 같았지만 고지로의 귀에는 언젠가 피할 수 없는 싸움을 예고하는 울림으로 다가왔다. 또 지금은 때가 아니다, 라는 뜻도 말 속에 담겨 있었다.

두 사람 모두 무사였다. 거짓을 용납하지 않는 무사이자 자신에 대한 악의를 그냥 넘어가지 못하는 검의 수행자였다. 시시비비를 말로 가리는 것은 탁상공론에 지나지 않았다. 또 그렇게 끝날 사소한 문제도 아니었다. 적어도 무사시에게 있어 일승사에서의 시합은 필생의 대사이자 검에 정진하는 자의 정행淨行이라고 굳게 믿고 있었다. 그 믿음에는 한 점의 부덕不德이나 한 치의 가책도 없었다.

그런데 고지로는 자신과 정반대의 관점을 가지고 비난했다. 그렇다면 해결 방법은 무사시가 은연중에 비친 '지금은 때가 아니며, 잊지 않겠다'라는 말 속에 담겨 있었다.

고지로 역시 무사시에게 복잡한 감정을 가지고 있었지만 전혀 근거가 없는 거짓을 말한 것은 아니었다. 그는 자신이 본 바에 따라 공정하게 판단을 내렸을 뿐이라고 생각하고 있었고 무사시의 실력이 어떻든 간에 자기보다 위라고는 결코 생각하고 있지 않았다.

"으음, 알겠소. 기억하겠다는 그 말씀, 이 고지로도 분명히 기억해 두겠소. 부디 잊지 마시길 바라오."

"……."

무사시는 아무 말도 하지 않고 또 미소를 지으며 고개를 끄덕였다.

연리지

사립문 입구에서 조타로가 안쪽을 향해 목청껏 외쳤다.

"오츠 님, 다녀왔어요."

그렇게 소리친 그는 집을 감싸고 흐르는 맑은 시냇물에 발을 담그고 종아리에 묻은 진흙을 씻기 시작했다. 참새를 엮어 얹은 지붕 아래 산월암山月庵이라고 쓴 현판이 보였다. 제비 새끼들이 흰 똥을 싸 놓고 발을 씻고 있는 조타로를 내려다보고 있었다.

"으, 차가워."

조타로는 눈썹을 찌푸리며 발을 씻을 생각도 하지 않고 물장구만 치고 있었다. 근처에 있는 은각사銀閣寺 경내에서 흘러나오는 시냇물은 중국의 동정호洞庭湖보다 맑았고 적벽赤壁의 달보다 차가웠지만 흙은 따뜻했다. 조타로 옆에는 제비꽃이 흐드러지게 피어 있었다. 그는 이곳에서의 즐거운 생활을 음미하고 있는 듯 눈을 지그시 감고 있었다.

조타로는 물 묻은 발을 풀에 문지르고 툇마루 쪽으로 돌아갔다. 이 집은 은각사의 별당이었는데 마침 비어 있어서 오츠가 무사시와 우류산에서 헤어진 다음 날부터 가라스마루 가문이 그녀를 위해 빌린 것으로 오츠는 그 이래로 계속 여기서 병을 치료하고 있었다.

일승사에서의 싸움 결과도 이곳에서 들을 수가 있었다. 그날, 조타로는 결투 장소와 이곳을 몇 번이나 오가며 오츠에게 싸움의 정황을 알려 주었다. 그는 오츠에게 무사시의 무사無事를 전해 주는 것이 약보다 더 효과가 있을 것이라고 믿었던 것이다. 그리고 예상대로 오츠는 하루하루 혈색이 좋아져서 지금은 책상에 기대 앉아 있을 만큼 원기를 회복했다. 한때는 정말 어떻게 될지 몰라서 조타로는 안절부절못했었다. 필시 무사시가 목숨을 잃었더라면 아마 오츠도 그대로 죽었을지도 모른다.

"아, 배고파. 오츠 님, 뭐 하고 있었어요?"

오츠는 조타로의 건강한 얼굴을 바라보며 말했다.

"난 아침부터 내내 이렇게 앉아 있었어."

"정말요?"

"몸은 움직이지 않지만 마음속으로 이런저런 일을 생각하느라고. 그건 그렇고, 조타로야말로 꼭두새벽부터 어딜 갔다 왔어? 그 함 속에 어제 받은 떡이 있으니 어서 먹어."

"떡은 나중에 먹으면 되고, 먼저 오츠 님이 기뻐할 소식이 있는데."

"뭔데?"

"스승님이 말이죠."

"응."

"에이 산에 계신대요."

"아, 에이 산에?"

"난 매일매일 스승님의 소식을 수소문하며 돌아다녔던 거예요. 그런데 드디어 오늘 스승님이 무동사에 묵고 계시다는 사실을 알아냈어요."

"그렇구나. 그럼 정말 무사하신 거구나."

"이제 어디 있는지 알았으니 어서 가요. 또 어디론가 훌쩍 떠나 버리면 안 되니까. 나도 떡 먹고 나서 채비할 테니까 오츠 님도 빨리 채비해요. 곧장 무동사로 가자고요."

오츠의 눈동자는 먼 곳을 향하고 있었다. 마음은 암자의 추녀 끝으로 보이는 하늘가에 가 있는 듯했다. 조타로는 떡을 먹고 나서 짐을 들더니 다시 오츠를 재촉했다.

"자, 가요!"

하지만 오츠는 자리에서 일어날 기색도 보이지 않고 그대로 앉아 있었다.

"왜 그래요?"

조타로 불평하듯 캐물었다.

"조타로, 무동사로 가지 말자."

"예?"

조타로는 놀라며 되물었다.

"왜요?"

"그냥."

"쳇, 이래서 난 여자가 싫어. 날아서라도 가고 싶으면서, 막상 스승님이 있는 곳을 알아내니까, 그만두자니. 어이가 없군."

"네 말대로 날아서라도 가고 싶은 마음이야 굴뚝같지만."

"그러니까 날아서 가자니까요."

"하지만 말이야, 조타로. 난 그날 밤 우류 산에서 그분을 만났을 때, 그것이 이번 생에서 마지막이라고 생각하고 마음속에 있는 말을 모두 해 버리고 말았어. 무사시 님도 살아서는 다시 만나지 못할 거라고 하셨어."

"그러니까 지금 살아 있으니까 만나러 가면 되잖아요."

"안 돼."

"왜요?"

"이번 싸움은 끝이 났지만, 무사시 님은 자신이 정말로 이겼다고 생각하는지, 또 무슨 생각으로 에이 산에 계시지 알 수가 없어. 그리고 나에게 한 말씀도 있고, 나도 필사적으로 만류하던 무사시 님의 소매를 놓으면서 이젠 이번 생에서의 연은 끝이 났다고 생각했었어. 설령 무사시 님이 계신 곳을 알았다고 하더라도 그분이 연락하지 않는 한……."

"그럼 이대로 이십 년이고 삼십 년이고 스승님이 연락하지 않으면 어떻게 할 거예요?"
"이렇게 있을 거야."
"앉아서 먼 하늘만 바라보며 살 거라고요?"
"으응."
"오츠 님은 정말 이상한 사람이에요."
"너는 모르겠지만 난 잘 알고 있어."
"뭘요?"
"무사시 님의 마음 말이야. 우류 산에서 마지막으로 헤어질 때보다 나는 지금이 무사시 님의 마음을 더 깊이 알게 되었어. 그건 믿음이라는 거야. 이전에는 그분을 흠모했었어. 목숨을 걸 만큼 말이야. 조타로에게 할 말은 아니지만 정말 그 사랑을 지켜 내는 건 너무나 괴로웠어. 하지만 내가 정말 그분을 믿고 있는지 그것을 알 수가 없었어. 지금은 그렇지 않아. 설령 죽더라도, 떨어져 있더라도 서로의 마음은 비익조比翼鳥처럼, 연리지처럼 굳게 연결되어 있다고 믿고 있기 때문에 조금도 외롭지가 않아. 단지 무사시 님이, 그분의 신념대로 수행의 길에 정진할 수 있도록 빌 뿐이야."
묵묵히 오츠의 말을 듣고 있던 조타로는 갑자기 소리를 질렀다.
"거짓말, 여자들은 거짓말쟁이야. 알았어요. 그럼 이제부터 스승님을 만나고 싶다는 말은 하지 말아요! 이젠 아무리 투정을 부려도 나는 몰라요."
조타로는 며칠 동안의 노력이 헛수고로 돌아갔다는 듯이 화를 내더니 저녁까지 아무 말도 하지 않았다.

저녁이 되고 얼마 지나지 않았을 때였다. 암자 밖에 빨간 횃불이 비치더니 문을 두드리는 사람이 있었다. 가라스마루가에서 온 무사가 조타로에게 한 통의 편지를 전해 주었다.

"이 편지는 오츠 님이 아직 가라스마루가에 계신 줄 알고 무사시 님이 보낸 것이다. 가라스마루 님이 보시고 바로 오츠 님에게 전하라고 하셔서 급히 가지고 왔다. 그리고 가라스마루 님께서도 오츠 님께 몸조리 잘하라고 말씀하셨다."

편지를 가지고 온 무사는 그렇게 말하고 곧 돌아갔다. 조타로는 편지를 보고 외쳤다.

"스승님 글씨다. 만약 이번 싸움에서 돌아가셨더라면 이 편지는 쓰지 못하셨을 텐데. 오츠 님에게라고 쓰여 있네. 쳇, 조타로에게라고 쓰지 않고."

안에 있던 오츠가 밖으로 나오며 물었다.

"조타로, 지금 오신 무사가 가지고 온 게 무사시 님의 편지 아니니?"

"맞아요."

조타로는 심술궂게 편지를 등 뒤로 감추며 말했다.

"하지만 오츠 님은 필요 없지 않나요?"

"보여 줘."

"싫어요."

"장난치지 말고 어서."

오츠의 얼굴이 거의 울상이 되어서야 조타로는 편지를 내밀었다.

"저 봐, 그렇게 보고 싶어 한다니까. 내가 만나러 가자고 할 땐 싫은 척하더니."

오츠의 귀에는 이미 조타로의 말이 들리지 않았다. 등잔 밑에서 편지를 펼쳐 든 편지와 하얀 손이 등잔의 심지처럼 가늘게 떨렸다.

하나다 다리에서는 당신을 기다리게 했지만
이번에는 내가 당신을 기다리겠소.
한발 먼저 오쓰로 간 후
세다의 당교唐橋에 소를 매어 놓고 있겠소.
자세한 얘기는 그때.

무사시가 보낸 편지였다. 그의 붓과 먹물의 향이 배어 있었다. 먹의 빛깔마저 무지갯빛으로 보여 오츠의 눈가에 눈물이 고여 반짝거렸다. 꿈인 듯싶었다. 너무 기뻐서 머리가 텅 빈 듯했다. 그녀는 마치 자신이 다른 세상에 와 있는 듯했다.

'안록산安祿山의 난'으로 양귀비를 잃은 현종이 절도사에게 그녀의 혼백을 찾도록 명했다. 절도사는 그녀의 혼백을 찾아 헤맨 끝에 마침내 물 위의 봉래궁蓬萊宮에서 꽃처럼 아름답고 눈처럼 하얀 피부의 선녀를 발견했다고 한다. 양귀비에 대한 현종의 사랑을 그린 〈장한가長恨歌〉에서 양귀비를 향한 경탄과 기쁨을 노래한 부분이 등장하는데, 오츠는 그 부분이 마치 자신의 심정을 노래한 것처럼 느껴졌다. 그녀는 무사시의 짧은 편지를 하염없이 되풀이해서 읽고 있었다.

"기다리는 사람에게 그 기다림의 시간이 얼마나 길던가. 한시라도 빨리 만나서……."

오츠는 너무 기쁜 나머지 정신이 아득해졌다. 그녀는 조타로에게 자신의 뜻을 전하려 했지만 그저 저 혼자 중얼거리고만 있었다.

서둘러 채비를 하고 암자의 주지와 은각사의 스님, 그동안 신세를 진 사람들에게 감사의 편지를 짧게나마 쓴 후에 신발을 신고 먼저 문밖으로 나섰다. 그리고 방 안에 불퉁하게 앉아 있는 조타로에게 외쳤다.

"조타로, 넌 아까 준비를 해 놓았으니 그대로 오면 되지 않니? 자, 빨리 나와. 문을 잠그고 가야 하잖아."

"난 몰라요. 어디를 가자고요?"

완전히 삐쳐 버린 조타로는 꼼짝도 하지 않을 기세였다.

"조타로, 화났니?"

"화 안 나게 생겼어요?"

"왜?"

"오츠 님은 너무 제멋대로예요. 내가 애써 스승님이 있는 곳을 알아내서 가자고 할 때에는 안 간다고 고집을 부리고선."

"그 이유는 내가 충분히 설명했잖아? 하지만 지금은 무사시 님이 편지를 보낸 거잖아."

"그 편지도 자기 혼자만 읽고 내게는 보여 주지도 않았잖아요!"

"아, 미안해. 사과할게."

"필요 없어요. 이젠 보고 싶지도 않아요."

"그렇게 화내지 말고 편지를 봐. 무사시 님이 내게 편지를 보낸 건 이번에 처음이야. 또 기다리고 있을 테니 나보고 오라고 하신 것도 처음이야. 이렇게 기뻤던 적은 태어나서 처음이야. 그러니 조타로, 기분을 풀고 나를 세다까지 데려다 줘. 응?"

"……."

"그럼 조타로는 무사시 님을 이젠 만나지 않을 거야?"

"……."

조타로는 아무 말 없이 목검을 허리춤에 찔러 넣고 조금 전 꾸려 둔 보따리를 어깨에 메더니 암자 밖으로 휙 나가 버렸다. 그러고는 우물쭈물하고 있는 오츠에게 소리쳤다.

"가려면 빨리 나와요! 우물쭈물하고 있으면 밖에서 문을 잠가 버릴 테니."

"어머, 무서워라."

두 사람이 밤을 새워 시가 산을 넘어가는 동안 조타로는 아무 말도 하지 않았다. 앞서 터벅터벅 걸어가면서 조타로는 주변의 나뭇잎을 뜯어 풀피리를 만들어 불거나 노래를 부르다가도 돌을 냅다 걷어찼다. 아직도 울화가 치미는 듯했다. 보다 못한 오츠가 조타로에게 말했다.

"조타로, 나 좋은 거 갖고 있는데 줄까?"

"뭔데요?"

"사탕."

"흥."

"그저께 가라스마루 님께서 과자를 많이 보내 주셨잖아? 그게 아직 남아 있는데."

"……."

조타로가 달라는 말도 필요 없다는 말도 하지 않고 잠자코 걸어가자 오츠는 숨이 찬 것을 참으며 옆으로 쫓아갔다.

"조타로, 안 먹을래? 나도 먹을게."

조타로의 기분이 그제야 조금 나아진 듯했다.

시가 산의 산마루에 다다랐을 때는 북두칠성이 하얗게 빛을 잃고 있었고 구름은 새벽 기운을 품고 있었다.

"힘들죠?"

"응, 오르막길이라서."

"이제부터는 내리막길이니 편할 거예요. 아, 저기 호수가 보인다."

"저게 니오鳰 호수구나. 그럼 세다는 어느 쪽?"

조타로가 손가락으로 가리키며 말했다.

"저쪽. 기다린다고 했지만, 스승님이 벌써 가 있을까요?"

"세다까지 가려면 아직도 반나절도 더 걸리잖아."

"그렇군. 여기서 보면 바로 코앞인 것 같은데."

"좀 쉴까?"

"좀 쉬어요."

기분이 완전히 풀린 모양인지 조타로는 신이 나서 쉴 만한 장소를 찾아 여기저기 돌아다니다 손짓을 하며 오츠를 불렀다.

"오츠 님, 여기 이 나무 밑이 아침 안개도 없고 좋을 것 같아요. 이리 와서 앉아요."

나란히 서 있는 두 그루의 자귀나무 아래에 앉은 조타로가 말했다.

"무슨 나무지?"

"자귀나무야."

오츠는 눈을 들어 나무를 쳐다보며 가르쳐 주었다.

"나랑 무사시 님이 어렸을 적에 자주 놀았던 칠보사라는 절에도 이 나무가 있었어. 유월이 되면 실 같은 연분홍 꽃이 피는데 달이 뜬 밤에는 잎사귀들이 서로 마주 보며 접혔어. 그게 꼭 서로를 껴안고 잠이 드는 것 같아 보였지."

"그래서 자귀나무라고 하는 걸까?"

"한자로 합한다는 합合 자와 기뻐한다는 환歡 자를 써서 '합환수'라고 부르고 있어."

"왜요?"

"글쎄 왜 그럴까? 분명 누군가가 만들어 낸 글자일 거야. 하지만 이 두 그루의 나무를 보면 그런 이름이 없어도 서로 너무 기뻐하고 있는 모습처럼 보이지 않니?"

"나무가 슬픔이나 기쁨을 어떻게 알아요."

"그렇지 않아. 나무도 마음이 있어. 잘 봐, 이 산의 나무들 중에도 자세히 보면 혼자서 즐거워하는 나무가 있고 혼자서 슬픈 듯이 한숨을 쉬는 나무도 있어. 또 조타로처럼 노래를 부르고 있는 나무가 있는가 하면 다 같이 모여 세상을 향해 화를 내고 있는 나무들도 있어. 어떤 사람은 돌이 하는 얘기를 듣는다고도 하는데 하물며 생명이 있는 나무에게 감정이 있는 것은 당연한 일이 아닐까?"

"오츠 님의 말을 들으니 그렇게 보이는 것 같기도 해요. 그럼 이 합환수는 무슨 생각을 하고 있을까요?"

"내가 보기엔 부러운 나무로 보여."

"왜요?"

"백거이라는 사람이 지은 〈장한가〉라는 시 알지?"

"예."

"그 〈장한가〉의 마지막 부분에 '바라건대 하늘에선 비익조가 되고, 땅에선 연리지가 되고 싶네'라는 구절이 있잖아? 그 연리지라는 건 이런 나무를 두고 하는 말이 아닐까 하는 생각이 들어."

"연리가 뭐예요?"

"가지와 가지, 줄기와 줄기, 뿌리와 뿌리, 이렇게 두 개로 있으면서 한 나무처럼 사이좋게 서서 하늘과 땅 사이에서 봄과 가을을 즐기는 나무야."

"뭐야, 자기랑 스승님을 말하는 거잖아."

"어머, 조타로."

"마음대로 생각해요."

"날이 새기 시작했네. 아침 구름이 정말 아름답구나."

"새도 깨서 울기 시작했네. 여기서 내려가면 우리 아침밥 먹어요."

"조타로도 노래 부를래?"

"무슨 노래?"

"백거이 하니까 생각났는데, 언젠가 조타로가 가라스마루 님의 가신에게 배운 시가 있었잖아? 기억하니?"

"〈장간행長干行〉요?"

"응, 그거. 그 시를 들려줄래? 책을 읽는 것처럼 말이야."

"제 머리칼이 이마를 살포시 덮었을 때, 꽃을 꺾어 문 앞에서 놀았었죠. 그대는 죽마를 타고 오시어 마루 주위를 돌며 푸른 매화를 가지고 노셨지요."

조타로는 흥얼거리며 말했다.

"이 시 말이죠?"

"응, 계속해."

"함께 장간리에서 살며, 서로 흉물 없이 자랐지요. 열네 살에 그대에게 시집가서는 수줍어서 얼굴도 못 들었죠. 머릴 숙이고 벽을 향해 앉아 천 번을 불러도 한 번 대답을 못 했지요. 열다섯에 비로소 얼굴을 펴고 바라노니 생사를 함께 하길 바랐지요. 늘 변치 않는 신의를 품고서 망부대에 오를 일은 생각도 못 했죠. 열여섯에 그대 멀리 떠나니……."

조타로는 불쑥 일어나더니 가만히 듣고 있던 오츠를 재촉했다.

“시보다 난 배가 너무 고파요. 빨리 오쓰에 가서 아침 먹어요.”

청류교

천지는 아직 새벽 기운에 젖어 있었다. 날이 새자 마을의 집집마다 밥을 하는 연기가 하얗게 솟아오르고 있었고 호수의 북쪽에서 돌산을 감싸고 있는 아침 안개 아래로 오쓰의 역참이 보였다.

어젯밤부터 소를 타고 산길을 넘어 온 무사시는 여명 아래로 펼쳐진 인간들의 마을을 바라보고는 저도 모르게 감탄을 했다. 같은 시각, 오츠와 조타로도 시가 산을 넘어가는 길 위에서 오쓰의 마을을 바라보며 호수를 향해서 발길을 재촉하고 있을 것이었다.

고갯마루의 찻집을 떠나 봉우리를 돌아 내려온 무사시는 삼정사 뒷산을 지나 팔영루八詠樓가 있는 미장사尾藏寺 고개에 이르렀다. 세다 호숫가에서 두 사람이 마주쳐도 이상할 것이 없을 만큼 거의 같은 시간에 같은 길을 걷고 있었는데도 아직 무사시의 눈에는 그녀의 모습은 보이지 않았다.

그렇지만 무사시는 실망하지 않았고 마주칠 거라고도 생각하지 않았다. 가라스마루 댁으로 편지를 들려 보낸 찻집 아낙의 말에 의하면 오츠는 그곳에 없었고 편지는 어제저녁 중에는 오츠가 정양靜養을 하고 있는 곳으로 반드시 전하겠다고 했다는 것이었다.

그렇다면 자신의 편지가 오츠에게 전해진 것은 어젯밤 무렵이었을 것이고, 병중인 여자의 몸으로 떠날 채비를 해서 그곳을 떠난 것이 오늘 아침 무렵이라고 하면 약속 장소에 도착하는 것은 오늘 저녁 무렵이 될 것이었다.

무사시는 속으로 그렇게 계산을 하고 있었다. 또 이렇다 할 바쁜 일도 없는 무사시는 느릿느릿 걸어가는 소의 걸음이 조금도 마음에 걸리지 않았다. 암소의 육중한 몸은 밤이슬에 젖어 있었고 길가의 파릇한 풀을 볼 때마다 발걸음을 멈추고 풀을 뜯어 먹곤 했다. 그래도 무사시는 소를 재촉하지 않았다.

얼마나 왔을까, 민가와 마주하고 있는 절의 네거리에 있는 오래된 벚나무 아래 무덤에 노래를 새긴 비석이 서 있었다. 무심코 몇 걸음 지나치던 무사시는 문득 생각이 난 듯 중얼거렸다.

"아, 《태평기太平記》에 나오는……."

《태평기》는 무사시가 소년이었을 적에 자주 읽던 책 중의 하나였는데 어떤 대목은 암송까지 할 정도였다. 우연히 발견한 비석의 노래에서 소년 시절의 기억을 떠올렸는지 무사시는 소의 등에서 그 노래가

실려 있는《태평기》의 한 장을 흥얼거리기 시작했다.

지하사志賀寺의 고승이 손에 여덟 척 지팡이를 들고, 서리 같은 흰 눈썹을 팔자로 늘어트린 채 호수의 맑은 물을 바라보며 명상을 하고 있었는데, 때마침 시가志賀의 화원으로 돌아가는 교코쿠京極의 여인을 본 고승은 마음이 혹해 다년간의 행덕도 잊고 번뇌의 불길에 사로잡히고 말았는데…….

'그 다음은 어떻게 되더라?'
무사시는 잠시 기억을 더듬다가 다시 흥얼거렸다.

암자로 돌아가 본존불을 향해 염불을 외도 번뇌의 불길은 꺼지지 않고 부처님의 이름을 외는 소리와 번뇌의 숨결만 들리네. 저문 산의 구름을 바라보면 여인의 비녀인 듯 마음이 처량하고, 창문 너머 달을 보면 여인이 자신을 보며 웃는 듯 심란하기 그지없네.
마침내 속세의 번뇌를 끊지 못하고 왕생往生의 장해를 넘지 못하여 여인을 만나러 가서 자신의 깊은 연정을 전하지 않고는 마음 편히 죽지 못하리라 하며, 고승은 지팡이를 짚고 궁궐로 찾아가 그 앞에서 밤을 새워 서 있는데…….

"이보시오, 소를 타고 가시는 무사님."

누군가가 등 뒤에서 부르는 사람이 있었다. 어느새 소는 마을 한가운데로 들어와 있었다. 역참의 인부가 달려오더니 암소의 콧잔등을 쓰다듬으며 무사시를 올려다보며 말했다.

"무사님, 무동사에서 오시지 않았습니까?"

신통하게도 들어맞는 소리였다.

"그걸 어떻게 알았소?"

"그야 이 얼룩소는 얼마 전 짐을 싣고 무동사로 간 상인에게 빌려 준 놈인걸요. 무사님, 삯은 주시겠지요?"

"임자가 소 주인이오?"

"제 소는 아니고 역참의 소입니다. 삯은 주시겠죠?"

"알았소. 쇠여물값도 주겠네. 그런데 삯을 주면 이 암소를 계속 타고 가도 괜찮은가?"

"돈만 내신다면야 얼마든지 마음대로 타고 갈 수 있고말고요. 도중에 객줏집이나 역참에 맡기시면 다시 돌아오는 손님이 짐을 싣고 오쓰의 역참으로 돌아오니까요."

"그럼, 에도까지는 얼마면 되겠소?"

"그러시다면 역참에 들러서 이름을 쓰고 가십시오."

무사시는 그가 말하는 대로 역참으로 갔다. 역참은 우치데가하마打出浜의 나루터 근처에 있었다. 그곳은 배에서 오르내리는 사람들로 어지간히 붐비고 있었는데, 그래서인지 짚신을 파는 가게와 여행의 피로를 푸는 목욕탕과 머리를 잘라 주는 가게들도 있었다. 무사시는 느긋하게 아침밥을 먹고는 조금 이르지만 소 등에 올라 그곳을 떠났다.

세다까지는 그리 멀지 않았다. 호숫가의 화창한 풍광을 감상하며 소를 타고 가도 오후까지는 도착할 수 있었다.

'아직 오지 않았을 거야.'

무사시는 그렇게 생각하면서 이번에 오츠를 만나는 일에 스스로 만족감을 품고 있었다. 그것은 그녀에 대한 그의 안심감이었다. 일승사 싸움을 치르기 전까지만 해도 그는 여자에 대해서 마음을 굳게 닫고 있었다. 오츠에 대해서도 역시 불편한 마음을 가지고 있었다.

그러나 그때, 오츠의 순수한 태도와 총명함을 보고 나서는 그녀에 대한 마음은 사랑 이상의 감정으로 깊어졌다. 보통 여자를 대하는 거북한 눈으로 오츠를 바라보고 그녀를 멀리했던 자신의 소심함이 미안하게 여겨졌다. 무사시는 오늘 그녀를 만나서 그녀가 말하는 것은 무엇이든 들어주리라 생각했다. 검을 꺾지 않는 일이라면, 수행을 그만두는 일이 아니라면 말이다.

지금까지는 그것을 두려워했었다. 여자는 검을 무디게 하고 길을 잃어버리게 한다고 믿고 있었다. 그러나 오츠와 같은 각오를 하고 이성과 정열을 잘 절제할 수 있는 여자라면 절대로 남자의 길에 방해가 되거나 족쇄가 되지 않을 것이었다. 단지 스스로 무너지지 않는다면 말이다.

'그래, 그녀와 에도까지 같이 가서 오츠는 여자로서 배워야 할 수양을 쌓게 하고 나는 조타로를 데리고 한 단계 높은 수행 길에 오르자.

그리고 언젠가 때가 오면…….'

그런 공상에 잠겨서 소를 타고 가는 무사시의 얼굴에 호수 위 빛의 파문이 행복한 미소를 짓는 것처럼 넘실거리고 있었다.

스물세 간의 소교와 아흔여섯 간의 대교를 잇고 있는 나카노지마中之島에는 오래된 버드나무가 있었다. 세다 당교를 청류교青柳橋라고 부르는 까닭은 그 버드나무가 여행객들의 이정표가 되고 있기 때문이었다.

"앗, 오셨다!"

나카노지마의 찻집에서 뛰어나와 소교의 난간에서 한 손은 저편을 가리키고 또 한 손은 찻집을 향해 손짓을 하며 조타로가 소리쳤다.

"스승님이다. 오츠 님, 스승님이 소를 타고 와요!"

지나가는 행인들은 왜 그리 날뛰며 기뻐하는지 눈을 크게 뜨고 의아해할 만큼 조타로는 펄쩍펄쩍 뛰며 좋아하고 있었다.

"어머, 정말!"

쏜살같이 뛰어나온 오츠도 조타로와 얼굴을 나란히 하고 바라보다 소리쳤다.

"스승님!"

"무사시 님!"

삿갓을 흔드는 조타로와 손을 흔드는 오츠의 모습, 그리고 무사시의 웃는 얼굴이 점점 가까워지고 있었다.

무사시는 소를 버드나무에 묶었다. 강을 사이에 두고 멀리서 볼 때에는 기쁨에 겨워 손을 흔들고 이름을 부르던 오츠는 막상 무사시의 옆에 서자 아무 말도 하지 못했다. 눈으로 살짝 웃고만 있었고 오로지 조타로만이 기쁨에 겨워 혼자 수선을 피웠다.

"스승님, 상처는 다 나았나요? 난 스승님이 소를 타고 오시기에 상처가 때문에 걷지 못해서 소를 타고 온 줄 알았어요. 예? 어떻게 이렇게 빨리 왔냐고요? 그건 오츠 님한테 물어보는 게 좋을걸요. 스승님, 오츠 님은 정말 제멋대로예요. 스승님의 편지를 받자마자 이렇게 싹 건강해졌어요."

"오, 그래? 그렇구나."

무사시는 조타로의 말에 일일이 웃으며 고개를 끄덕였다. 하지만 다른 손님들도 있는 찻집 앞에서 막상 오츠에 대해 이야기하자 마치 맞선을 보러 나온 신랑처럼 입을 꾹 다물고 말았다.

찻집 뒤편에 등나무 덩굴로 뒤덮인 작은 객실이 있었다. 세 사람은 그곳에 자리를 잡았다. 오츠는 여전히 우물쭈물하고 있었고 무사시도 어색한 듯 말이 없었다. 온몸으로 기뻐하고 꾸밈없이 지껄이면서 신이 난 것은 오직 조타로와 등나무 꽃 주위의 등에와 벌뿐이었다.

"저런, 안 되겠군. 석산사石山寺 위가 저리 어두워졌으니 곧 한바탕 비가 올 것 같으니 모두들 어서 안으로 들어가세요."

찻집 주인이 허둥대며 갈대발을 말아 올리며 덧문을 닫기 시작했다. 과연 강물이 어느새 잿빛으로 변하고 물기를 머금은 바람이 불어오더니 등나무 덩굴들이 갑자기 흐느끼듯 꽃향기를 날리며 몸을 떨었다. 이시石 산 위에서 불어오는 바람을 타고 연약한 꽃 위로 '쏴아' 하고 빗방울이 떨어지기 시작했다.

"앗, 번개다! 오츠 님, 젖겠어요. 스승님도 빨리 안으로 들어오세요. 와아, 시원해. 마침 비도 오고 너무 좋다."

무엇이 마침 좋다는 건지 별다른 의미가 있어서 말하는 것은 아니었지만 조타로가 그렇게 말하자 무사시는 더욱 안으로 들어가기 거북해졌다. 오츠 역시 얼굴을 붉히며 비를 맞아 떨어지는 등나무 꽃처럼 가장자리 끝에 서서 비를 맞고 있었다.

"억수같이 쏟아지는군!"

쏟아지는 빗속에서 거적을 뒤집어쓰고 뛰어온 사내가 있었다. 그는 시노미야묘진四宮明神의 누각 문 아래로 뛰어들더니 머리의 빗물을 쓸어내렸다. 그러고는 빠르게 흘러가는 구름을 보면서 중얼거렸다.

"엄청난 소나기군."

순식간에 시메이가타케四明岳와 호수, 이부키까지 우윳빛으로 변하더니 이제는 쏟아지는 빗소리밖에 들리지 않았다. 갑자기 눈앞이 아찔해지는 섬광이 번쩍했다. 어디 가까운 곳에 번개가 친 듯했다.

"앗……."

번개를 싫어하는 마타하치는 귀를 막고 누각 문의 뇌신雷神 아래 쪼그리고 앉았다.

어느새 거짓말처럼 구름 사이로 햇빛이 비치기 시작했다. 비가 그치고 거리도 본래의 모습으로 돌아오자 어딘가에서 샤미센 소리가 들려왔다. 그러자 요염한 모습의 여자가 맞은편에서 거리를 건너오더니 무슨 볼일이라도 있는 듯 마타하치에게 웃으면서 말을 걸었다. 처음 보는 여자였다.

"마타하치 님이시죠?"

마타하치가 의아해하며 무슨 일인가 묻자, 지금 가게에 계시는 손님이 이 층에서 그의 모습을 보고 친구라고 하며 꼭 데리고 오라고 했다는 것이었다. 여자의 말에 신사의 주변을 둘러보자 사창가 같은 몇 채의 집이 보였다.

"볼일이 있으시면 바로 돌아가셔도 괜찮으니 잠깐 오시지요."

여자는 마타하치가 주저하는 것을 무시하고 손을 잡고 끌었다.

여자가 마타하치를 끌고 오자 다른 여자들이 나와서 발을 씻겨 주고 젖은 옷을 벗겨 주는 등 야단법석을 떨었다. 친구라는 손님이 누구냐고 몇 번을 물어봐도 여자들은 이 층에 가 보면 안다며 알려 주지 않았다.

마타하치는 비를 맞아 옷이 흥건히 젖었기 때문에 잠시 이곳의 옷을 빌려 입겠지만, 실은 지금부터 세다 당교에서 만나기로 한 사람이 있어 곧 돌아가야 하니 옷이 다 마르면 떠나겠다고 몇 번이나 다짐을 두었다.

"예예, 때가 되면 보내 드릴게요."

여자들은 건성으로 대답하고 마타하치를 계단 아래에서 떠밀었다.

'이 층의 손님은 대체 누구지?'

아무리 생각해 봐도 짐작이 가는 사람이 없었다. 그러나 이런 곳이 낯설지 않은 마타하치는 막상 안으로 들어오자 신기하게도 몸과 마음이 편하고 한결 의젓해졌다.

"여어, 견犬 선생."

갑자기 누군가 외쳤다. 마타하치는 사람을 잘못 본 게로군, 하며 문지방에서 발걸음을 멈췄다. 그런데 술자리 가운데 앉아 있는 손님을 보니 결코 낯선 얼굴이 아니었다.

"어? 당신은?"

"이 사사키 고지로를 잊지 않았나 보군."

"견 선생이라고 한 건?"

"당신을 두고 한 말이지."

"난 혼이덴 마타하치요."

"그건 알고 있네만, 예전에 로쿠조 소나무 밑에서 들개 무리에 둘러싸여 오만상을 찌푸리며 짖어 대던 것이 떠올라 견 선생이라고 부른 것이네."

"그만두시오. 그때는 정말 너무하셨소."

"그래서 오늘은 그 보답을 하고자 데리고 오라고 한 것이니. 자, 앉으시오. 얘들아, 이분께 술을 따라드려라."

"아니오. 세다에서 기다리는 사람이 있어서 곧 떠나야 하오. 어이, 술은 마시지 않을 것이니 따르지 말거라."

"세다에서 누가 기다리고 있소?"

"미야모토라는 어릴 적 친구요."

"뭐, 무사시? 흐음, 그렇군. 고갯마루 찻집에서 만나기로 했나 보군!"

"어떻게 아시오?"

"귀공의 과거는 물론이고 무사시의 과거도 소상히 들어서 알고 있소. 그대의 모친이 오스기라고 했던가? 에이 산의 중당에서 뵌 적이 있지. 그때 노모에게 자세한 이야기를 들었소."

"내 어머니를 만났단 말이오? 실은 어제부터 나도 어머니를 찾아 헤매고 있는 중이오."

"참으로 대단한 분이더군. 중당의 스님들도 모두 동정을 하였소. 나도 꼭 힘이 되어 드리겠다고 약속을 하고 헤어졌소."

고지로는 잔을 비우고 말했다.

"자, 마타하치, 옛일은 잊고 잔을 받으시오. 무사시 같은 자는 겁낼 것 없소. 큰소리치는 것은 아니오만 이 사사키 고지로가 있지 않소."

취기에 얼굴이 붉게 물든 고지로가 잔을 건넸지만 마타하치는 잔을 받지 않았다. 허세 부리기 좋아하는 고지로도 술에 취하자 평소의 모습이나 몸가짐이 흐트러졌다.

"마타하치, 왜 마시지 않는가?"

"그만 가야겠소."

고지로는 왼손으로 마타하치의 팔목을 붙잡았다.

"못 가!"

"무사시와 약속했소."

"바보 같은 소리. 당신 혼자서 무사시에게 덤벼들다가는 단칼에 요절이 나고 말거야."

"난 싸우러 가는 것이 아니오. 난 그를 따라 에도로 가서 입신할 생각이오."

"뭐, 무사시를 따라서?"

"세간에서는 무사시를 나쁘게 말하지만, 그건 내 어머니가 험담을 퍼뜨렸기 때문이오. 어머닌 오해를 하고 있소. 난 이번에 그걸 절실히 깨달았소. 또 나 자신에 대해서도 깨달았소. 비록 늦었지만 나는 무사시를 따라 반드시 뜻을 펼칠 생각이오."

"하하하."

고지로는 손뼉을 치며 웃었다.

"어리석은 자! 자네 모친의 말대로 자네는 정말로 보기 드문 순박한 자로군. 무사시의 감언이설에 완전히 속아 넘어갔군."

"아니오. 무사시는……."

"자, 잠자코 내 말을 듣게. 어머님을 배반하고 원수와 한패가 되는 자식이 어디 있는가. 남남인 나조차 노모의 말에 의분을 느끼고 앞으로 도와주려고 생각하고 있는데……."

"무슨 말을 하든 나는 세다로 가야겠소. 이것 놓으시오. 어이, 거기 옷 말랐거든 내오거라."

"안 된다!"

고지로는 술에 취한 눈을 치뜨며 소리쳤다.

"내주면 그냥 두지 않을 테다. 어이, 마타하치. 자네 생각이 정 그렇다면 먼저 어머니를 만나서 허락을 받은 후에 가도록 해. 분명 노모는 허락하지 않을 테지만 말이야."

"어머니를 찾아봤지만 어디 계신지 찾지 못했기 때문에 우선 무사시와 같이 에도로 나갈 작정이오. 내가 출세만 하면 모든 원한은 저절로 풀릴 것이오."

"분명 무사시가 그리 말한 것이로군. 내일 나도 같이 자네 어머니를 찾아볼 테니 어쨌든 어머니의 의견을 들은 후에 가도록 하게. 그리고 오늘은 같이 술이나 마시세."

여자들도 고지로의 편을 들며 마타하치의 옷을 돌려 줄 생각은 하지 않았다.

어느덧 해가 졌고 결국 밤도 깊어졌다. 맨 정신에는 고지로에게 주눅이 들어 있었지만 술에 취하자 마타하치는 완전히 변해 버렸다. 그는 똑똑히 보라는 듯 초저녁부터 술을 마시기 시작했다. 술기운을 빌려 고지로를 골려 주며 한껏 울분을 풀고는 고꾸라지고 말았다.

새벽녘에 잠이 들어 오후가 지나서야 눈을 떴는데 고지로는 다른 방에서 곯아떨어져 있었다. 어제 내린 비로 날씨는 더없이 맑았다. 마타하치는 아직도 귀에 생생한 무사시의 말이 떠오르자 간밤에 마신 술을 죄다 토해 내고 싶어졌다.

아래층으로 내려간 마타하치는 옷을 입기가 무섭게 도망치듯 문밖으로 뛰쳐나와서 세다 당교까지 한달음에 달려갔다. 붉게 물든 세다

강물 위로 석산사의 꽃들이 떠내려오고 있었고 찻집의 등나무 꽃과 황매화도 모두 땅으로 지고 말았다.

"소를 매어 놓고 있겠다고 했는데."

그러나 소교 기슭에도 나카지마에도 소의 모습은 보이지 않았다. 이곳저곳을 돌아다니며 수소문한 끝에 나카노지마 찻집에서 무사시의 소식을 들을 수 있었다. 소를 끌고 온 무사가 어제 가게의 문을 닫을 때까지 여기에서 기다리다가 밤이 되자 여관으로 돌아가더니 오늘 아침에 다시 이곳으로 와서 누군가를 기다리며 한참 서 있었다고 했다. 그러고는 편지를 써서 자신을 찾아오는 사람에게 전해 달라며 처마 끝 버드나무 가지에 묶어 두고 떠났다는 것이다.

살펴보니 과연 버드나무 가지 끝에 편지 한 통이 매달려 있었다.

"먼저 에도로 떠난 게로구나."

마타하치는 편지를 펼쳐 보았다.

여남 폭포

초여름, 무사시는 기소지木曾路의 신록 아래 나카센도中山道[11]를 소를 타고 느릿느릿 갔다.

'기다릴 테니 곧 뒤를 쫓아오게.'

버드나무에 편지를 묶어 두고 간 무사시의 뒤를 쫓아 마타하치는 길을 재촉했지만, 구사쓰草津에서도 만나지 못했고 히코네彦根와 도리이모토鳥居本에서도 무사시를 찾을 수가 없었다.

"혹 내가 앞질러 온 것은 아닐까?"

스리바치摺鉢 고개 위에서 반나절을 기다렸지만 그날도 만나지 못했다. 소를 탄 무사를 보지 못했느냐고 물어보았지만 소와 말을 탄 행인들이 부지기수였다. 게다가 마타하치는 무사시가 혼자일 거라고 생각

---

11 에도시대에 에도와 니혼바시日本橋를 기점으로 하는 다섯 개의 육상 교통로 중 하나로 혼슈本州 중부의 내륙을 경유하는 노선이다.

했지만 무사시는 오츠와 조타로와 함께였다.

미노지美濃路에서도 무사시를 찾지 못하자 마타하치는 고지로의 말이 떠올랐다.

'역시 내가 어리석었나?'

의심이 들기 시작하자 끝이 없었다. 그런 의심을 하며 길을 되돌아가기도 하고 다른 길로 가 보기도 하는 동안 응당 만날 길이 더 어긋나기만 했다. 그러나 마침내 나카쓰中津 강의 여인숙 근처에서 앞서 가고 있는 무사시를 발견했다. 며칠 만일까, 마타하치로서는 드물게 열의를 가지고 찾아 헤매던 목표였다.

그러나 마타하치는 무사시의 뒷모습을 보자 갑자기 안색이 변하더니 의심스런 생각이 들었다. 소의 등에 타고 가는 사람은 다름 아닌 오츠였고, 무사시는 그녀를 태운 소의 고삐를 잡고 걸어가고 있었던 것이다. 옆에서 함께 걸어가는 조타로는 마타하치의 눈에는 들어오지도 않았다.

다정해 보이는 두 사람의 모습에 마타하치는 질투심으로 몸을 떨었다. 지금껏 느껴 보지 못한 증오와 질투심에 친구의 모습이 악마와 같이 여겨졌다.

'아, 역시 나는 어리석은 반편이였다. 저 녀석의 꾐에 넘어가 세키가하라 전투에 나갔던 날부터 오늘까지. 하지만 이렇게 당하고 있지만은 않을 것이다. 어디 두고 보자!'

"덥다 더워. 이렇게 힘든 산길은 처음이야. 스승님, 대체 여긴 어디죠?"
"기소木曾에서 가장 험한 마고메馬籠 고개 초입이다."
"어제도 고개를 두 개나 넘었는데."
"그래, 미사카御坂와 도마가리十曲."
"이제 고갯길은 질색이야. 빨리 에도에 도착했으면 좋겠다. 그쵸, 오츠 님?"
오츠가 소 위에서 말했다.
"아니, 난 이렇게 사람이 없는 길을 걷는 게 좋아."
"쳇, 자기는 걷지 않으니까 그렇죠. 스승님, 저기 폭포가 있어요."
"그래, 조금 쉴까? 조타로, 저쪽에 소를 매어 두어라."
폭포 소리가 들리는 곳을 향해 샛길로 접어들자 폭포의 벼랑 위에 오두막이 보였고 그 주변에는 안개에 젖은 화초들이 흐드러지게 피어 있었다.
"무사시 님."
오츠는 팻말에 적인 글을 보다가 무사시에게 시선을 돌리며 미소를 지었다. 팻말에는 여남 폭포女男瀑布라고 쓰여 있었다. 크고 작은 두 줄기 폭포가 계곡물로 떨어져 하나가 되고 있었다. 작고 가냘픈 물줄기가 여자 폭포라는 것을 알 수 있었다. 힘들다고 투정을 부리던 조타로는 잠시도 가만있지 못했다. 용소와 바위에 부딪히며 흘러가는 계곡물을 보자 신이 나서 벼랑 아래로 뛰어 내려갔다.

"오츠 님, 고기가 있어요!"

아무도 대답을 하지 않자 조타로가 다시 소리쳤다.

"돌로 잡을 수도 있어요. 돌로 치니까 배를 보이며 떠올라요!"

얼마 후 엉뚱한 곳에서 다시 와아, 하는 메아리가 들렸지만 조타로는 돌아올 기미가 보이지 않았다.

어느새 산마루에서 해가 비쳤다. 물안개에 젖은 꽃들 위로 수많은 작은 무지개가 아롱거렸다. 폭포 위 오두막 옆에 나란히 선 무사시와 오츠는 폭포 소리에 잠겨 있었다.

"어디까지 갔지?"

"조타로 말이오?"

"예, 정말 못 말린다니까요."

"내 어렸을 때에 비하면 나은 편이지 않소?"

"당신은 좀 유별났지요."

"반대로 마타하치는 얌전했지. 마타하치는 결국 오지 않았군. 대체 어떻게 된 걸까?"

"오히려 전 다행인 듯싶어요. 만약 그 사람이 나타나면 전 숨어 버리려고 했어요."

"숨을 필요는 없소. 잘 설명하면 알아들었을 거요."

"그렇지만 혼이덴가의 모자는 좀 다른 듯해요."

"오츠, 다시 한 번 잘 생각해 보시오."

"무엇을요?"

"혼이덴가로 다시 시집갈 마음은 없는지 말이오."

오츠는 단호한 표정을 짓더니 잘라 말했다.

"없어요."

금방이라도 눈에서 눈물이 흘러내릴 것 같았다. 무사시는 쓸데없는 말을 했다고 속으로 후회했다. 새삼 물어볼 필요도 없는 말이었다. 자신이 다른 여자들처럼 시간이 지나면 마음이 식거나 흔들릴 것이라고 생각한 무사시에게 서운한 마음이 들었는지 오츠는 손으로 얼굴을 감싸고 가늘게 어깨를 떨고 있었다.

'저는 당신 여자예요!'

하얀 옷깃이 그렇게 말하고 있는 것 같았다. 그들이 있는 곳은 주위의 단풍나무에 가려 사람들의 시선이 닿지 않았다. 무사시는 땅을 흔들며 떨어지는 폭포 소리가 자신의 심장 소리와 같이 여겨졌다. 용소에 떨어져 산산이 부서져 흘러가는 계곡물을 보자 뛰어간 조타로의 본능과도 같은 감정이 무사시의 전신을 휘감았다.

요 며칠 동안, 여관방의 등잔불 아래에서나 뜨겁게 내리쬐는 태양 아래에서 무사시는 오츠의 육체를 보아 왔다. 어떤 때는 부용꽃처럼 땀이 밴 피부를 보았고, 또 어떤 밤에는 검은 머릿결 향기가 병풍 너머로 아련히 풍겨 왔다. 오랜 세월 가슴 깊이 억눌러 왔던 애욕의 싹이 그렇게 무사시의 가슴속에서 고개를 들었다. 풀숲에서 물큰하게 풍겨 오는 끈적한 감정에 눈앞이 아득해지기도 했다.

"……."

무사시는 불쑥 그곳을 벗어났다. 아니 도망을 친 듯했다. 그는 오츠를 내버려 두고 길도 없는 수풀 속으로 들어갔다. 갑자기 가슴이 답답해졌던 것이다. 뜨겁게 달아오르는 몸을 조금이라도 진정시키고 싶었다. 풀이 무성하게 자란 양지바른 곳에 다다르자 무사시는 그곳에 털썩 주저앉아서 한숨을 쉬었다.

"아아."

무슨 일인지 의아해서 뒤쫓아 온 그녀가 무사시의 무릎에 매달렸다. 경직된 몸으로 아무 말도 하지 않고 있는 무사시의 얼굴이 무섭게 보여 어쩔 줄을 몰라 했다.

"왜 그러세요? 제가 뭘 잘못했나요? 잘못했다면 용서하세요."

"……."

"무사시 님, 혹시……."

무사시가 아무 말도 하지 않을수록, 또 무서운 얼굴을 하고 있을수록 오츠는 그의 품에 필사적으로 매달렸다. 무사시는 바람에 흔들리는 꽃의 향기에, 오츠 자신은 알지 못하는 그녀의 체취에 숨이 막혔다.

"오츠!"

갑자기 무사시가 외쳤다. 무사시의 커다란 팔이 오츠를 안아 풀숲 속으로 쓰러졌다. 오츠는 하얀 목을 젖히며 아무런 말도 하지 못하고 무사시의 품속에서 버둥거렸다. 꼬리가 긴 줄무늬 새가 아직 눈이 남아 있는 편백나무 가지 위에 앉아서 이나伊那 산맥 위로 펼쳐진 하늘을 바라보고 있었다. 산철쭉이 새빨갛게 불타고 있었고 하늘은 구름 한

점 없이 파랬다. 마른 풀 아래로 제비꽃 향기가 떠다니고 있었다. 원숭이 울음소리가 들리고 언뜻언뜻 다람쥐가 날아다니는 깊은 산속, 높이 자란 메마른 풀들의 허리께가 쓰러져 있었다.

오츠의 당황한 목소리가 들려왔다.

"안 돼요, 무사시 님!"

오츠는 밤송이처럼 몸을 움츠렸다.

"이러시면 안 돼요, 무사시 님!"

슬픔에 찬 목소리로 오열하는 오츠의 목소리에 무사시는 정신이 돌아왔다. 오츠의 목소리는 무사시의 불타오르던 몸에 갑자기 차가운 물을 끼얹은 듯했다.

"왜? 어째서 안 된단 말이오?"

그렇게 외치는 무사시의 목소리가 당장 울음을 터트릴 것같이 떨렸다. 아무도 모르는 비밀이라고 해도 그것은 무사시에게 견딜 수 없는 모욕처럼 느껴졌다. 억누를 수 없는 분노와 부끄러움에 무사시는 자신에게 화를 내듯 고함을 지른 것이었다.

하지만 손을 놓는 순간, 오츠는 이미 그곳에 없었다. 끈이 끊어진 작은 향낭 하나만 떨어져 있었다. 무사시는 멍하니 그것을 바라보다 천박한 자신의 모습을 깨달은 듯 서글퍼졌다. 단지 알 수 없는 것은 오츠의 마음이었다. 그녀의 눈동자, 그녀의 입술, 그녀의 말, 그녀의 온몸과 머리카락 한 올까지 끊임없이 자신의 정열을 유혹하지 않았던가. 그녀는 무사시의 가슴에 불을 당기더니 정작 그 불길이 타오르자 놀라서 도망치고 말았다. 고의가 아니었다고 해도 결과적으로 사랑하는 사람을 속이고, 타락시키고, 고통을 주고, 부끄럽게 만든 것이 아닌가.

"아, 아……."

무사시는 풀에 얼굴을 묻고 눈물을 흘리고 말았다. 지금까지 쌓아 온 수행이 물거품으로 변하고 모든 정진과 고행이 허무하게 무너진 듯한 느낌에 가슴이 아파왔다. 그는 자신의 얼굴에 침이라도 뱉어 주고 싶은 혐오감을 달랠 길이 없어 한동안 땅바닥에 엎드려 있었다.

'나는 잘못한 것이 없다.'

속으로 끊임없이 자신의 행동에 대해 그렇게 외쳐 보았지만 마음을 달랠 수가 없었다.

'모르겠구나. 정말 알 수가 없구나.'

지금의 무사시는 여자의 청순한 마음을 헤아리기에는 아직 여유가 없었다. 여자의 일생 동안, 유리구슬처럼 깨지기 쉽고 느끼기 쉬우며 다른 사람의 손을 두려워하는, 어느 한 순간까지만 가지고 있는 지고 지순한 아름다움이라거나 고귀한 것이라고 생각하고 배려하는 마음을 지금의 무사시에게 기대할 수는 없었다.

한동안 그렇게 엎드려 흙냄새를 맡고 있던 무사시는 다소 마음이 진정되었는지 벌떡 일어섰다. 그의 눈은 충혈되어 있지 않았다. 오히려 그의 얼굴은 핏기가 전혀 없이 새하얗게 변해 있었다. 그는 떨어져 있는 오츠의 향낭을 발로 짓밟고 물끄러미 산의 울림을 듣고 있는 듯했다. 그러고는 지난번 사지로 걸어 들어가던 때와 같이 짙은 눈썹을 잔뜩 찡그린 채 곧바로 폭포 쪽을 향해 걸어가기 시작했다.

작은 새 한 마리가 날카롭게 울며 날아갔다. 바람 탓인지 갑자기 폭포의 굉음이 그의 귓가에 들리더니 햇살이 한 조각 구름에 가려 잠시 주위가 어둑해지는 듯했다. 오츠는 무사시와 있던 곳에서 불과 스무 걸음밖에 떨어져 있지 않았다. 그녀는 자작나무에 몸을 바싹 붙인 채 가만히 무사시 쪽을 바라보고 있었다. 오츠는 자신이 무사시를 얼마나 괴롭게 했는가를 알게 되자 그가 다시 한 번 자신이 있는 곳으로 와 주기를 바랐다. 그가 오지 않으면 자신이 달려가서 사죄를 하려고 생각했지만 겁에 질린 새처럼 아직도 몸이 사시나무처럼 떨려 와서 몸이 말을 듣지 않았다.

비록 울지는 않았지만 오츠의 눈에는 울고 있을 때보다 더 공포스러움과 혼란스러움과 슬픔이 뒤엉켜 있었다. 현실의 무사시는 오츠가 마음속에서 그려 오던 이상적인 무사시가 아니었다. 홀연 남자의 본성을 드러낸 그를 보며 오츠는 커다란 충격과 함께 깊은 슬픔을 느꼈다. 그러나 그녀는 그 공포와 통곡 속에 일종의 모순이 남아 있음을 아직 깨닫지 못했다.

만약 조금 전, 무사시가 아닌 다른 사내가 그렇게 했다면 그녀는 겨우 스무 걸음 정도로 도망쳤을까? 왜, 스무 걸음 만에 발길을 멈추고 주저하고 있었던 것일까? 그뿐 아니라 다소 마음이 진정된 오츠는 마음속으로 무사시의 인간적 본능은 다른 남자의 추한 인간적 본능과 다르다고 생각했다.

'화가 나셨나요? 화내지 마세요. 당신이 싫어서 그런 것이 아니에요. 화내지 마세요.'

그녀는 폭풍이 지나간 후에 홀로 남겨진 듯한 외로움을 느끼면서 오로지 그렇게 되뇌고 있었다. 무사시가 자신을 책망하거나 괴로워하고 있는 만큼 오츠는 그가 한 행동을 추하게 여기지 않았다. 다른 남자처럼 천박하게도 여기지도 않았다. 오히려 자신의 맹목적인 공포가 원망스러웠고 시간이 지날수록 그 찰나의 불꽃처럼 뜨겁던 전율이 그립기까지 했다.

'응? 무사시 님은 어디로 갔지?'

어느 순간, 무사시의 모습이 보이지 않자 오츠는 자신이 버려진 게 아닐까 하는 생각이 들었다.

'아, 분명 화가 나서. 맞아, 화가 나셔서. 아, 어떻게 하지.'

그녀는 부들부들 떨면서 오두막이 있는 곳까지 걸어왔다. 그러나 그곳에서도 무사시의 모습은 보이지 않았다. 단지 폭포에서 떨어진 물줄기가 새하얀 물보라를 일으키고는 바람을 타고 날아올라 온 산의 나무들을 적시고 있었다. 또한 결코 끊어질 것 같지 않은 폭포의 굉음만이 눈앞으로 닥쳐와서 귀를 먹먹하게 만들었다.

그때, 어디 높은 곳에서 조타로의 목소리가 들렸다.

"앗, 큰일 났다. 스승님이 폭포로 뛰어들었다! 오츠 님!"

조타로는 계곡 건너편에 있는 산 위에 서 있었다. 거기서 용소를 보고 있다가 그 광경을 보고는 오츠에게 알렸던 것이다. 폭포 소리에 잘 알아듣지 못한 듯했지만 오츠도 무언가를 보았는지 갑자기 안개와 이끼로 미끄러지기 쉬운 벼랑에 들러붙어 밑으로 내려가는 모습이 보였다.

조타로도 원숭이처럼 건너편 산의 벼랑 끝에서 덩굴을 타고 밑으로 내려가고 있었다. 폭포가 떨어지는 용소 한가운데였다. 울부짖는 물보라와 새하얀 물안개 때문에 처음에는 사람인지 돌덩이인지 분간하기 어려웠지만 알몸으로 두 손을 가슴에 모은 채 다섯 척이 넘는 폭포 아래에서 꼼짝도 하지 않고 고개를 숙인 채 있는 것은 돌이 아니라 바로 무사시였다. 벼랑길 중간에 있는 오츠와 맞은편 용소 기슭에 있던 조타로가 그것을 보고는 소리를 질렀다.

"스승님, 스승님!"

"무사시 님!"

있는 힘을 다해 불렀지만 무사시의 귀에는 폭포 소리 외에는 아무것도 들리지 않았다. 용소의 시퍼런 물은 무사시의 가슴께까지 닿아 있었다. 폭포수는 천 길이나 되는 은빛 용처럼 무사시의 얼굴과 어깨를 집어삼키고 있었다. 요동치는 소용돌이가 그의 다리를 죽음의 심연으로 잡아당기고 있었다.

"……."

단 한순간이라도 잘못 숨을 들이마시거나 마음에 빈틈이 생긴다면, 그 순간 발이 이끼에 미끄러져 영원히 돌아오지 못할 격류에 휩쓸려 떠내려갈 것이었다.

무사시는 머리 위에서 떨어지는 몇 천 관이나 되는 폭포수의 압력과 무게로 인해 심장과 폐가 태산에 깔려 있는 것처럼 고통스러웠다. 그럼에도 아직 무사시의 핏속에는 씻어 내지 못한 오츠의 체취가 남아 있었다.

지하사의 고승도 똑같은 피를 지니고 있었다. 호넨法然의 제자인 신란도 똑같은 번뇌를 가지고 있었다. 예부터 성현일수록, 살고자 하는 의지가 강한 사람일수록 그들이 짊어지고 태어난 고뇌는 태산보다 크고 불덩이보다 뜨겁기만 했다.

약관 십칠 세의 시골 청년이 창 하나를 둘러메고 세키가하라 전투에 나가게 된 것도 바로 그 뜨거운 피 때문이었다. 다쿠안의 포승줄에 감복하고 부처의 자비에 눈물을 흘리며 홀연히 삶에 대해 어렴풋이 눈을 뜨고 뜻을 세운 것도 그 피의 힘 때문이었다. 홀로 야규 성으로 들어가 세키슈사이와 맞서려고 하던 그 기개도 그 피 때문이었고, 사가리 소나무에서 수많은 적과 맞선 것도 그런 뜨거운 피 때문이었다.

하지만 그 치열함이 오츠라는 여인을 통해 인간의 본능과 마주하자 몇 년 동안 조금씩 쌓아 온 수행과 이성의 힘으로 도저히 억누를 수 없을 만큼 무너지기 시작했다. 검도 아무런 도움이 되지 않았다. 보통 적은 외부에 있고 형태도 있지만 이번의 적은 자신의 속에 있었고 형태도 없었다.

무사시는 당황했다. 그는 분명 자신의 마음에 있는 커다란 적과 조우하고 당혹해하고 있었다. 그리고 모든 인간들이 가지고 있는 피를,

본능적인 열정으로 용솟음치는 피를 어떻게 하면 좋을지 몰라서 미친 듯이 폭포 아래로 몸을 던진 것이다. 그것이 조타로의 눈에는 죽으려고 뛰어드는 것처럼 보였던 것이다.

"스승님, 스승님!"

조타로도 계속 울부짖고 있었다. 그의 눈에는 살려고 하는 무사시의 모습이 죽으려고 하는 모습으로밖에 보이지 않았다.

"죽으면 안 돼요. 스승님, 죽지 마세요!"

무사시가 겪고 있는 고통을 자신도 함께 겪고 있다는 듯이 두 손을 꽉 잡고 울부짖던 조타로는 문득 건너편 절벽을 바라보았다. 그런데 벼랑의 중간에서 슬퍼하고 있던 오츠의 모습이 보이지 않았다.

"어, 이상하다. 오츠 님도 보이지 않는다."

조타로는 하얀 포말을 일으키며 흘러가는 폭포수를 슬픈 눈으로 바라보았다. 조타로는 무사시가 무슨 이유에선가 폭포에 뛰어들어 죽을 듯하자 오츠도 함께 죽으려고 물에 몸을 던지게 아닌가 하고 생각한 것이었다.

그러나 조타로는 그것이 성급한 생각이라는 것을 곧 깨달았다. 왜냐하면 무사시는 여전히 다섯 척이 넘는 폭포수 아래에 서 있었지만, 그의 모습은 결코 지하사의 고승처럼 죽기를 바라는 것이 아니었다. 오히려 거대한 폭포수 아래에서 마음의 현혹을 씻어 내고 더 견실하게 살고자 하는, 용수철처럼 튀어 오르려고 하는 모습이라는 것을 조타로는 느낄 수가 있었다.

그것을 증명하기라도 하듯 마침내 평소와 다름없는 무사시의 목소리가 폭포 속에서 들려왔다. 무슨 말을 하고 있는지는 알아들을 수 없었지만 그것은 불경을 외는 소리 같기도 했고 자신을 꾸짖는 소리 같기도 했다.

봉우리 끝에서 비치는 저녁 햇살이 용소의 끝자락에 흘러넘치자 무사시의 불끈 솟은 어깨 너머로 무수히 작은 무지개가 사방으로 떠올랐다. 그중에 하나가 어느 순간 폭포 위로 높이 솟아오르더니 하늘가에 걸렸다.

"오츠 님!"

조타로는 은어처럼 펄쩍펄쩍 뛰며 바위와 격류를 뛰어넘어 맞은편 절벽으로 왔다.

'그래, 내가 스승님의 마음을 알 정도면 오츠 님은 더 잘 알고 있을 테니 걱정할 필요는 없을 거야.'

조타로는 절벽을 타고 아까 본 오두막에서 조금 떨어진 곳까지 올라왔다. 묶어 두었던 줄이 풀어졌는지 암소는 줄을 질질 끌며 근처에서 풀을 뜯고 있었다. 문득 오두막 쪽을 바라보자 처마 아래에 오츠의 뒷모습이 얼핏 보였다.

'뭘 하는 거지?'

조타로가 의아해하며 발소리를 죽이고 다가가서 보니 오츠는 오두막 한쪽에 무사시가 벗어 두고 간 옷가지와 칼을 가슴에 부둥켜안고 흐느껴 울고 있었다.

"……?"

조타로는 '여기에도 속을 알 수 없는 또 한사람이 있구나' 하는 표정으로 손을 입술에 댄 채 멍하니 서 있었다. 아무래도 무사시의 옷을 가슴에 꼭 껴안고 있는 오츠의 모습을 이해하지 못하는 듯했다. 게다가 평소와 달리 혼자서 울고 있는 모습이 어린 마음에도 심상치 않게 느껴졌는지, 조타로는 말을 건네지 않고 소가 풀을 뜯고 있는 곳으로 조용히 돌아왔다. 암소는 풀과 꽃 속에서 졸음에 겨운 눈을 하고 있었다.

"이러고 있다가 에도에는 대체 언제쯤 갈 수 있을까?"

조타로는 모든 걸 포기한 듯 소 옆에 벌렁 드러누웠다.

6권에 계속